英文魔法師之文法俱樂部

EASY學英文

作者／旋元佑

出版／經典傳訊

序—我學英文的經驗

教了二十幾年英文,接觸到的學生算是不少了。常有學生問我是國外哪所大學畢業的。聽到我回答從來沒有出國唸過書,往往會十分訝異,接著就追問我英文是怎麼學的。其實學英文只要方向正確,並不一定得出國才能學好。讀者有興趣看這本文法書,應該是想把英文學好。在此提供我個人的經驗供讀者參考,或許能幫讀者節省一點時間,少走些冤枉路。

我是進了初中才開始接觸到英文。初一的班導師是英文老師,他叫我們要勤查字典,我也就乖乖地查了三年字典,背了些單字,也生吞活剝地記了些文法規則。在那種年紀,記憶力好,理解力差,也不會想去把文法弄懂,背起來就算了!

啓蒙的老師及文法書

高中讀的是新竹中學,高一的班導師也是英文老師,他要我們開始使用英英字典,於是我就查了三年英英字典。這在高中階

段我覺得是不錯的訓練，可以避免在兩種完全不同語系的單字間硬套，同時也可以訓練閱讀，以及培養用英文思考的習慣。

當時我們用的文法書是湯廷池老師編的，對我的幫助很大。湯老師是新竹中學的學長，也在竹中任教過，我進竹中時他已經離開了，不過我一直自認為是湯老師的學生，因為他的文法書可以說是我英文觀念的啓蒙。那套文法書整個是用英文寫的，系統嚴密、深入淺出，解決了我對文法的許多疑惑，也建立了一套完整的文法觀念。一本好的文法書，對學英文的人有多麼大的幫助！湯老師那套文法書就是這樣的好書。只不過完全用英文寫成，要自習不大容易。此後我再也沒有看過一本夠好的文法書。雖然書店裡有上百本，可是都抄來抄去，寫的人大概也不懂那些「規則」的道理何在。這種文法對一個心智發育成熟、有理解需求的學習者實在沒有多大幫助。所以我才會想要寫一本偏重理解、能夠自習的文法書。

大學我唸的是師大英語系，大一班導師當然也是英文老師。他要我們丟開字典、大量閱讀，要有一個晚上看完一本小說的能力。我一聽正中下懷。查了六年字典，我仍然視查字典為苦差事，可是不查又不放心。現在有老師說可以不查字典，真是深獲我心。另外，我選擇讀英文系的原因，主要就是我愛看小說。讀英文系，看小說就是我的功課，那是多美的事，而且又不必查字典！

大學教育

大學四年，我看了不少書。我們用的英國文學史和美國文學史，和美國大學英文系用的是同樣的版本，兩本加起來有幾千

頁。包括中古英文，有從古到今、各式各樣的文學作品精華。老師上課的時候只是蜻蜓點水，有些部分完全不提，有些只能作些背景介紹，最多是節選一些段落出來講講。我當時有頗強的沙文主義偏見，對盛行的留學風很不以為然，認為中國人為什麼非要到外國唸書不可？所以我打定主意在國內唸研究所。而研究所考試的專業科目主要就是英史與美史，所以我不管老師上課時怎麼跳，晚上一定把書本逐字逐句看完。當然有看不懂的，也有不認識的字。不過我是以「看完」為目的，不懂也就算了。除了課本，另有一些重要的典籍與作品，像是聖經、希臘羅馬神話與經典小說等等，我都到圖書館去借來看。好在這些東西都是經過時間試煉的名作，不必勉強自己，看下去自然會欲罷不能。看這些東西，感官刺激雖不如看電影，可是它比電影多一層想像的空間，韻味無窮，是電影無法企及的。就這樣，我輕鬆愉快地唸完了大學。

　　研究所我讀的是台大外文研究所。考研究所之前我先教了一年高中——那是師大公費生的義務實習，教完才有考研究所的資格。這一年中我幾乎沒有時間準備考試，只是到時候拿枝筆就進考場了。台大外文研究所筆試的滿分是六百分，考試結果我以第一名錄取，分數是五百多分，第二名錄取者是三百多分——跟我的分數差了接近兩百分，我自己也嚇了一跳。我想這是我「不求甚解」式讀書方法見到效果了。

一個晚上看一本小說

　　唸研究所時值得一提的是學位考試(Comprehensive)。當時我選的兩張書單分別是十九世紀英國文學與二十世紀英國文學。書

單上分成小說、戲劇、詩歌、散文、文學批評等五類。光講小說的部分，兩張加在一起有四十五本，每本平均是三、四百頁。我記得當時是花了兩個月的時間把這四十五本小說全部看完——扣掉出去玩的日子，大概一個晚上要看一本。這一段時間的密集閱讀對我的英文能力有「很大」的幫助。小說是最優美豐富的文字，戲劇用的是口語（不過十九世紀的口語和現在頗不相同），詩歌是最濃縮的語言，散文比較平易近人，文學批評則是非常學術化的文體。這些東西看了一堆下來，大概各式各樣的英文都可以應付了。

研究所畢業後，在元培醫專、新竹科學園區實驗中學教了一陣子的書，又回到台北，進入淡江英文系任教，並就近去讀淡江的美國研究所博士班。在美研所所學，與其說對英文有什麼幫助，不如說是進一步了解了美國的社會、政治、文化背景。話說回來，要真正懂一個語言，不了解那個國家和人民的話是辦不到的，這一方面也就是我讀美研所的收穫。

到現在我教過的學校包括國中、高中、專科、大學，補習班有 YMCA、留學補習班等等。現在還在我女兒讀的鄉下小學自告奮勇，每週三天，利用早自習時間去教小孩子英文——這是我做過最有挑戰性的工作！

享受閱讀樂趣的第一步——不求甚解

教學的經驗給我的幫助也很大。在從前教托福、GRE、GMAT 這些留學英文測驗時，開始接觸到字源分析，了解到英文單字的構成，也體認到字源分析是學習單字效果宏大的工具。《TIME 中文解讀版》「資訊播報員」單元中的字源分析以及 TIME

Studies《學習時代》中的「字源大挪移」這兩個單元，就是這段教學經驗的產物。這本《文法俱樂部》，整理出我從大量閱讀中觀察、歸納出來的心得，以及我個人架構出來的文法句型系統。它偏重理解，預先設想學習者可能有的疑惑，也針對最常犯的錯誤加以解說，這些都是我教英文二十多年經驗的累積。

同時，爲了教學所需，我以在師大學的教材教法爲基礎，再去閱讀新的 ESL/EFL 教學理論，發現我誤打誤撞的那套「不求甚解」式閱讀，竟然就是五種教學法之中最適合國內學習者需求的「閱讀法」(the Reading Approach)。這種方法不需要外在有英語環境，只要找來適合自己程度的英文文章，由淺入深閱讀下去，常見的英文單字與常用的文法句型自然會大量出現，從上下文中就可以學會新的單字與用法，不需借助字典。有字源分析的工具當然會更好。冷僻的單字去查也沒用──因爲不是常常看得到，查了也背不起來。更重要的是，擺脫了字典的累贅，你就會發現閱讀的樂趣，讓你愛讀的文章來牽引你，不必有絲毫勉強，自然能持續下去，每天都有進步。我的托福考了滿分 677 分，GRE 語文部分拿到 720 分（在以美國大學畢業生爲主的全世界考生中名列前 3%），可以證明「閱讀法」效果宏大。

讀到一個程度，累積了足夠的 input，就會有 output 出來──可以拿起筆來寫了。不過，寫的要求比讀的要求高出很多，沒有好的文法句型觀念是寫不出好文章的。文法俱樂部、繆司作文班此時就是你的好朋友。

TIME 的挑戰

我學英文的經驗，還有一個挑戰要提──TIME。從前我只是

偶爾看一下 TIME，一九八〇年代我開始在補習班講授 TIME。這時候不是看看就算了，而是要完全弄懂才能去教。細看之下我發現我的英文還是有盲點。我是受正統英文系教育出身，學院派的英文、老舊的英文看得很多，真正今天用的英文接觸得還不夠，而 TIME 喜歡創新，玩文字花樣，同時新聞體的英文講究簡潔，文字高度精簡，和慢條斯理的十九世紀英文大不相同。另外，TIME 的內容無所不包，典故、影射、雙關語等大量使用。古典的典故還難不倒我，一些當今人物，尤其是美國人才熟悉、外人無從接觸的人物，用在典故、影射中就會無法意會。

一九九五年七月我開始參與《TIME 中文解讀版》的籌備工作，到現在接近三年的時間，仔細閱讀、翻譯、評注了大量的 TIME 文章，也審閱了大批譯稿，其間不斷要查資料、打電話、上網找答案，社裡也聘了美籍顧問幫忙，這一段時間最大的收穫應是更深入了解美國社會文化、國際局勢，也豐富了各方面的知識背景，同時 TIME 的文體也對我的英文寫作風格產生了影響，讓我更趨於精簡，用字比較精準，句型也更有變化。

懶人英文學習法

英文只是個工具，但是這個工具的學習可以說是永無止境。現代英文教學法中的 the General Approach 主張學習者應認清自己的學習風格，該怎麼學是因人而異，要選擇最適合自己學習風格的方法。我學習英文的經驗也許不是每個人都適合，不過我覺得，好逸惡勞是大部分人的通病。如果你曾痛下決心把英文學好，卻半途而廢，不能持之以恆，那麼我這套懶人的方法可能也適合你。只要找你愛看的書來，不必查字典，不求甚解，知道大

概在說什麼，能維持你閱讀的興趣就好了。或者找簡單點的東西來看，或者找《TIME 中文解讀版》這類有深度、優美的文字來看，利用翻譯、註解等等來了解文章在說什麼就夠了。這樣你自然能持續閱讀下去，在不知不覺中吸收有意義的 input。只是茶餘飯後看看閒書，沒有絲毫勉強，假以時日你的英文就有進步。

字源分析是你征服單字的最佳工具，《文法俱樂部》是你理解句型最好的幫助。祝你閱讀愉快。

《TIME 中文解讀版》總主筆

旋元佑

前言

　　你覺得學英文不需要學文法嗎？或者，你曾經努力想學好文法，可是總覺得文法太難而半途而廢？還是你覺得你的文法能力夠好，不必再加強了？如果對以上任何一項，你的答覆是肯定的，請你繼續看下去。這本書將改變你的觀念，並且讓你有豐富的收穫。

　　假如你只需要口語英文，也就是聽與說，那麼沒錯，你並不需要學文法。美國有許多文盲，認不了幾個大字，更別提什麼文法，說起話來倒是完全沒問題。可是，進入文字英文的領域，不懂文法就不行了。比方說，你想看懂 TIME 裡面的 Essay，如果沒有好的文法素養，那麼比較難的句子就沒辦法看懂。

　　更進一步，當你拿起筆來寫封英文信，或坐在電腦前面打一份英文報告，不會义法的話可就完全行不通了。一般美國大學生受的文法訓練普遍不夠，所以寫的英文也錯誤百出。有許多臺灣英文系的畢業生，拿獎學金到美國讀研究所的條件，就是要幫教

授批改大學部美國學生的作文。中國學生能批改美國學生的英文作文，原因無它：我們受的文法訓練比他們多！

　　當然，英文系高材生不能代表台灣學生平均的英文程度。大部分學生花了很長的時間學文法，只有很小一部分真正學通。這不是因為學生不用功，而是因為文法老師素質參差不齊，文法書又多半語焉不詳。一些似通非通的所謂「規則」，在一本本文法書間抄來抄去，寫書的人不去追究背後的道理，教文法的人也從來不去質問「為什麼」，規則解釋不了的地方就叫作「例外」。以訛傳訛的結果，把很合邏輯的文法搞得令人望而生畏。試想，每學到一個文法項目，有一百條規則要背，這一百條規則又牽出一千條例外，這樣怎麼可能學得會呢？

　　好的文法觀念，不應該有任何要背的東西。還有，傳統文法除了規則太多以外，系統也太繁複，往往在解釋不通的時候就創造一個新名詞來解釋。好的文法觀念可以直接從大量的英文句子中歸納出來，只需要少數幾個容易理解的觀念，就可以充分詮釋傳統文法動用許多名詞才能處理的東西。換句話說，筆者認為傳統文法經過大量簡化、合理化後，可以讓具有基本分析理解能力的人都能不經死背而輕鬆了解。這本書的宗旨，就是要革新傳統文法，提出原創的觀點，讓英文文法變得簡單易學。在每一章，讀者都可吸收到一些在任何一本文法書中找不到的觀念，而這些觀念正是理解英文文法最重要也最有效的工具。

　　英文文法以句子為主要的研究單位。學文法的目的，就是要學會看懂英文句子，包括複雜的、難懂的句子。更進一步就是要能寫出正確的、有變化的句子。至於句子的效果性與說服力，則屬於修辭的範圍，在本書中稍有提及，詳細的情形必須用一本修

辭的專書來加以探討。

　　本書的編排採循序漸進的方式，第一篇先介紹單句，從基本句型切入。然而要充分了解單句，就得對它的各個部分都能掌握，包括作主詞用的名詞，包括動詞（這會牽涉到時態和語氣），包括修飾語（形容詞與副詞）等等。所以第一篇中繼基本句型之後，即進入這些詞類的研究。第一篇中還有對不定詞片語、動名詞與分詞的探討。這個部分是打基礎的工作，為後面的減化子句預作準備。

　　單句掌握得好，對各種主要詞類能夠運用自如，之後才有資格進入複句、合句。所以第一篇的內容可以說是最重要的基礎。

　　第二篇探討的是複句與合句。只要單句能夠掌握，那麼複句或合句只是把兩個以上的單句運用連接詞結合起來。好比堆積木，有足夠的方塊就可以堆出漂亮的房子。反之，如果方塊有瑕疵，東倒西歪，怎麼堆都會倒下來。所以，進入第二篇之前，一定要先把第一篇熟讀、充分理解。

　　征服了複、合句，就有能力看懂比較複雜的句子，下筆時也可以有變化，不再是通篇單句，開始能展現出比較成熟的英文風格。

　　第三篇的減化子句又得建立在第二篇複、合句的基礎上。減化子句是反璞歸真的高級句型。一句話中分析起來可能會發現有五、六個句子藏在裡面，若還原成複、合句的話會是很長、很囉唆的句子。然而經過減化之後，整個句子短小精緻，看來像個單句，可是濃縮了五、六句的意思在裡面。這種精練的句子是最後一道關卡。一般文法書在這方面整理得很差，也造成許多人閱讀的瓶頸。筆者在第三篇中建立的系統可以最有效率地帶領讀者征

服減化子句，讓讀者有能力去分析最難的句子，看懂 TIME 作者艱澀的文章。多閱讀之後，也能寫出既準確又精簡的減化子句，真正臻於揮灑自如的境界。

不過，萬丈高樓平地起。讀者看這本書時一定要循序漸進，不要急。從初級的單句，經過中級的複、合句，再來到高級的減化子句，每一個章節都要去思考、理解——不必記憶。完全看懂了一章之後才進入下一章。這樣就能建立起最有效率的文法句型觀念，克服讀、寫的文法句型障礙。

經過這些筆者個人觀察出來的觀念的啟發，希望能夠培養出讀者的英文能力，建立讀者對英文的信心，並增強讀者閱讀英文的興趣。這是筆者對本書的期望。

目錄

第一篇　初級句型——

單句

Simple Sentences

第一章

基本句型及補語

五種單句的基本句型：

1. S+V	（主詞＋動詞）	S：主詞
2. S+V+O	（主詞＋動詞＋受詞）	V：動詞
3. S+V+C	（主詞＋動詞＋補語）	O：受詞
4. S+V+O+O	（主詞＋動詞＋受詞＋受詞）	C：補語
5. S+V+O+C	（主詞＋動詞＋受詞＋補語）	

　　雖然從國中開始就教五種基本句型，可是其中有兩種（句型 3 和句型 5）關於補語的句型，許多人恐怕一直沒有真正搞清楚是怎麼回事。如果有五分之二的單句沒有弄懂，接下來的複句可就沒辦法弄清楚。所以補語是第一個需要加強的觀念。

　　傳統文法處理這個問題時，照例是取一些名詞來搪塞過去，像「補語」這個詞本身，以及「不完全不及物動詞」和「不完全及物動詞」等等。動詞的及物或不及物還是比較容易了解的觀

念，至於什麼叫做「不完全」，在傳統文法中一直沒有講清楚，連帶什麼叫做「補語」也就不甚明確。

其實，要了解補語，只需要研究那些解釋為「是」的動詞。基本句型分五種，是因為有五種特性不同的動詞而造成的。在所有的英文動詞中，只有解釋為「是」的動詞是空的，完全沒有意義。也只有這種動詞才需要補語來補足句子的意思。

先回到出發點來說。一個完整的句子，必須能夠表達完整的意思。這需要以兩個部分來完成：主詞和動詞。主詞，是這個句子所敘述的對象。動詞，構成敘述的主要內容。例如：

1. John Smith died in World War Two.
   （約翰史密斯死於第二次世界大戰。）

2. John Smith killed three enemy soldiers.
   （約翰史密斯殺了三名敵軍士兵。）

在例 1 中，主詞 John Smith 是這個句子所敘述的對象。講白一點就是：這個句子要告訴你的是有關 John Smith 的事情。是什麼事情呢？主要是：他「死了」(died)。動詞 died 構成敘述的主要內容。至於說他死在第一次大戰還是第二次大戰，則是可有可無的細節，以介系詞片語 in World War Two 來表示，依附在動詞上做修飾語使用。換句話說，例 1 如果只說 John Smith died，也可以構成意思完整、正確的句子。

像 die 這種動作，可以獨立發生，不牽涉到別的人或物，這種動詞就叫「不及物」動詞。可是像例 2 中 kill 這種動作，就必須發

生在另一個對象的身上。要做出「殺」的動作，得有個東西「被殺」才行，「殺」這種動詞就叫「及物」動詞，它後面通常必須跟著一個受詞來「接受」這個動作。例 2 中，killed 就是及物動詞，而 three enemy soldiers 就是受詞。

接下來要進入重點所在了。在例 2 中，killed 雖然需要受詞，可是句子最主要的內容還是在主詞、動詞這兩個部分。主詞部分告訴我們這個句子要敘述有關 John Smith 的事情；動詞部分敘述他做了個「殺」的動作。如果只說 John Smith killed，那麼這個句子還沒有表達出完整的意思，是不好的句子。可是，它並非完全沒有意義，至少我們可以看出來，有一個叫 John Smith 的人殺了個不曉得是什麼的東西。

反之，如果句子缺了補語，就會變得完全沒有意義，因為敘述的部分完全缺乏。請注意：在所有的英文動詞中，只有解釋為「是」的動詞是空的，完全沒有意義。一般的動詞，不論及物或不及物，都要擔任敘述全句最主要內容的工作。只有解釋為「是」的動詞，沒有敘述能力，只能扮演引導敘述部分的角色。例如：

3. John Smith was a soldier.
   （約翰史密斯是軍人。）

4. John Smith was courageous.
   （約翰史密斯很勇敢。）

在例 3 中，主詞 John Smith 不變，可是動詞 was 就和前面的例子都不一樣。這個動詞並沒有告訴我們有關 John Smith 這個人

任何事情。敘述主要內容的工作落在後面的 a soldier 之上。動詞 was 只是把 John Smith 和 a soldier 之間畫上等號，串聯起來而已。

不必翻譯的動詞：be 動詞

例 4 John Smith was courageous.更明顯，把它翻譯成中文是「約翰史密斯很勇敢」。請注意：在中文翻譯中，動詞「是」完全不見了！請進一步觀察下面的例子：

太魯閣峽谷很美。
Taroko Gorge is beautiful.

湯太燙了。
The soup is too hot.

在中文裡，如果後面跟的是形容詞，動詞的「是」會被丟掉。好比上面這兩個例子，如果說成「太魯閣峽谷是美麗的」以及「湯是太燙的」，就完全不像中文說話的口吻了。這個現象充分顯示「是」這個動詞是空的，完全沒有意義。在英文中 is 是動詞，不能丟掉，可是它不像一般動詞能敘述主要內容，它是空的，沒有任何意義。如果只說 John Smith was ，或 Taroko Gorge is ，或 The soup is ，這些句子在一般的情況下都是錯的，而且都沒有意義，因為動詞「是」缺乏敘述能力。

解釋為「是」的動詞沒有敘述能力，只能把主詞和後面構成敘述的部分連接起來，所以它又叫做「連綴動詞」(Linking Verb)。跟在這種動詞後面的部分，因為替代了動詞所扮演的敘述

角色，補足句子使它獲得完整的意思，稱之爲「補語」
(Complement)。

需要補語的動詞有哪些？

　　be 動詞直接翻譯爲「是」，是最有代表性的「連綴動詞」。另外，在所有的英文動詞中，凡是接補語的動詞（也就是所有的「連綴動詞」），都可以解釋爲各種各樣的「是」。請觀察以下這些「連綴動詞」的翻譯：

look	看起來是
seem	似乎是
appear	顯得是
sound	聽起來是
feel	摸起來是
taste	嘗起來是
turn	轉變爲
prove	證實爲
become	成爲
make	做爲

　　當然，「爲」只不過是文言的「是」。以上這些動詞就是類似 be 動詞的最常見的「連綴動詞」。一個主詞如果配合其中任何一個做動詞，都還不能構成一個有意義的完整句子，因爲這些動詞都是空的字眼，需要補語來補足。

　　再看看下面這些例子：

That dress <u>looks</u> pretty.（那件裙子很好看。）

The dog <u>seems</u> friendly.（那隻狗好像很友善。）

His demands <u>appear</u> reasonable.（他的要求顯得很合理。）

His trip <u>sounds</u> exciting.（他的旅行聽起來很刺激。）

I <u>feel</u> sick.（我感覺不舒服。）

The drug <u>tastes</u> bitter.（藥很苦。）

The story <u>proved</u> false.（故事經證實是捏造的。）

He <u>became</u> a teacher.（他當了老師。）

A nurse <u>makes</u> a good wife.（娶護士做太太真不錯。）

　　現在請做個小實驗。把以上句子裡的動詞全部換成 be 動詞，也就是，把各式各樣的「是」換成純粹的「是」。有沒有發覺，這些句子的意思和句型，都沒有太大的改變？這就是「主詞＋動詞＋補語 (S+V+C)」的句型。凡是動詞解釋為各式各樣的「是」的句子，都屬於這種句型。

受詞補語的句型

　　了解主詞補語的句型後，受詞補語的句型就容易了解了。主詞補語的句型，是用補語告訴讀者主詞是什麼，中間用「是」為動詞串聯起來。「主詞＋動詞＋受詞＋補語 (S+V+O+C)」的句型，則是用補語告訴讀者受詞是什麼，中間暗示有一個「是」的關係存在。請看看下面這些受詞補語的例子：

I find the dress pretty.（我覺得衣服很漂亮。）

The meat made the dog friendly. （肉讓狗變得很友善。）

They consider his demands reasonable.

（他們認為他的要求是合理的。）

He found the trip exciting. （他覺得這次旅行很刺激。）

The food made me sick. （這種食物使我想吐。）

I don't find the drug bitter. （我並不覺得藥很苦。）

I consider the story false. （我認為故事是捏造的。）

His college training made him a teacher.

（他的大學教育使他成為一名教師。）

Most people consider a nurse a good wife.

（大多數的人認為護士會是稱職的太太。）

就拿其中第一個例子 I find the dress pretty.來看，受詞 the dress 和補語 pretty 之間雖然沒有「是」字，可是帶有這種暗示存在。如果加個 be 動詞進去，就變成剛才介紹主詞補語的例子 The dress is pretty.。上面所有受詞補語的例子都可以用同樣的方法變成主詞補語的句子。其實這也就是檢驗 S+V+O+C 句型最簡便的方法：把受詞和補語拿出來，中間加 be 動詞，看看能不能改成 S+V+C。

補語的詞類

另外需要提一下補語的詞類問題。這是在英文寫作時常會出錯的地方。補語的詞類，應該是名詞和形容詞比較合理。因為主詞或受詞都是名詞，所以補語也可以是名詞，經由「是」的連接來表達全等的關係。例 3 John Smith was a soldier.中，主詞補語 a soldier 就是名詞，經由動詞「是」的連接來表達和主詞 John Smith 全等的關係。如果把例 3 改成 The military academy made John Smith a soldier.（軍校訓練約翰史密斯成爲軍人。），那麼 John Smith 成爲受詞，a soldier 也就成爲受詞補語，詞類則完全不變。

補語合理的詞類，除了名詞外還有形容詞。因爲主詞和受詞都是名詞，而修飾名詞的修飾語就是形容詞。在例 4 John Smith was courageous.中，主詞補語 courageous 是形容詞，因而可以經由動詞「是」的引導來修飾主詞 John Smith 是怎樣的人。如果把例 4 改成 I consider John Smith courageous.（我認爲約翰史密斯很勇敢。），那麼 courageous 就成了受詞補語，詞類當然還是形容詞。

沒有補語的 be 動詞

介紹完兩種補語的句型，最後把 be 動詞的用法做個補充。be 動詞是最純粹的 linking verb，解釋爲「是」，後面應該要有補語才算完整。如果看到 be 動詞後面沒有補語，表示這個 be 動詞並不是當做連綴動詞使用。這時候 be 動詞並不解釋爲「是」，而要解釋爲「存在」，用在最單純的「主詞＋動詞 (S+V)」的句型中。

例如，笛卡爾說的「我思故我在」這句話，被公認爲現代哲學的開始。它的意思是：人類因爲能夠思考，才能肯定自我的存在。原文是拉丁文 Cogito ergo sum。翻譯成英文是 I think; therefore I am.。再翻譯成中文時，不能只看到 I am 就翻譯成「我是」。光說「我是」是沒有意義的，因爲動詞「是」是空的字眼，必須有補語來交代「是什麼」。在沒有補語的情形下，I am 就得翻

譯成「我存在」了。

再舉一個例子。《哈姆雷特》中一段最有名的獨白，是以 To be or not to be, that is the question 開始的，相信讀者都看過。可是 To be or not to be 要怎麼翻譯呢？「我是」？ 這樣翻譯是毫無意義的，因為「是」是空的，不能沒有補語。在這裡因為沒有補語，be 動詞只能解釋為「存在」。 To be or not to be 就可以翻譯為「要存在還是不要存在」，也就是「要不要活下去」的意思。哈姆雷特是丹麥王子，因為叔父與母親私通，害死他的父王，使他產生輕生的念頭。這段獨白就是他對生死問題的辯證。因為觸及生命最核心的問題，而成為千古絕唱。

有兩個受詞的句型

最後再談談 S+V+O+O 的句型，那麼五種基本句型就全部清楚了。有一種動詞，後面可以接兩個受詞。例如：

John's <u>father</u> <u>gave</u> <u>him</u> <u>a dog</u>. （約翰的父親給他一隻狗。）
      S   V O O

請想一想 gave 這個動詞。要做「給」的動作，首先要有個東西：在上例中就是那隻狗。然後，還得有人接受，才能給得出去：在上例中就是 him。這兩個受詞，一個是給的對象，一個是給的東西，兩個都是名詞，可是並不相等。這個句型要和另一種四個元素的句型 S+V+O+C 區分清楚，後者的受詞與補語也可以都是名詞，可是受詞與補語間存在有「等於是」的關係。例如：

John's <u>father</u> <u>called</u> <u>him</u> <u>a dog</u>. （約翰的父親罵他是狗。）
      S   V   O   C

　　因為有「他是狗」的意思在，所以 a dog 是 him 的補語。如果是 John's father gave him a dog.這一句，him 是給的對象，a dog 是給的東西，兩者並不相等，所以並不是受詞與補語的關係，兩個都是受詞。

　　本章談的是比較根本的句型問題。雖然簡單，卻是了解英文文法必要的基礎。讀者在閱讀英文時不妨詳加分析句型，觸類旁通，相信會更有收穫。

Test 1

請判斷以下各句屬於五種基本句型中的哪一種？

1. The magician moved his fingers quickly.

2. The police found the letter missing.

3. The police found the missing letter.

4. He ordered himself a steak and a bottle of red wine.

5. Don't you like dancing?

6. The President has gone abroad on a visit.

7. That sounds like a good idea.

8. The box feels heavy.

9. He told his guests a dirty joke at the party.

10. The people elected Bill Clinton President.

11. The child asks her mother a million questions a day.

12. Monkeys love bananas.

13. You can leave the door open.

14. The company has gone bankrupt.

15. Why don't you answer me?

16. I consider you a member of the family.

17. It never rains in California.

18. You'll look better with these designer glasses on.

19. I can see better without these reading glasses.

20. Do you call me a liar?

Answer Key 1

1. The <u>magician</u> <u>moved</u> his <u>fingers</u> quickly.
          S   V   O

2. The <u>police</u> <u>found</u> the <u>letter</u> <u>missing</u>.
        S   V   O   C

3. The <u>police</u> <u>found</u> the <u>missing letter</u>.
        S   V   O

4. <u>He</u> <u>ordered</u> <u>himself</u> <u>a steak and a bottle of red wine</u>.
    S   V   O   O

5. Don't <u>you</u> <u>like</u> <u>dancing</u>?
          S   V   O

6. The <u>President</u> <u>has gone</u> abroad on a visit.
          S   V

7. <u>That</u> <u>sounds</u> <u>like a good idea</u>.
     S   V   C

8. The <u>box</u> <u>feels</u> <u>heavy</u>.
        S   V   C

9. <u>He</u> <u>told</u> his <u>guests</u> a dirty <u>joke</u> at the party.
    S V   O   O

10. The <u>people</u> <u>elected</u> <u>Bill Clinton</u> <u>President</u>.
          S   V   O   C

11. The <u>child</u> <u>asks</u> her <u>mother</u> a million <u>questions</u> a day.
         S   V   O   O

12. <u>Monkeys</u> <u>love</u> <u>bananas</u>.
       S   V   O

13. <u>You</u> can <u>leave</u> the <u>door</u> <u>open</u>.
      S   V   O   C

14. The <u>company</u> <u>has gone</u> <u>bankrupt</u>.
          S   V   C

15. Why don't <u>you</u> <u>answer</u> <u>me</u>?
             S   V   O

16. <u>I</u> <u>consider</u> <u>you</u> a <u>member</u> of the family.
   S   V   O   C

17. <u>It</u> never <u>rains</u> in California.
   S   V

18. <u>You</u>'ll <u>look</u> <u>better</u> with these designer glasses on.
   S   V   C

19. <u>I</u> can <u>see</u> better without these reading glasses.
   S   V

20. Do <u>you</u> <u>call</u> <u>me</u> a <u>liar</u>?
      S   V   O   C

第一章

名詞片語與冠詞

　　名詞片語是英文句子中不可或缺的元素。單句的主詞、受詞是它，補語也可以是它。除了主詞、受詞、補語這些主要元素外，介系詞後面所接的受詞也是名詞片語，所以名詞片語使用的頻率極高。不過名詞片語很容易出錯，尤其是冠詞的部分，寫作時一不小心就會用錯。一般文法書處理這個問題時，通常會列出一長串規則，再附註一大堆例外，這種文法書，坦白說對於學英文的人並沒有太大的幫助。本章就要和讀者一同來探討名詞片語，尤其是冠詞的用法。本書中沒有規則要背，自然也就不會有所謂的例外。只要經由理性的探討，便足以涵蓋傳統文法所有的規則，而且更深入、更靈活。

名詞片語

　　首先，英文是一種拼音文字，和其他拼音文字一樣，用字尾的變化來表示單、複數。不僅如此，在名詞片語的開頭，還有一

些符號來配合標示該名詞的範圍，這種符號在語言學上稱爲「限定詞」(Determiners)。它與字尾的單複數符號互相呼應，共同 determine 名詞的範圍。冠詞就是 Determiners 之中的一種。請看下面的例子：

a new book	一本新書
many good students	許多好學生
his beautiful wife	他美麗的妻子
the best answer	最好的答案
those sweet roses	那些芳香的玫瑰花

這幾個名詞片語都是由三個部分所構成。第一個部分（a, many, his 等）就是限定詞，這個限定詞決定第三個部分（book, students, wife 等），亦即名詞部分的範圍。中間的部分（new, good, beautiful 等）則是形容詞，爲依附在名詞上的修飾語，是可有可無的元素。

其實，名詞片語的這三個部分當中，每個部分都可以省略。在 a new book 中，即使拿掉形容詞，剩下 a book，這個名詞片語還是正確的。同樣地，在 the best answer 中如果拿掉名詞，剩下 the best，也一樣是正確的，例如：

Of these answers, this one is the best.
（在這些答案中，這個最好。）

讀者可以從此句中清楚了解 the best 就是 the best answer 的意

思。甚至在 those sweet roses 中，可以把形容詞和名詞一起拿掉，只剩下 those，仍是正確的名詞片語。比如說，你指著一些玫瑰花，對花店老闆說：

I want <u>those</u>.（我要那種的。）

老闆就會知道你要的是什麼。

什麼時候不需要用限定詞?

如果把 many good students 中的限定詞 many 拿掉，剩下 good students，仍然是正確的。但如果把 a new book 中的限定詞 a 拿掉，只剩下 new book，就變成一個錯誤的名詞片語，而這種錯誤在寫作時偏偏常犯，所以我們有必要進一步加以討論。

從語源學(etymology)的角度來看，冠詞 a(n)可以視爲 one 一字的弱化(reduction)結果。也就是說，a(n)就代表 one 的意思，只是語氣比較弱。a(n)與 one 同樣都是在交代它後面所接的名詞是「一個」的概念。如果後面的名詞不適合以「一個」來交代，也就是不適合加 a(n)的話，就可把限定詞這個位置空下來。例如：

<u>Unmarried men</u> are a rare species these days.
（未婚男性目前是稀有品種了。）

在名詞片語 unmarried men 中，只有形容詞(unmarried)和名詞(men)兩個部分，而沒有限定詞。這是因爲 men 一字已清楚表示名詞是複數，自然不能再用 an 來表示「一個」，這時就可以把限定

詞省略。在 a new book 中，book 是單數型態，因此要用限定詞來配合標示它。所以，如果只說 new book，就變成不完整的表示。

除了複數以外，抽象名詞（如 honesty, bribery）沒有具體形狀，不能以「一個」來表示。物質名詞（如 water, food）雖然是具體的東西，可是形狀不固定，也不能以「一個」來表示。這些不能以 a(n) 來引導的字就可以把限定詞省略。例如：

Honesty is not necessarily the best policy.
（誠實不一定是上策。）

Fresh water is a precious resource in Saudi Arabia.
（淡水是沙烏地阿拉伯的珍貴資源。）

像 honesty 和 water 這些沒有複數型態的字，都不適合加 a(n)。我們可以這樣說：如果字尾加 -s，則表示該名詞為複數。如果前面加 a(n)，則表示「一個」，也就是單數。如果不能加 -s，通常表示這個字沒有辦法數，自然也就不能說是「一個」了。這時候我們就可以不用限定詞。接著我們來處理一個比較複雜的問題：專有名詞。

專有名詞與補語位置

人名（如 Lee Tenghui）、地名（如 Taipei）等都是專有名詞。因為它所代表的對象只有一個，也不適合加 a(n)，所以可以不用限定詞。為什麼只有一個的東西也不能加 a(n) 呢？因為如果用 a Lee Tenghui 來代表李登輝，那麼這裡指的是 one Lee Tenghui（一個李登輝）的意思。亦即在此句中暗示有第二個李登輝存在，所以才

特別需要標示是「一個」。如果只有一個李登輝存在，就不必這樣標示，只要說 Lee Tenghui，大家也就知道在說誰了。加 a(n)與加 -s 是一體的兩面，我們用這兩個符號分別來表示單、複數。如果一個名詞不能加 -s（或者是作不規則複數變化），那麼它也就不能加 a(n)。專有名詞就是如此。

要判斷一個名詞是否為專有名詞，有時並不是那麼容易。像 Sunday 這種字，一個月中可能會有四到五天，所以我們可以說：

There are <u>five Sundays</u> this month.（這個月有五個星期日。）

這時候它就不算是專有名詞。可是在一個星期中星期日只有一天，所以我們也可以說：

I have an appointment on <u>Sunday</u>.（我星期日有約。）

這時它就是唯一的一天，也就算是專有名詞。

放在補語位置的專有名詞最難以判斷。補語和主詞（或受詞）之間有全等的關係，如果主詞（或受詞）是專有名詞（例如人名）的話，那麼它的補語既然和它全等，便也會被當做是專有名詞來使用，條件是在補語位置上的名詞也必須具有「唯一」的性質。例如：

Wu Pohsiung was <u>Secretary General</u> of the Presidential Hall.
（吳伯雄以前是總統府祕書長。）

本句中 Wu Pohsiung 是人名，而且沒有第二個存在，所以不能加 -s，也不能加 a，我們就可以不用限定詞。而在補語位置上的 Secretary General 本來只是個普通名詞，並不是只有總統府才有祕書長，而且總統府的祕書長歷來也不只吳伯雄一人。因此，「祕書長」為普通名詞，而「吳伯雄」為專有名詞，兩詞性質本不相同。可是，因為在此句中「祕書長」是吳伯雄的補語，可以和吳伯雄劃上一個全等號，所以可用專有名詞來詮釋它。再者，當時總統府祕書長一職確實只有吳伯雄一人，因此也支持這個詮釋。所以，Secretary General 一詞沒有限定詞。這就是把它當作專有名詞的結果。再看下例：

Some say he was <u>a better Secretary General</u> than Chiang Yenshih.
（有人說他當祕書長比蔣彥士幹得更好。）

　　在這個從屬子句中，主詞 he 就是吳伯雄。Secretary General 仍然是主詞補語，可是這裡就要加 a 了。為什麼？因為在上下文中和蔣彥士做比較，這麼一來就有前後兩任祕書長，可以加 -s，不是專有名詞了。還有：

Wu is also <u>a member</u> of the Central Committee of the K.M.T.
（吳伯雄也是國民黨中委會委員。）

　　本句中 a member of the Central Committee 也是吳伯雄的補語，類似 Secretary General of the Presidential Hall。可是總統府祕

書長同一時間只有一人，中央委會員委員則有很多人，所以 a member 需要交代是「一名」，而非專有名詞。

另外，當同位格是補語時，注意是否為專有名詞，例如：

Shih Mingte, <u>Chairman</u> of the D.P.P., at the time, wore a mustache.

（施明德，當時的民進黨主席，留有小鬍子。）

句中 Chairman of the D.P.P. 一般稱為同位格，其實就是 who was Chairman of the D.P.P. at the time 這個形容詞子句的省略。其中 who 代表施明德，而 Chairman 則是主詞補語，和施明德是全等關係，所以仍然算是專有名詞，不必用限定詞。

寫主詞補語時，要注意該補語是否為專有名詞。寫受詞補語時也是一樣。例如：

Peng Mingmin made Hsieh Changting <u>campaign partner</u> of the 1996 Presidential election.

（彭明敏選擇謝長廷為九六年總統大選競選搭檔。）

句中 campaign partner 沒有限定詞，當專有名詞使用。因為它是「謝長廷」的受詞補語，與其為全等關係。而副總統搭檔只有一人，所以它便成為專有名詞的用法。

定冠詞 the 的用法

在語源學上，the 可視為 that 或 those 的弱化形式。而 that 或 those 是指示形容詞，有明確的指示功能。所以定冠詞 the 也可以

用同樣的角度來了解：凡是上下文中有明指或暗示時，也就是有「那個」的指示功能時，便要用定冠詞 the。請比較：

I need <u>a book</u> to read on my trip.
（我在旅途中需要帶本書讀。）

I have finished <u>the book</u> you lent me.
（我已把你借給我的書讀完了。）

在第一句中，a book 只是 one book 或 any book，並沒有特別指定是哪一本。在第二句中，the book 就是 that book，特別指出是「你借我的那本」。因為有明指出來，所以要用定冠詞。請再比較：

<u>Modern history</u> is my favorite subject.
（現代史是我最喜歡的科目。）

<u>The history of recent China</u> is a sorry record.
（中國近代史是部傷心史。）

第一句 modern history 一詞中，history 是抽象名詞，不可數，因而沒有 a。而在形容詞位置上的 modern 只是附在 history 上的修飾語，並不算明確的指示，所以不必加 the。第二句中 the history of recent China（中國近代史）則有 of recent China 附在後面，用來指出「那一段」歷史。因為有這種指示性，所以必須在前面加上定冠詞 the，但也不要死背前、後修飾語的差別。再看看

下面這一組例子：

He should be home; I saw <u>a light in his house</u>.
（他應該在家；我看見他家亮燈了。）

Turn off <u>the portal light</u>.
（把門口的燈關掉。）

　　第一句中雖然 a light 後面有 in his house 來修飾，可是一棟房子中電燈可能有數十個，如果看到有一個是亮的，仍然只能算是 one light，而不是 that light。所以 in his house 雖然放在後面，但並不算是明確的指示，仍然要用 a light。相反的，在第二句中，叫人把大門口的燈關掉，在 the portal light 一詞中的 portal，雖然是附在名詞前面的形容詞，可是有明確的指示功能，因為門口的燈通常只有一盞，所以已經指明了要關哪一盞燈，這時就要用 the light。總之，不必死背，但要先了解 a(n) 是來自於 one（一個），the 則是來自於 that/those（那個），再逐一判斷。

　　另外，如果上下文中沒有明確指出來，但有清楚的暗示，仍然要用定冠詞 the。例如，先生對太太說：

I'm going to <u>the office</u> now.
（現在我要去辦公室。）

　　雖然 the office 後並沒有明指，可是太太知道，就是老公上班的辦公室，這時還是要用 the。再看下例：

Do you mind if I open the window?
（我可以把這扇窗戶打開嗎？）

當有人在公車上向你這麼說時，雖然在 window 前後沒有指示性的字眼，可是對話的情境清楚暗示「就是你旁邊這扇窗戶」，所以這時候還是要用 the。如果用 a，就變成：

Do you mind if I open a window?
（我可以打開一扇窗戶嗎？）

這時的意思便成為 any window，也就是對方要在整個公車數十扇窗戶中，隨便挑一扇來打開，卻先來徵求你的同意。雖然這不是不可能，卻是很奇怪的講法。

定冠詞與專有名詞

專有名詞的定義是：只有一個對象存在的名詞，像 Lee Tenghui 和 Taipei 等。既然只有一個對象存在，就沒有「這個」、「那個」的分別，也就不能加定冠詞 the。如果你說 this book，則暗示還有 that book 的存在，這時就需要指明是 this book，也就是 the book。像 Taipei 這種字就不能這樣使用。所以，專有名詞和定冠詞是有衝突、且不能並存的。如果加了 the，就表示這個東西有兩個以上，也就不是專有名詞了。例如：

This is not the Lee Tenghui I know.
（這不是我所認識的李登輝。）

This is a photography show of <u>the Taipei</u> 50 years ago.
（這是表現五十年前的台北的攝影展。）

　　第一句暗示還有另一個李登輝存在，或是他有另外一面，是我所不認識的。這時有兩個李登輝存在，所以「李登輝」就不再是專有名詞，可以用 this 或 that 來區分，這也就是爲什麼寫 the Lee Tenghui 的原因了。還有，「五十年前那個台北」這句話暗示和今日台北不同了，有兩個台北。這時台北也就成了普通名詞，可以指來指去，所以要用 the Taipei 50 years ago 來表示。

　　最後，在許多文法書上被列爲例外，並要求學生背下來的東西，其實都非例外，反而都是很容易了解的。比如，一般文法書列出海洋、河流、群島、群山、雜誌名、船名等等，說這些是「專有名詞要加定冠詞」，是例外。但是，這種說法並非完全正確。首先，這些清單並不週全。而且，大部分的人不是懶得背，就是背不起來。死背不但不能變通，一碰到變化還是不會。現在我們就來看看這些所謂的例外。

the Pacific (Ocean)	太平洋
the Atlantic (Ocean)	大西洋
the Indian Ocean	印度洋
the Mediterranean (Sea)	地中海
the Dead Sea	死海

　　在「太平洋」the Pacific (Ocean)一詞中，Pacific 是放在形容詞的位置，字尾 -ic 是明顯的形容詞字尾。在名詞位置上的 Ocean

其實是普通名詞（世界上有三個洋。只要有兩個以上就不算是專有名詞），在此被省略掉。所以定冠詞 the 是配合後面的普通名詞 Ocean，指出「叫做 Pacific 的那個洋」。這是規規矩矩的用法，完全沒有例外。在三大洋中只有印度洋不適合省略，因為 the Indian 可能會被誤解為「這名印第安人」。同理，the Mediterranean (Sea) 是普通名詞 the sea 加上形容詞 Mediterranean，也不是例外。「地中海」可以省略 sea，因為省略之後仍然夠清楚。但「死海」the Dead Sea 就不能省略，否則會被誤會為「死人」the dead people。再看下面的例子：

the Philippine Islands → the Philippines（菲律賓群島）
the Alp Mountains → the Alps（阿爾卑斯山）

這兩個複數的「群島」Islands、「群山」Mountains，也是普通名詞。可是名詞部分被省略掉，以形容詞位置取代之，並且把複數的 -s 移到前面來。這也不是例外，只是很合理的省略方式罷了。同樣的：

the Mississippi (River)	密西西比河
the Titanic (Ship)	鐵達尼號
the Hilton (Hotel)	希爾頓飯店

如果把這些名詞片語的第三個部分還原，即可看出它們的名詞位置都是普通名詞，所以都可以加冠詞。而所謂的專有名詞都是放在形容詞位置的修飾語，所以並不是什麼例外，請看下面的

例子：

the United States of America	美國
the United Nations	聯合國
the Republic of South Korea	南韓
the *China Post*	中國郵報

這些例子中，在名詞位置的其實都是普通名詞(States, Nations, Republic, Post)，皆可加冠詞。只有 America 和 South Korea 這兩個名詞片語是專有名詞，所以前面沒有加冠詞。

以上的敘述中，重要觀念有三：

一、 名詞片語包括限定詞、形容詞、名詞三個部分。任一部分都可能省略。

二、 如果名詞片語中不用限定詞，是因為該名詞不適合加 a(n)。

三、 a(n)是 one 的弱化結果，而 the 是 that/those 的弱化結果。

這些觀念都很容易理解，不必死背，而且可以充分詮釋傳統文法的規則與例外，如果多加觀察，以後在寫作時，就可避免名詞片語或冠詞方面的錯誤。

冠詞的問題基本上是寫作時容易碰到的問題，閱讀時要多加觀察。在看文章的時候請留心名詞片語，尤其是冠詞的用法，就是最好的練習。

Test..............2

請選出最適當的答案填入空格內，以使句子完整。

1. The carpenter repaired ___.
   (A) the table's legs
   (B) table's legs
   (C) legs of the table
   (D) the legs of the table

2. Mr. Smith has three ___ under his name.
   (A) shoe stores
   (B) shoes stores
   (C) shoe store
   (D) shoestores

3. The house sits on a ___ road.
   (A) twelve feet in width
   (B) of twelve feet
   (C) twelve-foot-wide
   (D) twelve-feet

4. These men and women are all ___.
   (A) language's teachers
   (B) languages teachers
   (C) language teachers
   (D) languages' teachers

5. He ordered ___ for breakfast.
   (A) orange juice, bread and butter, coffee, and bacon, and eggs
   (B) orange, juice, bread, and butter, coffee and bacon and eggs
   (C) orange juice, bread and butter, coffee, and bacon and eggs

6. The prime minister is the real ruler and the prince is merely a ___.
   (A) little
   (B) small
   (C) nobody
   (D) none

7. Living in the city, he was always being annoyed by noises of ___.
   (A) one sort of other
   (B) one sort of the other
   (C) one sort or another
   (D) one or others sorts

8. Writing is one thing and talking is quite ___.
   (A) the other
   (B) another
   (C) others
   (D) the others

9. The majority of the Members of Parliament are men, but there are ___ women, of course.
   (A) few
   (B) little
   (C) any
   (D) quite a few

10. ___ is what he said: Don't go out!
    (A) This
    (B) That
    (C) The
    (D) These

11. Whether you serve coffee or tea doesn't matter; ___ will do.
    (A) any
    (B) either
    (C) some
    (D) all

12. As we have finished the first chapter, now we will read ___.
    (A) second
    (B) the second
    (C) second one
    (D) the two

13. He has two daughters; one is a singer and ___ an actress.
    (A) another
    (B) other
    (C) the other
    (D) the others

14. He asked if eighty dollars was enough, and I said that ___ twenty would do.
    (A) more
    (B) another
    (C) other
    (D) the other

15. George Orwell, ___ of *Animal Farm*, was strongly against socialism.
    (A) author
    (B) the author
    (C) an author
    (D) authors

16. This kind of ball-pen holds ___ ink than that.
    (A) less
    (B) fewer
    (C) much
    (D) little

17. John works harder than ___ boy in his class.
    (A) all other
    (B) any other
    (C) all the other
    (D) any

18. I was told to take the pills ___ six hours.
    (A) each
    (B) every
    (C) other
    (D) the other

19. The man was badly wounded, but there could still be ___ hope.
    (A) little
    (B) few
    (C) a little
    (D) a few

20. ___ these people are going to the concert.
    (A) The most
    (B) Most of
    (C) Most
    (D) Almost

Answer Key 2

1. (D)

   所有格有兩種表示方式：人與其他生物可用's 的形式，無生物則用 of...的介系詞片語形式來表示。本題的 table 是無生物，故只能從 C 和 D 之間選擇。因為有 of the table 修飾前面的 legs，表示出來是「哪些」腳，所以要有定冠詞 the。

2. (A)

   複合名詞，前面的 shoe 放在形容詞位置，只能用單數形。後面的 store 要用複數，因為有限定詞 three。D 的 shoestores 是錯誤拼法，兩個字不能連起來。

3. (C)

   冠詞(a)與名詞(road)之間是形容詞位置，而且只能放單字，不能放片語，故從 C 和 D 來選。既然是形容詞，沒有複數可言，故排除掉 D。

4. (C)

   「語言教師」是複合名詞，故由 B 和 C 之間來選。前面 language 的位置是形容詞位置，沒有複數，故選 C。

5. (C)

   bread and butter（奶油吐司）是一種食品，兩個字都不可數，不需要限定詞，構成一個名詞片語，因而中間不能有逗點。bacon and eggs（火腿蛋）亦然。這裡的 bacon 不可數，eggs 是複數，亦不需要限定詞。

6. (C)

   nobody 意為「無名小卒」時應作普通名詞看待，可加冠詞 a。A 與 B 都是形容詞，不應置於冠詞 a 後面當名詞用。none 是 no one 的複合字，其中的 no 就是限定詞，所以前面不能再加冠詞 a。

7. (C)

   one sort or another 表示 one sort or another sort，是一個常用的片語，意為「各種各樣的」。

8. (B)

   以 another（後面省略 thing）和 one thing 相對，可以表示「不同的兩件事」，也是常用片語。

9. (D)

   C 的 any 只適用於否定句或疑問句。肯定句中的 any 要解釋為「任何」，在此亦不適合。B 的 little 要配合不可數名詞才能用。在 A 與 D 之間，few 是否定的意味，a few 才能表示肯定，而 quite a few 則是加上強調語氣的副詞 quite 來表示「還不少」。上下文要求肯定語氣（由連接詞 but 可看出），故選 D。

10. (A)

   用來表示上文講過的一句話，可以用 this 或 that 作代名詞。例如：There's going to be a raise. Isn't this（或 that）great? 可是，如果代表下文要說的一句話，就只能用 this。

11. (B)

   兩者(coffee, tea)之間任選其一，應用 either，三者以上才用 any。

12. (B)

   the second 代表 the second chapter，與上文的 the first chapter 對稱。

13. (C)

   上文有交待一共是兩個女兒，除去唱歌的那個，剩下的「那一個」是演員。句意中有指明哪一個，所以要用定冠詞。the other 後面並省略掉 is。

14. (B)

   八十元當中已有四個二十（或四張二十元鈔票）了，所以說「再來一個二十(another 20)就夠了。」意思是湊成一百。

15. (A)

空格位置是主詞 George Orwell 的同位格，這個位置傾向於當專有名詞看待。再加上這部書的作者只有一人，符合專有名詞的要求，因而不用冠詞。

16. (A)

ink 不可數，故可排除 B。再從 than that 來看，應是比較級，故排除 C 和 D。

17. (B)

空格後面的 boy 是單數，所以排除複數的 A 和 C。英文的比較級要求較嚴格：只能說比班上「別的」同學用功，不然會造成「包括比自己用功」的語病，所以要有 other 一字來限定範圍。

18. (B)

每多久一次，像 every day, every week, every two months, every century（相當於 every hundred years）一樣，要用 every 這個限定詞來表示。six hours 固然是複數，可是像 hours, miles, pounds 這種代表「單位」的字眼也可以當單數使用，例如：Three miles is a long way to walk.，所以 every six hours 並無衝突。

19. (C)

hope 不可數，所以從 A 和 C 來選。上下文要求用肯定語氣：「還有希望」（從連接詞 but 可以看出），所以用表示肯定的 a little。如果用 A，成為 little hope，只能表示否定語氣：「希望渺茫」。

20. (B)

空格後面有完整的名詞片語，已經有限定詞 these，所以不能直接再加限定詞 most 在前面（most 在此並非表示「最」的副詞，而是表示「大部分」的限定詞），只能用介系詞 of 隔開。而且 most 在此既非一般解釋為「最」的最高級，前面也就不應用定冠詞 the。

動詞時態

　　英文動詞時態的變化，在學校裡可能要花一個學期才學得完。文法書上也是洋洋灑灑一大堆公式，好像非常複雜。其實，如果在句型詮釋上稍微變通一下，時態問題是很容易理解的，而且只需要了解兩種狀態：簡單式與完成式，就能充分掌握所有的時態變化。本章我們就要在短短幾頁中，將所有的時態問題都解說完畢。

　　首先，在現代文法中，時間(time)和狀態(aspect)是分開處理的。時間觀念（現在、過去、未來）非常簡單，狀態的觀念就比較麻煩，如果再把主動、被動語態(voice)加進來，變化就更多了。以簡馭繁的辦法是：把 be 動詞當做動詞，其後的分詞則視為形容詞補語。動詞片語長的時候，裡面一定會有 be 動詞，如果把 be 動詞抽離出來當做動詞看待，那就只剩下用 be 動詞寫的簡單式，以及用 have been 寫的完成式兩種狀態。分詞則可視為形容詞補語，不放在動詞片語裡面，如此一來整個時態的問題就會簡單化，我

們只要弄清楚什麼是簡單式，什麼是完成式就可以了。

簡單式

簡單式的動詞可以清楚交代此動作是發生於哪個時段。而與它搭配的時間副詞通常會明確標示出一個時段。也就是說：簡單式的時間是括弧的形狀，我們可以用括弧把簡單式的時間括起來。在以下的敘述中，我們就以括弧來表示簡單式中所描述的時間，這個括弧大小不拘，可以小到一個點，也可以大到無限，可是必須標示得很明確。現在來看看幾個例子，請注意觀察動詞時態與時間副詞之間的關係：

一、過去時間

　　例： The U.S. <u>established</u> diplomatic relations with the P.R.C.
　　　　<u>in 1979</u>.（美國與中共於一九七九年建交。）

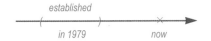

established
in 1979　　　　now

　　此句中，以 in 1979 來修飾動詞 establish（建立）的時間，表示美國與中共建交發生在這段時間內，所以我們可以用括弧將 in 1979 括起來。而這個括弧在 now 的左邊，屬於過去時間，所以動詞用 established，是過去時間的簡單式。

　　例： The movable print <u>was</u> introduced to England <u>in 1485</u>.
　　　　（活版印刷於一四八五年被引進英國。）

　　此句中，把 be 動詞當動詞看，它的時間副詞 <u>in 1485 也是一</u> <u>個括弧，在 now 左邊，同樣是過去時間的簡單式，所以動詞是</u> <u>was</u>，意思是說：活版印刷引進英國這件事情是發生在那個括出來 的時段中。過去分詞 introduced 當作形容詞補語看待，過去分詞字 尾-ed 視爲一個表達被動意味的形容詞字尾。 be 動詞是一個沒有 意義的連綴動詞，用來連接主詞「活版印刷」和補語「被引進 （到英國）」。 be 動詞雖然沒有意義，不需要翻譯，可是它是動 詞，必須以它來決定時態，所以用 was 的過去簡單式出現。

　　例： I <u>was</u> visiting clients <u>the whole day yesterday</u>.
　　（昨天一整天我一直在拜訪客戶。）

　　同樣地，把 be 動詞視爲動詞看待會比較簡單。時間副詞 the whole day yesterday 的性質和 in 1979 是相同的：都是一個過去時 間的括弧。所以，動詞時態也是一樣的：都是過去簡單式： was。 be 動詞後面 visiting clients 這個部分可視爲一個現在分詞的 片語，做爲形容詞補語來形容主詞。現在分詞表示一種持續性， 相當於中文的「正在」、「一直」的口吻。 be 動詞不必翻譯，因 <u>爲它是一個沒有意義的連綴動詞</u>，連接主詞「我」和補語「一直 在拜訪客戶」。 <u>be 動詞只要負責交代時態就好</u>。而「昨天一整天」

是一個過去的時間，所以用 was，也就是過去簡單式。

例： I was watching TV when I heard the doorbell.
（我聽到門鈴響的時候，我正在看電視。）

　　這個句子的時間副詞「我聽到門鈴響的時候」，是指門鈴響起來那一剎那，所以是很短的一瞬間。上面說過簡單式要括出動作發生的時段，而這個括弧可大可小。在 when I heard the doorbell 中，這個括弧就是最小的一個點：聽到門鈴的那一剎那，所以動詞仍然要用簡單式。將 be 動詞當做動詞看待，要用過去簡單式 was。而那時候「我」「正在看電視」。主詞與補語 watching TV 之間用 be 動詞連起來，將 watching TV 視為形容詞片語。

例： The witness was being questioned in court when he had a heart attack.
（證人心臟病突發時，他正在法庭上被質詢。）

　　此句中，時間副詞 when he had a heart attack 指的是他心臟病突發的瞬間，是一個最小的括弧。而 had 表示這個時間是過去的時間，所以 be 動詞用 was 來表示過去簡單式。主詞是「證人」，

be 動詞後面的部分當形容詞補語看待，有 being 和 questioned 兩個分詞，都視爲形容詞。be 動詞是沒有意義的，所以 being 的存在主要意義不在 be，而在字尾 -ing。這個字尾表示「正在」，所以 being 只要解釋爲「正在」就可以了。過去分詞 questioned 也當形容詞看，可是過去分詞字尾 -ed 表示被動，配合 question 就解釋爲「被質詢」，所以，being questioned 解釋爲「正在被質詢」，用來做爲主詞「證人」的補語。動詞 was 還是過去簡單式。

二、現在時間

　　如果時間副詞是 now，或是以 now 爲中心的或大或小的括弧，就要用現在時間的簡單式。從前文法書中列出規則：真理以及事實要用現在簡單式表示。其實這也沒什麼好背的。因爲，只有在以 now 爲中心的括弧，可以大到涵蓋過去未來，才可以用來表示不變的真理。請看下面這些例子：

　　例：　Huang pitches a fast ball. Li swings. It looks like a hit. The
　　　　　shortstop fails to stop it. It's a double!
　　　　　（黃〔平洋〕投出快速球，李〔居明〕揮棒，好像是安
　　　　　打，游擊手沒有攔到球，是二壘安打！）

　　　播報運動比賽時，常會用到一連串的現在簡單式。像這些句子，雖然沒有交代時間副詞，可是很明顯每一句都是現在發生的，也就是 now。播報員所播報的一直是現在這一刻所發生的事

情，所以就是 now 這一瞬間，也就是最小的括弧。只要是括弧就是簡單式，所以是現在簡單式。

例： Lee Tenghui <u>is</u> our President.
（李登輝是總統。）

李登輝是總統，可是幾年前他不是，幾年後他也可能不再是。這個句子的時間是一個以 now 為中心的括弧，所以用現在簡單式。

例： All mothers <u>love</u> their children.
（天下的媽媽都愛自己的小孩。）

天下的媽媽沒有不愛小孩的。這是古今皆然，以後也不會改變，所以這是以 now 為中心的一個極大的括弧。不論大小，只要可以用括弧表示，就是簡單式，所以動詞用現在簡單式的 love。

例： 7-ELEVEN <u>is</u> selling big cokes at a discount <u>this month</u>.
（統一超商這個月大杯可樂打折。）

把 be 動詞當動詞看,時間副詞 this month 是以 now 爲核心的一個括弧,所以用現在簡單式 is。可樂打折,是正在持續中的活動,所以用 selling big cokes,以現在分詞片詞做補語來強調持續性。

例: According to the NASA survey, the ozone layer <u>is</u> being depleted.

（根據美國航太總署的研究,臭氧層正在被消耗中。）

這是一個以 now 爲中心的較大的括弧,所以動詞用現在簡單式 is,而 being depleted 當做補語看待。being 只有字尾 -ing 有意義,解釋「正在…」。depleted 中過去分詞的字尾 -ed 有被動的意思,所以解釋爲「被消耗」。兩字合在一起,being depleted 就是「正在被消耗」當形容詞補語看待,形容主詞「臭氧層」。現在簡單式的動詞 is 則不需要翻譯。

三、未來時間

未來時間的簡單式,只是把括弧放在 now 的右邊,其他的原理則完全相同。至於裡面會有一些牽涉到語氣問題的變化,在本

章會做初步的解說，詳細的說明則留待第九章再作討論。

例： There <u>will be</u> a major election <u>in March</u>.
（三月將有一次大選。）

時間副詞 in March 是一個未來時間的括弧。只要可以括出時間來就是簡單式。<u>未來的事情還沒發生，尚未確定，所以要加一個助動詞 will 在前面</u>，意思是「到時候會」。

例： Don't call me at six tomorrow. I'<u>ll</u> still <u>be</u> sleeping <u>then</u>.
（不要在明天六點時打電話給我。我那時還在睡覺。）

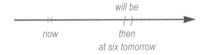

明天六點，是六點整那一刻，所以是一個最小的括弧，因為是在 now 的右邊，所以要用未來簡單式。把 be 動詞當動詞看，未來簡單式 will be 後面的 sleeping 就要當形容詞補語。而字尾 -ing 表示持續性。所以 sleeping 是「在睡覺」，用來形容主詞「我」。動詞 will be 當中，連綴動詞 be 沒有意義，只要解釋 will 的部分「會」即可。

例： The building <u>will be</u> razed <u>next month</u>.

（這房子下個月拆除。）

時間副詞 next month 是一個未來時間的括弧，所以動詞用未來簡單式： will be。後面的 razed（被拆除）是過去分詞，當形容詞補語看待，形容主詞「房子」。

完成式

另一種主要的狀態是完成式。相對於簡單式用括弧形狀來表達時間，完成式則是以箭頭形狀來表達時間，表示動作的截止時間。從功能上來看，簡單式是交代動作發生的時段，而完成式並不對動作發生的時段作明確的交代，只表示「曾經」、「有做過」的意思。請看看下面的例句。

一、現在時間

例： I'm sure I <u>have seen</u> this face somewhere.

（我確定曾經見過這張臉。）

主要子句 I'm sure 的動詞 am 表示是現在時間，除此之外，沒有時間副詞交代是什麼時候「看到」這張臉的，只知道一定有見

過。也就是說，「看到」的動作沒有明確括出來是哪一個時段發生的，只有一個箭頭的形狀，表示截止時間是現在。在這一刻以前看到過都算數，以後才要去看則不算數。這就是現在時間完成式的條件，所以用 have seen（有看過）。

　例： We <u>have been</u> working overtime <u>for a week</u> to fill your order.
　　　（我們連續加班了一個禮拜來趕出你訂的貨。）

　　　把 be 動詞當做動詞看，那麼再複雜的動詞時態也只剩下兩種變化，不是簡單式就是完成式。這裡用完成式，因為時間副詞 for a week 是「到現在，算算有一個禮拜之久了」，這時候重點在於「算到現在已經有…了」，所以強調的是截止時間，是箭頭形狀的時間，要用完成式「已經」來配合，所以動詞用 have been。後面的補語 working 是現在分詞，表示持續性，也就是「一直在加班」，用來形容主詞「我們」。動詞 have been 是 be 動詞，不必翻譯，只要解釋完成式的部分「已經」和時間副詞「有一個禮拜」就可以了。

　例： The house <u>has been</u> redecorated twice <u>since they moved in</u>.
　　　（打從他們搬來算起，這棟房子已經被裝潢過兩次了。）

這個句子的時間副詞 since they moved in（打從他們搬來算起）雖然是表示開始計算的時間，可是語氣的重點是「算到現在是多久」，所以仍然用完成式 has been。補語部分 redecorated 是過去分詞，要加上被動的解釋，成為「被裝潢」，來形容主詞「房子」。

二、過去時間

如果沒有特別交代的話，一般說「有…過」就是「到現在有…過」，所以都是現在完成式。用過去完成式時則要有一個過去的截止時間，也就是箭頭指在一個過去時間，在那之前就「有…過」。

例： Many soldiers <u>had died</u> from pneumonia <u>before the discovery of penicillin</u>.

（發現盤尼西林以前，已經有很多士兵死於肺炎。）

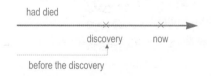

盤尼西林在一九二八年發現，可是這個句子的時間副詞不是 in 1928 一個括弧，而是 before the discovery of penicillin，也就是 before 1928，是一個以 1928 為截止時間的箭頭形狀，所以要用過去時間的完成式 had died。換句話說，這個句子說到的士兵從古羅馬時代，一直到一次大戰都可以算在裡面，但一九二八年之後的就不算了，因為盤尼西林已經發現了。這就是過去完成式的條件。

例： I <u>had been</u> smoking three packs of cigarettes a day <u>before I decided to quit</u>.

（我決定戒菸之前，每天要抽三包菸。）

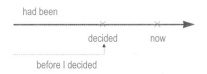

　　decided 是過去時間，而時間副詞 before I decided 是「在我決定之前」，所以不是括弧而是箭頭，以 decided 為截止時間。這就得用過去完成式 had been。補語 smoking three packs 是一個形容詞片語，-ing 表示持續性，也就是每天都要抽三包菸，而且是「一直如此」，用來形容主詞「我」。

例： Japan <u>had not been</u> defeated yet <u>by the time Germany surrendered</u> unconditionally.

（到德國無條件投降為止，日本尚未被打敗。）

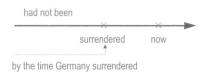

　　這個句子的時間副詞是「算到德國投降為止」，所以是一個到過去時間截止的箭頭。這就是過去完成式。動詞 had not been 表示「尚未」，就是「已經」的相反。be 動詞仍不必翻譯。補語部分

defeated 是過去分詞，表示被動的形容詞，「被打敗」用來形容主詞「日本」。

三、未來時間

　　未來時間的完成式，只是把箭頭所指的截止時間移到未來的一個點。觀念上與現在、過去時間的完成式完全一樣。在寫法上，因為是未來時間，所以動詞前面加一個 will 就可以了。請看例句：

例：　Next April, I will have worked here for 20 years.
　　　（到了四月，我在這裡就工作二十年了。）

　　這個句子中有括出時間 next April，看起來好像要用簡單式。可是另外還有一個時間副詞 for 20 years，是一個箭頭。你不可能在四月這個月內替公司工作二十年，所以 next April 只是一個截止時間，表示「算到四月為止有二十年」來修飾動詞，所以要用完成式。動詞前面加上 will，表示到現在還沒有，要到四月才「會」做滿二十年，也就是未來時間的完成式。

例：　Come back at 5:00. Your car will have been fixed by then.
　　　（五點再來吧！到時候你的車一定已經修好了。）

　　你去修車廠拿車子，老板叫你五點再來。他的意思不是五點才要修你的車，而是說五點以前就一定先修好了，等你來拿。真正修好的時間可能是四點，也可能是三點也說不一定，反正不超過五點。這就是完成式的箭頭形狀時間；截止時間在未來，所以用未來完成式 will have been。 be 動詞沒有意義，只要翻譯時態「會已經」，來連接主詞「車子」和補語「被修好」(fixed)。

　例： In two more minutes, she will have been talking on the
　　　phone for three hours!
　　　（再過兩分鐘，她就一直講了足足三小時的電話了！）

　　這位小姐也真能講話。動詞是 be 動詞，連接主詞 she 和補語 talking，「她一直講」，-ing 的字尾表示持續性，當形容詞看。「再過兩分鐘」是未來的一個截止點，算到那時候就有三小時了 (for three hours)，所以是完成式的箭頭型時間，要用未來完成式的動詞 will have been，「會已經」（有三小時）。再和主詞「她」與補語「一直講」連在一起，意思就清楚了。

結語

　　英文的動詞時態很複雜，可是也可以很簡單，只要在句型上轉個彎，換個角度來看，就可豁然開朗。以上的探討除了一些牽涉到語氣的問題留待以後處理之外，已涵蓋了傳統文法中所有的時態變化。

　　其中所牽涉的重要觀念有以下幾點：

一、 把 be 動詞當動詞看，句子就只剩兩種狀態：簡單
　　 式與完成式。

二、 簡單式是以括弧型的時間來表達。

三、 完成式是以箭頭型的時間來表達。

四、 be 動詞後面的分詞當做形容詞補語。現在分詞有
　　 正在進行的意思，過去分詞有被動的意思。

接下來請用這些觀念來做做下面這兩項練習。

Test........3

練習一

請選出最適當的答案填入空格內，以使句子完整。

1. So far we ___ nothing from him.
   (A) have been heard
   (B) did not hear
   (C) have heard
   (D) have not heard

2. At present a new road ___ in that part of the city.
   (A) is building
   (B) will be built
   (C) will have built
   (D) is being built

3. Our city ___ a great deal. It doesn't resemble the one of three years ago.
   (A) changes
   (B) has changed
   (C) is changing
   (D) will change

4. When Anna phoned me I had just finished my work and ___ to take a bath.
   (A) was starting
   (B) have started
   (C) starting
   (D) will start

5. There ___ some very bad storms recently.
   (A) is
   (B) are
   (C) have been
   (D) have

6. The future price of this stock ___ by several factors.
   (A) is going to determine
   (B) will determine
   (C) will be determining
   (D) will be determined

7. The camera was invented in the 19th century. At that time, most photographers ___ professionals.
(A) are
(B) were
(C) have been
(D) had been

8. The whole area was flooded because it ___ for weeks.
(A) rains
(B) has rained
(C) had been raining
(D) was raining

9. By next Sunday you ___ with us for three months.
(A) will have stayed
(B) will stay
(C) shall stay
(D) have stayed

10. We could smell that someone ___ a cigar.
(A) would be smoking
(B) was smoked
(C) had been smoking
(D) would be smoked

練習二

請把括弧中的動詞以適當的時態填入空格內，以使對話內容完整。

Boy: Do you want to go and see *Gone with the Wind* with me tonight?

Girl: No! I had (seen) (1. see) it.

Boy: Oh, really? When did you see it?

Girl: I went (2. go) to see it the first day it was on–last Monday.

Boy: To tell you the truth, I have seen it too. In fact, I had (seen) (3. see) it before you did.

Girl: That's impossible. I told you I saw it the first day it was on.

Boy: But it's the truth! I saw (4. see) it seven or eight years ago, the last time that old picture ___ (5. come) in town.

Girl: In that case, why did you ask me to go in the first place?

Boy: Well, I just ___ (6. want) to go out with you tonight. Since you have seen the picture, will you go to the baseball game with me instead?

Girl: I ___ (7. guess) I will, if Father says Okay. But you will have to pick me up at my place.

Boy: Great! I ___ (8. see) you at 5:30 then. I'll bring my car.

Girl: But why 5:30? Why not seven o'clock?

Boy: Because the game ___ (9. start) by then. These evening games ___ (10. begin) at 6:30, you know. Don't forget now, 5:30 at your place!

Answer Key 3

練習一

1. (C)

so far（到目前為止）應用現在完成式，故排除過去式的 B。主詞是 we，表示「我們聽到」時應用主動態，故排除被動的 A。因空格後已有否定的 nothing，所以不選表示重複否定的 D。

2. (D)

at present 表「現在」，應用現在式，故排除未來式的 B 和 C。主詞 road 與動詞 build 配合，應用被動態表示「被建造」，故排除主動的 A。答案 D 表示「現在正在被建造中」。

3. (B)

「現在它和三年前已大不相同」，可以看出，空格那個 change 要表示的是從三年前到現在的改變，因此選擇現在完成式 B。A 和 C 其實也沒錯，表示它「經常在變」，不過這兩個答案與題目第二句的呼應不及 B 密切。D 的未來式則和題目第二句有較大的衝突。

4. (A)

從 when Anna phoned me 以及 I had just finished 可看出時間在過去，因此表示現在時間的 B 和未來時間的 D 都可排除。又，空格前面有對等連接詞 and，要求對稱。在 A 和 C 之中只有 A 是動詞片語，可以和前面的動詞片語 had just finished 對稱。

5. (C)

　　recently 表示「不久前到現在」，應用現在完成式。表示「有」的觀念應用 There is/are 的句型，其現在完成式即是 have been（主詞 storms 是複數）。

6. (D)

　　從 future price（未來價格）可看出時間在未來。主詞 price 與動詞 determine 配合應用被動態，這點從空格後面的 by several factors 亦可看出。唯一正確的被動態是 D。

7. (B)

　　從 at that time 可看出時間在過去（十九世紀）。因明確表示出那一段時間，應用過去簡單式，故選 B。

8. (C)

　　從主要子句 was flooded 可看出，淹水是過去時間，而造成淹水的原因「下雨」，只能在淹水之前發生，所以該用過去完成式。

9. (A)

　　next Sunday 表示未來時間，故排除現在時間的 D。然後介系詞 by 表示「到……為止」，應用完成式，因而排除簡單式的 B 和 C。

10. (C)

　　主詞 someone 和動詞 smoke（有人抽雪茄）配合應用主動態，故可排除被動的 B 和 D。而 A 的 would be smoking 表示「將抽未抽」，如此則和 we could smell（已聞得到）有衝突，故選過去完成式的 C，表示在那之前已有人在抽，才會留下味道。

練習二

1. have seen

有看過，而不說何時看的，應用現在完成式。

2. went

既說出看的時間(last Monday)，應用簡單式。

3. had seen

時間是 before you did ，只知在過去時間 you did 之前，未明言在何時，應用過去完成式。如果用 saw 也不算錯，因為在 I saw 和 you did 之間有 before 相連，清楚交待兩個動作的先後，不必倚賴過去完成式來交待。

4. saw

因交待了「七、八年前」，應用簡單式。用 had seen 也不算錯，這樣的語氣是「我看得比你早」，至於「七、八年前看的」這點則在語氣上不予強調。

5. came

因有 the last time 標出時間，應用簡單式。

6. wanted

因為是回應 Why did you...?

7. guess

這是這位小姐說話時的猜想，時間就是 now ，應用現在式。

8. will see

因為說出 at 5:30 的未來時間。

9. will have started

因為時間是 by then ，也就是「到了那個時候」，老早開打了。沒說幾點開打，總之在那之前，這就是完成式。也可用 would have started ，用 would 不是表示過去時間，而是表示假設語氣，成為：「如果真的拖到七點才去的話，那就看不成了，非早點去不可!」這樣的口吻。

10. begin

因為 these evening games 不只說今晚這場，而是「所有的晚場比賽都是」，也就是說包括今天的這一陣子都是如此，就得用現在簡單式。

第四章

不定詞片語

　　所謂「不定詞片語」，就是 to 加上原形動詞所形成的片語。傳統文法處理不定詞片語時，總是語焉不詳，只列出一些要背的規則、表格，複雜一點的變化就無法處理了。在筆者的觀察中，不定詞最合理的解釋就是把它視為助動詞的變化。只要確實弄清楚不定詞與助動詞之間的關係，就可以不必背任何規則、表格，而全盤了解不定詞的變化以及它與其他「動狀詞」(Verbals)之間的關係，包括現在分詞、過去分詞與動名詞。

不定詞與助動詞的共同點

　　要了解不定詞與助動詞之間的關係，不妨先看一個例子：

I am glad <u>to know you</u>.（很高興能認識你。）

　　這是一句簡單的會話用語，讀者應該都能琅琅上口。可是如

果追問下去：「為什麼用不定詞 to know you?」「為什麼不能用動名詞 knowing you?」恐怕許多讀者就答不上來了。（請不要回答「我背過」，或者「這是慣用法」、「這是片語」；文法要求理解，不能打迷糊仗。）其實，只要了解不定詞與助動詞之間的關係，就可以了解這個不定詞是來自助動詞的變化。怎麼說呢？我們來看看這個例句還原成原狀的樣子：

I am glad <u>because I can know you</u>.

這句話可以進一步改寫為下面這個類似的句子：

I am glad <u>because I am able to know you</u>.

由連接詞 because 所引導的副詞子句中，主詞 I 和前面主要子句的主詞相同，是重複的元素。動詞 am 是個空的 be 動詞，沒有意義。因此這兩個元素(I am)都可以省略。可是，副詞子句中省略主詞與動詞之後，已經不成一個完整的子句結構了。如此一來，連接詞 because 也就沒有必要存在。剩下的不定詞 to know 本身就帶有 able to 的暗示，所以就變成：

I am glad to know you.

翻譯成「很高興能認識你」，是因為這個 to know 就是 able to know，也就是 can know 的變化。

從這個例子可以看出，不定詞與助動詞的關係極為密切，我

們可以利用這層關係來練習判斷不定詞的用法。首先，我們來觀察一下不定詞與助動詞之間有什麼共同點。

一、後面都要接原形動詞
　　例：I <u>will go</u>.（我要走了。）
　　　　I want <u>to go</u>.（我想去。）

二、都有「不確定」的語氣
　　例：He is right.（他是對的。）
　　　　He <u>may be</u> right.（他可能是對的。）
　　　　He seems <u>to be</u> right.（他好像是對的。）

　　　第一句 He is right. 是確定的語氣，把「他是對的」當作事實來敘述。一旦加上助動詞 may 之後，就成了不確定的語氣。所以第二句 He may be right. 只是一個推測，不是事實敘述。同樣的，一旦用到不定詞，也是不確定的語氣。第三句 He seems to be right. 也是推測，不是事實敘述。這種不確定語氣是不定詞與助動詞之間一個很重要的共同點，可以用來判斷何時該用不定詞。

三、都要用完成式來表達相對的過去時間
　　　助動詞與不定詞本身都無法完整表達過去時間。如果你聽到「嘩啦嘩啦」的聲音從外面傳來，可以說：

It <u>must be</u> raining <u>now</u>.（一定下雨了。）

如果看到天上烏雲密布，一副山雨欲來的樣子，也可以說：

It <u>may rain</u> <u>any minute</u>.（隨時都可能下雨。）
It <u>might</u> even <u>snow</u>.（說不定還會下雪。）

　　這幾個例子中，第一句的助動詞 must 沒有過去式的拼法。至於第二句、第三句的 may 和 might，乍看之下好像有現在式和過去式的差別，可是用在猜測語氣中並不是如此。 It may rain any minute.是未來時間， It might even snow.同樣也是未來時間，這時的 might 並不是 may 的過去式，只表示比較保留、比較沒有把握的猜測語氣。所以，不論像 must 這類只有一種拼法的助動詞，還是像 may, might 這類有兩種拼法的助動詞，都只能用來猜測現在或未來時間的事情，助動詞本身缺乏表達過去時間的能力。
　　如果你早上起來看到地上濕濕的，於是說：

It <u>must have rained</u> <u>last night</u>. （昨晚一定下過雨。）

在猜測過去的事情時，助動詞不論是 must, may 還是 might，都只能表示語氣強弱的差別，無法表達過去。助動詞後面要接原形動詞，也不能用過去式，所以別無選擇，只好用完成式來表示過去，也就是 must have rained 這種型態。就這點來看，不定詞仍然與助動詞相同。

It seems <u>to have rained</u> <u>last night</u>. （昨晚好像下過雨。）

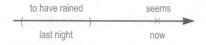

這個句子的動詞 seems 是現在式，表示「現在看起來」、「現在的推測」。可是推測的事情是昨天晚上的事，是過去的時間，所以「下雨」應該是過去式，但是不定詞與助動詞一樣，本身缺乏表達過去的能力，而且它後面要接原形動詞，也不能用過去式，所以只能用完成式來表示過去，變成 to have rained 。這又是不定詞和助動詞的一個共同點。

四、所有重要的語氣助動詞，都可以改寫為不定詞

請觀察以下的對照：

must — have to

should — ought to

will/would — be going to

can/could — be able to

may/might — be likely to

　　從以上四點來看，不定詞與助動詞其實是同一種東西的相互變化，凡是不定詞出現的地方，都可以看成是另外一個子句的省略：把主詞省略，助動詞改為不定詞。

不定詞與動名詞的區分

　　傳統文法所稱的動狀詞(Verbals)，包括現在分詞(Ving)、過去分詞(Ven)、動名詞(Ving)與不定詞(to V)等等。其中現在分詞、過去分詞是形容詞類，不定詞則是「不一定什麼詞類」：它可以當名詞、形容詞、副詞使用。這就產生了一些混淆點。比如說，動詞後面的受詞位置，必須用名詞類。可是動名詞和不定詞都可以當做名詞使用（分詞只能當形容詞，可以不必考慮），到底應如何區分？這就要借助我們剛才的觀察了。現在來看看幾個具有代表性的動詞：

一、 **plan**

　　例： <u>They plan to marry next month</u>.（他們計劃下個月結婚。）
　　　　　S　　V　　　O

　　這個句子的 to marry next month 是 plan 的受詞，必須用名詞類。那麼為什麼用不定詞 to marry，而不用動名詞 marrying 呢？

因為 to marry next month 就是 (that) they will marry next month 的變化。 marry 是計畫中的事情，下個月才要發生，是未來式。再把 they will marry 改成 they are to marry 。這時候，如果把重覆的主詞 they 和空的 be 動詞 are 省略掉，就成了不定詞 to marry 。

二、avoid

例： <u>I</u> <u>avoid</u> <u>making the same mistake twice</u>.
  S   V   O

（我避免犯同樣的錯誤。）

這裡用 making 比用 to make 恰當，因為 to make 是 will make 的省略，既然是「避免」，後面又用 will make（將要做），意思就變得不清楚了：

<u>I</u> <u>avoid</u> <u>something</u>.
  S   V   O

I will make the same mistake twice.

一般文法書中規定 avoid 後面要用動名詞，這是因為四種動狀詞中，只有動名詞和不定詞可以做名詞類使用，也就是說：只有這兩個可以當 avoid 的受詞。如果用不定詞 to make ，則帶有 I will make 這種未來式的涵意，與 avoid 這種具有否定意思的動詞並不適合並列，所以只剩下動名詞 making 是唯一的選擇了。

三、hate

例： <u>I</u> <u>hate</u> <u>to say this</u>, but I think you're mistaken.
  S V O

（對不起，你錯了。）

在這個句子中，hate 固然也是否定的意思，可是後面卻要接 to say，這是因為 to say 是 I have to say，也就是 I must say 的變化，表示「雖然很不願意說，可是我不能不說。」

四、like/dislike

例： <u>I</u> <u>like</u> <u>to be the first</u>.（我喜歡排第一。）
  S V O

<u>I</u> <u>don't like</u> <u>to wait too long</u>.（我不喜歡等太久。）
 S V   O

<u>I</u> <u>dislike</u> <u>standing in long lines</u>.（我討厭排隊。）
 S V   O

第一句中的 to be，可以視為 I can be 的變化。第二句中的 to wait 可以視為 I will wait 的變化，它可以做為 like 的受詞，成為 like to wait（願意等），或變成否定句 don't like to wait（不喜歡等），這些都可以使用不定詞。只有第三句，動詞 dislike（不喜歡）本身是否定的，後面就不適合接 I will stand in long lines（願意排隊）。而且 dislike 不像 hate，它沒有「必須」(have to)的暗示。所以 dislike 的後面接 to stand 就不適合了。既然不能用不定詞，就只剩下動名詞可以用了，所以要說 I dislike standing...。

五、try

例：<u>I</u> always <u>try</u> <u>to be on time</u>. （我總是力求準時。）
　　S　　　　V　　　　O

　　這個句子中，to be on time 可視為 I can be on time 的變化。主要子句動詞 try 有「嘗試」的不確定意味，所以後面用不定詞 to be on time，代表「希望能夠準時」。可是，如果你每次約會都很準時，結果對方都遲到很久，別人就會指點你：下次故意遲到試試看。

Why don't <u>you</u> <u>try</u> <u>being late</u> for a change?
　　　　　　S　　V　　　O

（你何不故意遲到一次呢？）

　　準時不是每次都能做到的，不可控制的因素太多了。所以只能說 I try to be on time，也就是 I try if I can be on time（希望能夠，但沒有把握）。但是在上面那個句子中，試的事情是「遲到」，是任何人都有把握做到的，就不適合用 to be 了。比方說：

<u>I</u> <u>try</u> <u>to be late</u>.
S　V　　O

　　這個句子很奇怪吧！I try if I can be late.，說話的人努力要遲到，但不知能否成功。所以，回到剛才那個句子：Why don't you try being late for a change?用 being late 而不用 to be late，是表示「遲到」是一定做得到的，至於動詞 try 所暗示的不確定性，現在

不在「遲到」一事的本身，而是在「試試看遲到一下的後果會是如何」。

六、 remember

例： Please <u>remember</u> <u>to give me a wake-up call at 6:00 tomorrow</u>.
　　　　　　V　　　　　　　　　　　O

（請記住，明早六點打電話叫我起床。）

<u>I</u> <u>remember</u> <u>calling her at 6:00 last night</u>.
S　　V　　　　　　　O

（我記得昨晚六點有打電話給她。）

在前面那句中，你交待服務生隔天六點要打電話來叫你起床，也就是交待他：

Please remember you must give me a call.

這通電話還沒打，時間是未來式。因為有這種不確定性，所以要用 must give 或 will give，也就演變成 to give。

在第二個句子中，「我確實記得昨晚曾打電話」，也就是：

I remember that I called her last night.

這時是確定的事實語氣，沒有助動詞存在，也就不能變成不定詞，所以只好用動名詞 calling。

七、 stop

例： The speaker stopped talking at the second bell.
        S   V   O

（按第二次鈴演講人才停止發言。）

在這裡，talking 可以視為 he was talking 的變化，演講是一直持續在進行的，然後才停止下來。所以用 talking 來表示動作的持續性，可是：

The speaker stopped a second to drink some water.
S   V

（演溝人停頓一下，喝了些水。）

在這個句子中，to drink 是 he could drink 的變化，整個句子可還原如下：

The speaker stopped a second so that he could drink some water.
S   V

句子中 so that 引導的是副詞子句「為了要喝口水」，它是修飾動詞 stopped 的原因。改成不定詞就成了 to drink some water，這個不定詞片語仍然是副詞類，修飾動詞 stopped。

使役動詞與原形動詞

了解不定詞是什麼，就能了解使役動詞的後面為什麼要接原形動詞。我們先來比較一下使役動詞和一般動詞有什麼差別。

The little girl asked her mother to come to the PTA meeting.
    S   V   O   C

（小女孩邀請媽媽來開母姊會。）

這個句子可以改寫爲：

The little girl asked if her mother would come to the PTA meeting.
    S   V   O

　　ask 是普通動詞，邀請人參加，但別人願不願意是不確定的，所以會牽涉到語氣助動詞 would come，這就會變成不定詞 to come。
　　使役動詞與普通動詞的差別就在於它有強制性，它的結果是確定的、無從選擇的。因爲這種確定性的語氣，排除了助動詞存在的空間，因而也就不能用不定詞。

The teacher made the little girl stay behind.
    S   V   O   C

（老師叫小女孩留下來。）

　　如果老師客客氣氣地問：Will you stay behind?就會成爲下面這句敘述：

The teacher asked the little girl to stay behind.
    S   V   O   C

　　這個小女孩有選擇的自由，她願不願意留下來這點還不確

定，所以會有助動詞，也就會變成不定詞。可是如果老師是命令她留下來，沒有選擇的餘地，那麼老師說的就是： Stay behind! 請注意：命令句的原形動詞，表示的就是強迫的語氣。它要求結果是確定的，已經沒有助動詞存在的空間，這時候就不會變成不定詞，而是原形動詞。<u>像 let, have, make 等使役動詞，後面是接原形動詞而不能用不定詞，就是因為這種強迫性的命令語氣，使它的結果不具有不確定性，因而不能用不定詞。</u>當然這並不表示使役動詞的後面只能用原形動詞，例如：

<u>John</u> <u>had</u> <u>his car</u> <u>painted over</u>.
　S　　V　　O　　　　C

（約翰把車子拿去讓人重新漆過了。）

這個句子用過去分詞也是正確的，至於為什麼？我們留待第六章提到分詞時再詳細說明。

感官動詞與原形動詞

感官動詞的後面接原形動詞的道理，與使役動詞是相同的：因為不定詞的不確定性不適合這個上下文。

<u>I</u> <u>heard</u> <u>her</u> <u>playing the violin</u>.（我聽到她在拉小提琴。）
S　V　　O　　　C

所謂感官動詞，就是 see, hear, watch ...等等。它們後面不適合用不定詞，是因為不定詞是助動詞的變化，有不確定的語氣。如果說 to play the violin，那就表示 she would play the violin（她想

要或將要去拉小提琴），那麼你聽得到嗎？所以感官動詞這種「聽到、看到」的字眼，只能配合確實發生的事使用，而不能和帶有「不確定、未發生」涵意的不定詞連用。

那麼，感官動詞可否與現在分詞一起使用呢？當然，如果她正在拉琴被我聽到，那麼用現在分詞 playing 來表示持續性是最好的。可是：

I heard her cry out in pain.（我聽到她痛得大叫一聲。）
S V O C

如果像這個例子，只是大叫一聲，叫聲並不持續，那麼用現在分詞 crying 並不好，因為這樣會變成：

She was crying in pain.（她很痛苦，一直哭。）

這個意思就不一樣了，所以不能用現在分詞。既不能用不確定的不定詞，更不是被動語態，不能用過去分詞，就只好用原形動詞了。

結語

本章介紹的是不定詞片語，重點在於：不定詞是助動詞的變化，帶有不確定語氣。了解這個觀念，就可以觸類旁通，分析不定詞的各種變化，以及它與動名詞的區別。

接下來請做做下面這篇練習。

Test.............4

請選出最適當的答案填入空格內，以使句子完整。

1. Not wishing to attend the
   dance, Marie ___ that she
   had a fever.
   (A) made believed
   (B) make believe
   (C) makes believe
   (D) made believe

2. He is said by his friends ___.
   (A) to be gentle and gracious
   (B) to have graciousness and
       gentle
   (C) gentle and a gracious man
   (D) that is a gentle and
       gracious man

3. ___ any aspect of animal
   behavior, the biologist must
   first determine the laws
   influencing animal behavior.
   (A) Explain
   (B) To explain
   (C) One explains
   (D) The explanation of

4. "I'll help you whenever you
   need me."
   "Good. I'd like ___ me
   tomorrow."
   (A) you helping
   (B) that will help
   (C) you to help
   (D) that you help

5. "Where did he go?"
   "He went to another store
   ___."
   (A) to buy slacks
   (B) for buy slacks
   (C) buy slacks
   (D) buying slacks

6. ___ the silkworm makes a
   liquid in its body and then
   squeezes it out through
   special holes.
   (A) It makes silk
   (B) Making silk
   (C) To make silk,
   (D) Silk is made by

7. I am a peaceful person. Don't make me ___ violence.
(A) use
(B) using
(C) to use
(D) used by

8. Americans ___ bacon and eggs for breakfast every day.
(A) used to having
(B) are used to have
(C) are used to having
(D) used to

9. The bus driver told the man ___ his naughty son to hang out the window.
(A) to don't allow
(B) not to allow
(C) not allowing
(D) don't allowing

10. To get an education, ___.
(A) one must work hard
(B) working hard is necessary
(C) there is need to work hard
(D) hard work is needed

11. The purpose of the investigation is ___ the suspect's degree of involvement in the crime.
(A) to ascertaining
(B) ascertaining
(C) to ascertain
(D) ascertained

12. The witness went on the witness stand ___ by the prosecution.
(A) being questioned
(B) to question
(C) to be questioned
(D) questioning

13. You can playback the answering machine. She ___.
(A) will call
(B) could call
(C) could have called
(D) is calling

14. You should avoid ___ vague words in your composition.
(A) to use
(B) using
(C) the use
(D) to using

15. He is waiting at the restaurant for a free table because he forgot ___ a reservation in advance.
    (A) making
    (B) to make
    (C) made
    (D) have to make

16. We can go out now. It stopped ___ quite a while ago.
    (A) rain
    (B) raining
    (C) to rain
    (D) rained

17. ___ able to write an academic paper, you must do a lot of library research.
    (A) Be
    (B) Being
    (C) To be
    (D) Before

18. He always has his shoes ___ at the railway station.
    (A) shone
    (B) to shine
    (C) shining
    (D) shined

19. Don't sit up too late, for night is a time ___.
    (A) resting
    (B) to rest
    (C) that rests
    (D) when rest

20. He was made ___ the Bible every night before going to bed.
    (A) read
    (B) to read
    (C) reading
    (D) reads

Answer Key 4

1. (D)

從 she had a fever 可看出時間在過去,因而排除現在時間的 B 和 C。made 是「使役動詞」,所以後面用原形動詞的 believe。若 make believe 二字連用時即表示「假裝」,已成為常用的片語。

2. (A)

動詞 is said(據說)暗示「並不確定」,所以要配合不定詞使用,可先刪去非不定詞的 C 和 D。

在 A 和 B 中有對等連接詞 and,其左右要對稱。B 中的 graciousness 是名詞,不能和 gentle 這個形容詞對稱,故選 A(gentle 和 gracious 都是形容詞)。

3. (B)

主詞 the biologist 和動詞 must first determine 配合構成一個獨立子句,它的前面若加上一個動詞(如 A),一個沒有連接詞的子句(如 C),或是一個名詞片語(如 D),都會造成句型的錯誤,只有 B 的不定詞片語是修飾語的性質,可以附在獨立子句上而不影響它的句型。

4. (C)

根據上下文,回答句應是「希望你明天能來幫忙」的意思。因為牽涉到「會來」、「能來」的語氣,應有表示不確定的助動詞(如 B)或不定詞(如 C),其他可排除。又,B 的構造(that will help)是形容詞子句,不能放在 like 後面作受詞,所以選 C,以 you 為受詞,to help 為受詞補語。

5. (A)

以「他到另一家店去買褲子」來回答「他到哪兒去了？」。
這時「去買褲子」是說明動機或目的，最恰當的選擇是用 in
order to 或直接用 to 來表示，故選 A 優於 Ving 型態的 D。B
中以動詞 buy 置於介系詞之後，C 中直接在獨立子句後加上
動詞，都是明顯的文法錯誤。

6. (C)

空格後的部分是個獨立子句，前面加上子句而無連接詞
（如 A），或加上介系詞（如 D），都不合文法。B 和 C 分別
用分詞和不定詞，在詞類上都符合句型的要求。然而這些
修飾語置於句首時要有逗點隔開，只有 C 符合這項要求。

7. (A)

動詞 make 是「使役動詞」，後面直接用原形動詞（只有 A）
作補語。

8. (C)

are used 表示「習慣了」，後面的 to 是介系詞，意為「對」
某事習慣了。既是介系詞，就要有名詞作受詞，故選 C。
如果用 used to，可視為助動詞看待，表示「從前常常」，既
是助動詞，後面得有原形動詞，而 A 和 D 都沒有。

9. (B)

told the man 在此是「叫別人去做…」之意，含有要求的味
道，也就是 The driver said to the man that he should...之意，因
此後面應用不定詞，故從 A 和 B 來選。而不定詞不是限定
動詞，不能加助動詞 don't 來作否定句，只能用 not，故選
B。

10. (A)

to get an education 是 so that（或 in order that）one can get an education 的意思，所以後面的主要子句應用 one 作主詞。

11. (C)

主詞 the purpose 是「目的」，而 be 動詞後面的空格是主詞補語位置，也就表示目的，所以要用不定詞片語 to（代表 in order to）ascertain（想確定一下）。

12. (C)

下文的 by the prosecution（被檢方），表示要用被動態，也就是 A 和 C。而 being questioned 意為「正在被質詢」，和前面的 went on the witness stand（走上證人台）有衝突，應用不定詞，表示「走上台後才要」被質詢。

13. (C)

playback 是「播放」，帶子上有聲音才能播，所以下文應是「她可能有來過電話了」，表示對過去的猜測，要用助動詞加完成式。

14. (B)

avoid 有強烈否定意味，和暗示 be going to 的不定詞衝突，故用動名詞。如果用 C 的 the use，它就是 avoid 的受詞，所以要再加上個介系詞才能連上下文，例如 avoid the use of vague words。

15. (B)

從上下文看得出來他事先該訂位卻忘了，所以要用不定詞 forgot to make，意即 He forgot that he should make...

16. (B)

raining 有持續的暗示，stopped raining 表示先前一直在下雨，後來停了。

17. (C)

從下文的 you must...這個條件來看，前面表示的應是一個「目的」，也就是 in order to，所以用不定詞。

18. (D)

後面一半可還原為 His shoes are shined...（他的鞋在…給人擦）。把主詞 shoes 改成受詞，補語 shined 改成受詞補語，即是答案。

19. (B)

to rest 是 when you should rest 的變化。 C 用形容詞子句表示是「夜晚本身在休息」，D 的 when rest 則缺了主詞。

20. (B)

make 雖是使役動詞，要用原形動詞作補語，可是在被動態中就得把 to 放回去，成為不定詞。

第五章

動名詞

　　傳統文法中有四種動狀詞(Verbals)，動名詞是其中的一種。另外三種是現在分詞(Ving)、過去分詞(Ven)，以及上一章討論過的不定詞(to V)。在這四種動狀詞之中，動名詞與現在分詞拼法相同，都是 Ving，需要注意區分。不過，動名詞屬於名詞類，現在分詞則是當形容詞使用，兩者詞類不同，還不至於混淆。倒是動名詞與不定詞這兩者，都可以當名詞使用（現在分詞與過去分詞只能當形容詞），所以在使用上要特別注意，否則很容易出錯。上一章我們探討了不定詞的特性，現在換個角度，來看看動名詞的特性。

動名詞的特性

一、動名詞與普通名詞的比較

例：Let me buy you <u>a drink</u>.（我請你喝一杯。）

<u>Drinking</u> is his only vice.（喝酒是他唯一的壞習慣。）

　　第一句中的 a drink 是普通名詞：「一杯酒」。第二句則要用動名詞 drinking，才能代表「喝酒」的動作與習慣。從這兒可以看出，動名詞相對於普通名詞而言，仍然保留有若干程度的「動作」意味，而且可以有「持續性」的暗示。如果只喝一杯，那就是 have a drink。如果是習慣性、經常性的喝，才用動名詞 drinking。

　　此外，許多運動都用動名詞表示，像是 swimming, skiing, skating, mountain-climbing, dancing, jogging 等。這些動名詞也一樣，保留了一些動作的味道，同時也有持續性的暗示。例如游泳，跳下水總要划幾下才叫做游泳(swimming)。登山更是長時間持續的攀登(climbing)。這種持續性與動作性，就是動名詞常有的特色。

例：I am not afraid of <u>death</u>, but I am scared of <u>dying</u>.

（死亡我倒不怕，只是怕死的過程。）

　　普通名詞 death 代表「死亡」的抽象概念。相信靈魂不朽的人，像蘇格拉底，大概都不會畏懼死亡本身。可是只要是人，就會有求生、避免痛苦的本能，在面臨死亡的過程時仍然難免會恐

懂。所以，若要區分「抽象概念」與「動作過程」，只要一個用普通名詞，一個用暗示「動作、持續」的動名詞就可以了。

例： There are <u>two weddings</u> at the restaurant tonight.
（這家餐廳今晚有兩場婚禮。.）

大部分的動名詞是不可數名詞，可是也有一些是可數的，像例句中的 two weddings 。動名詞的前面有限定詞 two ，後面加 -s 表示複數。這種用法跟普通名詞沒有兩樣，不定詞卻不能這樣使用，這是動名詞與不定詞的差別之一。動名詞的結構很像普通名詞，可以有冠詞（例如： the burning）；有所有格（例如： his running）；有複數（例如： two weddings）。而不定詞的結構則是 to 加原形動詞，以片語型態出現（例如： to run, to leave），不能加限定詞或複數。

二、動名詞片語與名詞子句的比較

例： I really <u>enjoyed</u> <u>teaching English to school children at night</u>.
　　 S　　　 V　　　　　　 O
（那時我晚上教兒童英語教得很愉快。）

在傳統文法中，句中受詞的部分被視為一個動名詞片語。如果深入分析，將會發現這個片語中有動詞(teach)、受詞(English)、介系詞片語 (to school children)、時間副詞 (at night)，只差沒有主詞。可是，teach 的主詞很明顯：與主要子句中的 I 是同一個人。所以，這個動名詞片語可以還原成一個名詞子句：

I really <u>enjoyed</u> that <u>I taught English to school children at night</u>
S   V   O

　　這個受詞子句是如何變成動名詞片語的？我們可以用減化(reduction)的角度來了解這個問題。子句中的主詞 I 和主要子句的主詞 I 相同，所以可以省略，如果再把動詞去掉，就可以成功地拆除這個子句，不需要連接詞(that)了。子句的動詞 taught 是有意義的動詞，不能直接丟掉，但是可以改變成動狀詞(Verbal)來做詞類變化。但是該選擇哪一種動狀詞呢？四種動狀詞中，只有不定詞(to V)與動名詞 (Ving)可以當做名詞使用，來取代名詞子句。所以：

that <u>I</u> <u>taught</u> <u>English</u> to school children at night
     S   V   O

　　這個受詞子句，只能夠變成為 to teach English…或者是 teaching English…。在這兩種選擇之中，該用哪一個？我們在上一章提過，不定詞是由助動詞變化而來，帶有不確定的語氣。但在上面這個例句中，想表達的並不是這種語氣，而是接近動名詞的持續性語氣：晚上教英文，是一種持續進行的活動。我們可以先這樣處理：

that I was teaching English to school children at night

　　然後省略掉重覆的主詞 I 與無意義的 be 動詞 was 。沒有了主詞、動詞，就不需要連接詞 that ，於是整個句子成為：

<u>I</u> **really** <u>enjoyed</u> <u>teaching English to school children at night</u>.
　S　　　　　V　　　　　　　　　　O

　　所以，動名詞片語可以視為名詞子句的變化。只要把主詞和 be 動詞放回去，就會出現完整的名詞子句。

動名詞的一些變化

一、複合字

　　例 1: <u>Picking strawberries</u> <u>can be</u> <u>fun</u>.
　　　　　　　　S　　　　　　　V　　　C

　　　　（採草莓很好玩。）

　　例 2: <u>The picking</u> of strawberries <u>requires</u> <u>patience</u>.
　　　　　　S　　　　　　　　　　　　V　　　　O

　　　　（採草莓要有耐心。）

　　例 3: <u>Strawberry-picking</u> <u>is</u> <u>a strenuous job</u>.
　　　　　　　S　　　　　　　　V　　　C

　　　　（採草莓是很費力的工作。）

　　第一句中，picking strawberries 可以看出有動詞 pick 和受詞 strawberries。主詞被省略了，看不出來是誰，只是籠統的 anybody。所以，這句可以還原為：

　　<u>That anybody picks strawberries</u> <u>can be</u> <u>fun</u>.
　　　　　　S　　　　　　　　　　　V　　　C

主詞部分本來是名詞子句，現在減化為動名詞片語 picking strawberries，其中 strawberries 是 pick 的受詞。

第二個例句中，picking 前面加上了定冠詞 the，這樣是把 the picking 當做一個名詞片語來使用。所以 picking 後面不能再有受詞，而要改成介系詞片語 of strawberries 做為修飾語，形容 the picking。

在第三句中，主詞 strawberry-picking 是個複合字。把 strawberries 拿到動名詞 picking 的前面，也就是把它放在形容詞位置使用，這也是為什麼要改成單數的原因：英文形容詞是沒有複數的。中間再加上 hyphen，就串連成複合名詞 strawberry-picking。這個構造和 mountain-climbing 是相同的。

二、主詞不能省略時的處理方式

例：<u>I</u> <u>don't like</u> <u>that John calls my girlfriend day after day</u>.
   S   V   O

（約翰每天打電話給我女朋友，讓我很不舒服。）

這個例句中，主要子句的主詞是 I，受詞子句的主詞是 John，主詞並不相同。受詞子句的動詞 calls 沒有助動詞，而且是日復一日持續的，所以不能改成不定詞，而要用動名詞 calling。可是，如果寫成：

I <u>don't like</u> <u>calling my girlfriend day after day</u>.
S   V   O

就變成是自己不愛打電話給女朋友了。問題就出在兩個子句

的主詞不相同。所以在受詞 calling 之前，要設法表示打電話的是 John，不是 I。怎樣才能把名詞 John 變成形容詞類來形容動名詞的 calling？前面說過，動名詞結構接近普通名詞，可以有冠詞、所有格等等。所以，如果 John 變成所有格，就可以附在 calling 的前面了：

I don't like John's calling my girlfriend day after day.
S   V   O

動名詞的主詞與主要子句的主詞不同時，處理方式就是用所有格的形式保留下來。

三、動名詞的被動態：being Ven

例：That I was invited here is a great honor.
              S   V   C

（受邀來到此地，是莫大的榮譽。）

這個句子中，當做主詞的名詞子句有減化的空間。因為是被動態，省略主詞 I 之後，意思也不會表達不清楚。如果再把無意義的 be 動詞省略，固然完成了減化的動作，可是剩下的部分：

invited here (?)
S

是過去分詞片語，只能當形容詞使用，不能做主詞。所以這時候應該做詞類變化（比如改成 the invitation），或者就要動用到 being 了。

許多人不太清楚 being 怎麼用。其實，being 這個字中，be 是沒有意義的 be 動詞，所有的意義在於字尾的 -ing 部分。而字尾 -ing 可能是現在分詞，表示進行的暗示，或者是動名詞，有詞類變化的功能。如上述例句中，invited here 不能當主詞，因為詞類不對。這時除了把 invite 本身改成名詞的 invitation 之外，還有一個辦法，就是借用前面的 was 來做詞類變化，變成 being invited here，一方面保留了過去分詞 invited 的被動態，另一方面則符合了名詞的詞類要求，於是這句變成：

<u>Being invited here</u> <u>is</u> <u>a great honor.</u>
　　　　　S　　　　　　　V　　　　C

　　這就是動名詞被動態的處理方式。

動名詞與現在分詞的分辨

　　這兩種動狀詞寫起來一樣，有時又出現在同樣的位置，不習慣的話不太容易有所區分。還好因為寫來完全相同，所以你不會分辨也沒關係！不過，為求充分理解，我們還是來仔細分析一下。

　　例：<u>That flying bird</u> is a black-faced spoonbill.
　　　　（那隻在飛的鳥是黑面琵鷺。）

　　這個 flying 出現在名詞片語 that bird 中間的形容詞位置，是現在分詞。現在分詞都是形容詞，強烈暗示「進行」的動作。為了要驗證它的確是現在分詞，可以把它移到形容詞的另一個位置：

補語位置來看看。

That bird is flying.
 S   V   C

當然，傳統文法是這樣分析句型的：

That bird is flying.
 S   V

為求時態簡單化起見，現在分詞可視為形容詞補語，而以 be 動詞為動詞。不論怎樣分析，都可以看出 flying 是現在分詞。

例： That flying jacket looks smart on you.
（那件飛行裝你穿起來很帥。）

這裡的 flying 也是放在名詞片語中的形容詞位置，可是它不是現在分詞，而是動名詞，只是借放在這個位置做複合名詞。何以得知？我們把 flying 拿到補語位置驗證一下：

That jacket is flying. (?)

就可看出來 flying 不能當作現在分詞解釋，只能當動名詞。如果要檢驗動名詞的話，可以把它拿到一個典型的動名詞位置：介系詞後面。

That's a jacket <u>for flying</u>.

　　這樣就可以看出來，flying 是動名詞。因為 a flying jacket 的意思和 a jacket for flying 相同。

結語

　　這一章我們看完了動名詞的用法，處理完第二種動狀詞。關於不定詞與動名詞之間的區分，應該更有心得了。區分的重點在於：

　　一、不定詞是助動詞的變化，帶有不確定語氣。

　　二、動名詞的結構接近普通名詞，可是往往帶有「動作、持續」的意味。

Test..............5

練習一

請練習以下句子，試試看該用(A)不定詞 to V ，還是(B)動名詞 Ving 。如果兩者都可以，答案就是(C)。

1. The barber's apprentice practiced ___ (shave) on a watermelon.

2. I love ___ (watch) horror movies alone.

3. ___ (Listen) to music can be very relaxing.

4. You must not forget ___ (pay) the phone bill.

5. The workers finished ___ (paint) and left.

6. Seeing is ___ (believe).

7. To see is ___ (believe).

8. Thank you for ___ (call).

9. John's ___ (leave) the party so early was rather impolite.

10. I really enjoyed ___ (be) at your party.

練習二

請選出最適當的答案填入空格內，以使句子完整。

1. I just took ___ and don't feel like swimming now.
   (A) swimming
   (B) to swim
   (C) a swim
   (D) swim

2. I resent ___ a hypocrite, especially when I'm telling the truth.
   (A) calling
   (B) called
   (C) being calling
   (D) being called

3. ___ outside my window every night is getting on my nerves.
   (A) The cats screaming
   (B) The cats to scream
   (C) Screaming cats
   (D) The cats' screaming

4. Learning a language is ___ all about the culture.
   (A) to learn
   (B) learning
   (C) learn
   (D) learned

5. ___ is a very exacting sport.
   (A) Mountain-climbing
   (B) Climb mountains
   (C) To climb mountains
   (D) Mountains-climbing

6. In doing magic, the trick lies in ___ your audience.
   (A) divert
   (B) diversion
   (C) to divert
   (D) diverting

7. The workers objected to ___ like slaves.
   (A) be treated
   (B) treating
   (C) treat
   (D) being treated

8. Everyone marveled at ___ the French Open.
   (A) Michael Chang's winning
   (B) Michael Chang's win
   (C) Michael Chang to win
   (D) Michael Chang win

9. If you don't mind ___ so, I think you are in the wrong.
   (A) saying
   (B) to say
   (C) I say
   (D) my saying

10. He is used to ___ lectures—he's a teacher.
    (A) give
    (B) gift
    (C) given
    (D) giving

Answer Key 5

練習一

1. (B)

shave（刮臉）是持續的動作，而且動詞 practice 暗示要持續做一段時間，故用 shaving。

2. (C)

若用 watching，表示「看電影」這件持續進行的事情。若用 to watch，則帶有一絲想要「去看」的味道。

3. (B)

「聽音樂」和 dancing,mountain-climbing 等要持續的活動一樣，多用動名詞表示。

4. (A)

動詞 must not forget 暗示電話費「尚未付，應該去付」，故用表示不確定的 to pay。

5. (B)

動詞 finish 表示油漆的工作已經結束，不適合用不確定意味的不定詞，故用 painting。

6. (B)

補語使用 believing 是為了和主詞 seeing 對稱。

7. (A)

用 to believe 也是為了和 to see 對稱。

8. (B)

在介系詞後面不能用不定詞，只能用 calling。

9. (B)

在所有格後面也不能用不定詞，只能用 leaving。

10. (B)

　　動詞 enjoy 表示「樂在其中」，如果用不定詞 to be，意味著「不確定」，也就是「還樂不起來」，所以只能用 being，表示「已經在進行中」，因而有樂趣出來。

練習二

1. (C)

　　take a swim 是「游一趟」，swimming 則是「游泳運動」。

2. (D)

　　下文「特別是我明明說了實話」，因而前面應該是被動的，「我討厭被叫做偽君子」。只有 D 是被動態。

3. (D)

　　本句的動詞 is 是單數，而 A,B,C 都以 cats 為主詞，是複數，只有 D 用 screaming 作主詞，是單數。

4. (B)

　　空格在 be 動詞後面，是主詞補語的位置，要求和主詞對稱，而主詞是動名詞，因此也選動名詞。

5. (A)

　　登山這種運動得持續一段時間，應用動名詞，故由 A 和 D 來選。這種複合名詞，前面的 mountain 置於形容詞位置，不能有複數，故選 A。

6. (D)

介系詞後面應用名詞，故由 B 和 D 來選。而空格後面又有名詞 your audience，故只能選 diverting，讓 your audience 作它的受詞。

7. (D)

object to 的這個 to 解釋為「對」某事表示反對，所以是介系詞，後應接名詞，故由 B 或 D 來選。再從意思上看應是被動，「被當奴隸看待」，故選 D。

8. (A)

讓人嘖嘖稱奇的應是「事」，C 和 D 則是指人，故可排除。而「張德培贏得法國公開賽」中的 win 是動詞（因為後面有 the French Open 作受詞），所以在所有格 Chang's 之後要改成動名詞 winning，詞類才正確。

9. (D)

意思上應是「不介意我這樣說的話」，所以要從 C 和 D 來選。再從詞類上看，應用名詞類的 my saying so 做 mind 的受詞，故選 D。

10. (D)

be used to 是「對」某事習慣了，to 是介系詞，故選 D 作受詞。

第十八章

分詞

　　傳統文法所謂的動狀詞(Verbals)包含前兩章處理過的不定詞、動名詞。另外是兩種分詞（現在分詞與過去分詞），可視爲形容詞。甚至在出現於被動態、進行式的時候，仍然可以把過去分詞、現在分詞視爲形容詞。當然嚴格說來，這種看法在語言學的區分上並不十分嚴謹。可是，就一般語言學習者而言，把分詞一律視爲形容詞可收駕簡馭繁的效果，仍不失爲值得推廣的觀念。尤其是進入複雜的減化子句變化(Reduction)時，這種觀念可以使句型詮釋較統一、句型變化較靈活，所以筆者大力主張把分詞一律視爲形容詞。

分詞與形容詞的比較

　　形容詞是用來形容名詞的，在句中有兩種位置：

1. 名詞片語中
2. 補語位置

這兩個位置都可以放分詞來取代形容詞，同樣達到修飾名詞的目的。

一、現在分詞與形容詞的關係

　　例：<u>That black dog</u> doesn't bite.（那隻黑狗不咬人。）

　　　　<u>A barking dog</u> doesn't bite.（愛叫的狗不咬人。）

　　在這兩個名詞片語中，現在分詞 barking 與普通形容詞 black 一樣放在名詞片語中間，一樣用來修飾名詞 dog，所以都可以當做形容詞看待。只不過 barking 這個現在分詞要加上進行的暗示，解釋為「正在叫的，一直叫的」，這個進行的暗示（「正在」、「一直」）就可以視為現在分詞 -ing 字尾的弦外之音。許多形容詞字尾都有它的弦外之音，像是 -ful（「很」，full of），例如 useful；再如 -ish（一點），例如 grayish；以及 -less（沒、不），例如 valueless。同樣的，-ing 也可以視為形容詞字尾，弦外之音是「正在」、「一直」。

　　例：The dog is <u>black</u>.（那是隻黑狗。）

　　　　The dog is <u>barking</u>.（狗在叫。）

　　現在分詞 barking 和普通形容詞 black 都出現於 be 動詞後面，都可以視為補語，形容主詞 dog，只不過現在分詞 -ing 字尾要加上進行的暗示。當然，一般文法說 be+Ving 是進行式的動詞片語。可是，並不是 is barking 才能解釋為進行意義的「正在叫」。a barking dog 不也一樣是「正在叫」的狗嗎？所以，還是把 barking

一律解釋爲形容詞比較有一致性。

二、過去分詞與形容詞的關係

過去分詞與現在分詞一樣，可以出現在兩種形容詞位置來形容名詞，不過它的弦外之音是被動或完成的暗示，要加上「被」、「已經」來解釋。

例：<u>Clean water</u> is safe to drink.（乾淨水可以安全飲用。）

<u>Boiled water</u> is safe to drink.（開水可以安全飲用。）

過去分詞 boiled 和形容詞 clean 同樣放在名詞片語中的位置，同樣形容 water，只不過多了「被煮過了」的暗示。這種「被動」、「完成」的意思也就是過去分詞的弦外之音。除此之外，它與一般的形容詞並無不同。

例：The water is <u>clean</u>.（水很乾淨。）

The water is <u>boiled</u>.（水是煮開過的。）

過去分詞 boiled 可以視爲和 clean 一樣，是形容詞補語，放在 be 動詞後面來形容主詞 water。一般文法說 be + Ven 是被動態。可是，離開了 be 動詞，boiled water 還是要解釋爲「被煮過的水」。所以，「被動」的意味和 be 動詞之間沒有必然的關聯性，不如直接把過去分詞本身視爲形容詞。況且，放在 be 動詞後面的過去分詞，往往也不是當做被動來解釋，而要解釋爲「完成」的暗示。所以：

be+Ven ＝被動態

　　這個公式有誤導之嫌。不如把過去分詞釋放開來，單獨看做形容詞，解釋爲「被」或「已經…了」的暗示。

三、帶有「完成」暗示而非「被動態」的過去分詞

　　例：I can't find my wallet. It's gone.

　　（我找不到皮夾。它不見了。）

　　這個例子中，is gone 符合「be+Ven」的結構，但不能解釋爲被動態，因爲 go 是不及物動詞，本身沒有被動態可言。所以句型應作如此分析：

It is gone.
S　V　C

　　過去分詞 gone 是形容詞補語，有「完成」的暗示，解釋爲「跑掉了，不見了」，來形容主詞 it。

　　例：The leaves are all fallen, now that winter is here.

　　（冬天一到，葉子全掉光了。）

　　同樣的，fall 是不及物動詞，沒有被動態，所以 are fallen 雖然是「be+Ven」的構造，也不是被動態，而應解釋爲完成，「落下來了」。句型是：

<u>The leaves are fallen</u>. （葉子全掉下來了。）
  S   V   C

過去分詞仍然做形容詞解釋。

例：I'<u>m done</u>. It's all yours. （我已經好了，該你用了。）

　　如果在學校用完了電腦，讓給在你後面排隊的人，就可以說這句話。這裡的 do 固然是及物動詞，可是不能解釋爲「我被做了」，只能說「我做完了」。因此 am done 仍然不是被動態，應該把 done 視爲形容詞，解釋爲完成意義的「做完了」。

現在分詞與過去分詞的區分

　　兩種分詞都是形容詞，差別在於現在分詞有「進行」的暗示，過去分詞有「被動」、「完成」的暗示，大致依此區分就不會錯。以下檢討兩種比較需要注意的情況。

一、表示「感覺」的分詞

例：He is <u>disappointed</u> at his scores. （他對分數很失望。）
His scores are <u>disappointing</u>. （他的分數令人失望。）

　　有一些表示「感覺」的字，像 disappoint, satisfy, surprise, amaze, astonish, scare, terrify, please, tire, exhaust ...等，該用現在分詞還是過去分詞，有時用中文的「主動」、「被動」一時會想不清楚。像上面的兩個例子，可以先還原爲這種形狀：

His scores disappoint him.（他的分數令他失望。）
　S　　　　V　　　O

　　這樣就比較容易看出來，如果用 He 做主詞，應該是被動態，因為 he 原來是受詞的 him。改成被動態為：

He is disappointed at his scores.（他對分數很失望。）

　　雖然是被動態的形狀，可是這些表示「感覺」的字眼被動的意味不明顯，都是形容詞意味大過動作的意味，所以後面不用被動態的介系詞 by，而用其他介系詞（上例中就是接 at his scores）。

　　另外，如果用 His scores 做主詞，就可以看出來要用主動態，因為 His scores 原來就是主詞，於是變成：

His scores are disappointing.（他的分數令人失望。）

　　許多表示「感覺」的字眼，都可以依此類推來決定該用現在分詞還是過去分詞。

二、字根字首分析
　　現在分詞與過去分詞之間的選擇，牽涉到主動被動的判斷，所以和動詞的及物不及物有關。這是一個相當麻煩的問題：怎麼看動詞是及物還是不及物？如果每個動詞還要去背它是及物或不及物，那太辛苦了。英文動詞很多，背不勝背，可是使用到的字根有限。所以做一下字根字首的分析往往可以決定及物不及物的

問題。

例： Water <u>consists</u> of hydrogen and oxygen.

Water <u>is composed</u> of hydrogen and oxygen.

（水由氫分子和氧分子組成。）

consist 的字根 sist 是 stand 或 be 的意思，都是不及物，配合字首 con(together)，可以解釋爲 stand together 或 be together。既然它是不及物動詞，自然沒有被動態，也沒有受詞。可是 compose 就不同了。字根 pos 解釋爲 place（放），是及物動詞，所以可以有被動態，才可以用到過去分詞 composed。

現在分詞與過去分詞混合的型態

如果把分詞認定爲形容詞，那麼看到現在分詞與過去分詞一同出現，就不必去死背冗長的動詞變化，只把它當做兩個以上的形容詞，分別解釋就可以了。而動詞詮釋與句型分析也就自然隨之簡化。

例： I have no comment to make while <u>the case</u> <u>is</u>
　　　　　　　　　　　　　　　　　　　　　S　　V

<u>being investigated</u> by police.
　　　C

（本案正由警方調查中，我暫時不予置評。）

本句只要把 be 動詞視爲動詞，being investigated 視爲兩個形容詞，就十分簡單。being 是現在分詞的形容詞，去掉不必翻譯的

be 部分，只須解釋爲「正在」。investigated 是過去分詞，再加上被動的暗示，解釋爲「被調查」。合在一起，這兩個分詞就是「正在被調查」，做爲補語來形容主詞「本案」。

形容詞子句減化的結果

形容詞子句減化之後往往剩下分詞。在此先初步介紹，完整的減化子句概念留待複句探討完畢之後再詳加整理。

一、Ven

例：Toys <u>made in Taiwan</u> are much better now.
（現在台灣製造的玩具好多了。）

這個過去分詞片語 made in Taiwan 就是形容詞子句的減化。原句是：

Toys <u>which are made in Taiwan</u> are much better now.

這個形容詞子句中主詞 which 與 Toys 重覆，動詞是空的 be 動詞。去掉這兩個部分後剩下的分詞 made in Taiwan 還是形容詞類，因而可以減化。

二、Ving

例：Children <u>living in orphanages</u> make a lot of friends.
（在孤兒院生活的小朋友可以交很多朋友。）

同樣的，分詞部分是 who are living in orphanages 這個形容詞子句的減化，原因也相同，省掉主詞 who 和 be 動詞，剩下形容詞片語 living...來取代形容詞子句。

三、being Ven

例：The vase <u>being auctioned</u> now is a Ming china.
（正在拍賣的花瓶是明朝的瓷器。）

這裡的 being auctioned 是 which is being auctioned 的減化。其中 being 表示「正在」，auctioned 表示「被拍賣」，如果沒有 being，只剩下過去分詞 auctioned，就有「完成」的暗示，讀者可能會以為「已經賣掉了」。加上 being 是為了去除這種誤會，增加表達的清楚性。

副詞子句減化的結果

副詞子句如果減化為分詞，傳統文法就叫做「分詞構句」。所以取這個名稱，是因為在傳統文法的觀察中分詞是形容詞，而副詞子句是副詞類，減化之後詞類不一致，所以取一個名稱來稱呼它。其實這裡的變化和上一節的變化差不多，只是原來的子句詞類不同。

一、Ven

例：<u>Wounded in war</u>, the soldier was sent home.
（在戰場上受了傷，士兵就被遣送回國了。）

這個分詞片語是 After/Because he was wounded in war 這個副

詞子句的減化。減化的原因仍然一樣：主詞 he 就是 the soldier，所以可以省略，動詞是 be 動詞 was，故可以省略。一旦主詞動詞沒有了，文法上也不需要連接詞了。所以 After 或 Because 也就可以省掉，而只剩下補語部分的分詞片語 wounded in war。這就是分詞構句。

二、Ving

例：The pigeon, <u>after flying 200 miles</u>, was caught up in a net.
（這隻鴿子在飛了兩百哩之後被網子網住了。）

本句中底線部分原來是副詞子句 after it flew 200 miles。因為主詞 it 就是 the pigeon，因而可以省略。再下來沒有 be 動詞可省，就要先改成進行式 (after it was flying...)使它有 be 動詞，才可成功地省掉動詞，剩下補語部分。去掉主詞、動詞後，連接詞 after 也可以省掉。可是副詞子句的連接詞有意義，Before, When 和 After 的意義都不一樣，所以可以選擇留下來，就成了 after flying 200 miles。這也是分詞構句。

三、having Ven

例：<u>Having finished the day's work</u>, the secretary went home.
（做完一天的工作後，祕書回家去了。）

底線部分原本是副詞子句 She had finished the day's work。減化的原因還是因為主詞相同。而由於動詞部分沒有 be 動詞就不能進一步減化下去，因此改成 having finished...的現在分詞型態，等

於前面省去 be 動詞，而留下補語部分。

結語

　　這是動狀詞的最後一講。若要深入探討分詞，就得接觸到減化子句，而減化子句又得建立在複句架構上。所以，進一步的探討要等複句結構介紹完畢後才能進行。而在進入複句之前，還有一些小細節要先處理。下一章我們就來談談形容詞的用法。

Test 6

下面有篇文章，是改寫自一篇閱讀測驗題目，把每個句子中都放進去一個以上的現在分詞(pp)或過去分詞(Ven)，偶爾也有幾個動名詞(Gr)或不定詞(Inf)，請讀者看看這些動狀詞的用法，與所學過的觀念印證一下。

A decade ago, nearly a million and a half elephants were <u>living</u> in Africa. During the past ten years, the number of elephants has dwindled to about one half. These elephants are still <u>being killed</u> for their tusks, which are worth a lot of money, in spite of an <u>increasing</u> outcry against elephant <u>hunting</u>. Most elephants <u>killed</u> today die in the hand of illegal hunters.

A <u>grass-consuming</u> animal, the elephant eats as much as 300 pounds a day when fully <u>grown</u>. <u>Wandering</u> far and wide in their search for food, elephants can move dozens of miles a day. <u>Failing to find</u> the grasses they like best, they may turn to the trees and eat them.

Today, the <u>remaining</u> grasslands for the elephant are seriously <u>reduced</u>. Many places along their migration routes have <u>been turned</u> into farms. Some elephants are <u>killed</u> by farmers while <u>feeding</u> on the farms.

What can the people do here in Taiwan about a <u>threatened</u> animal <u>living</u> so far away? First, we should know that there is a law <u>protecting</u> elephants, even here. People cannot buy or smuggle items <u>made</u> from ivory or any part of the elephant's body. Some <u>handicapped</u> persons <u>living</u> on <u>making</u> name chops have <u>been protesting</u> that the law impairs their livelihood, <u>making</u> it impossible for them <u>to earn</u> money. There are, of course, many substitute materials for elephant tusks, water buffalo horns <u>being</u> an important one.

Most countries are now no longer <u>importing</u> ivory. It is <u>hoped</u> that the ban on <u>buying</u> or <u>selling</u> ivory will save the <u>remaining</u> African elephants. Wildlife conservation organizations like the WWF are not <u>facing</u> the problem <u>lying down</u>. <u>Claiming</u> that the <u>ivory-producing</u> countries are unable <u>to protect</u> the elephants there, they are <u>proposing</u> some <u>market-oriented</u> approaches to <u>solving</u> the problem.

Answer Key 6

A decade ago, nearly a million and a half elephants were <u>living</u> in
                                                         pp
Africa. During the past ten years, the number of elephants has

dwindled to about one half. These elephants are still <u>being</u> <u>killed</u>
                                                       pp   Ven
for their tusks, which are worth a lot of money, in spite of an

<u>increasing</u> outcry against elephant <u>hunting</u>. Most elephants <u>killed</u>
   pp   Gr   Ven
today die in the hand of illegal hunters.

A <u>grass-consuming</u> animal, the elephant eats as much as 300
   pp
pounds a day when fully <u>grown</u>. <u>Wandering</u> far and wide in their
                         Ven   pp
search for food, elephants can move dozens of miles a day.

<u>Failing</u> <u>to find</u> the grasses they like best, they may turn to the trees
 pp   Inf
and eat them.

Today, the <u>remaining</u> grasslands for the elephant are seriously
            pp
<u>reduced</u>. Many places along their migration routes have <u>been</u>
 Ven   Ven
<u>turned</u> into farms. Some elephants are <u>killed</u> by farmers while
 Ven   Ven
<u>feeding</u> on the farms.
 pp
What can the people do here in Taiwan about a <u>threatened</u> animal
                                               Ven

<u>living</u> so far away? First, we should know that there is a law
pp

<u>protecting</u> elephants, even here. People cannot buy or smuggle
pp

items <u>made</u> from ivory or any part of the elephant's body. Some
Ven

<u>handicapped</u> persons <u>living</u> on <u>making</u> name chops have <u>been</u>
Ven   pp   Gr   Ven

<u>protesting</u> that the law impairs their livelihood, <u>making</u> it
pp   pp

impossible for them <u>to earn</u> money. There are, of course, many
Inf

substitute materials for elephant tusks, water buffalo horns <u>being</u>
pp

an important one.

Most countries are now no longer <u>importing</u> ivory. It is <u>hoped</u> that
pp   Ven

the ban on <u>buying</u> or <u>selling</u> ivory will save the <u>remaining</u> African
Gr   Gr   pp

elephants. Wildlife conservation organizations like the WWF are

not <u>facing</u> the problem <u>lying down</u>. <u>Claiming</u> that the
pp   pp   pp

<u>ivory-producing</u> countries are unable <u>to protect</u> the elephants there,
pp   Inf

they are <u>proposing</u> some <u>market-oriented</u> approaches to <u>solving</u> the
pp   Ven   Gr

problem.

譯文：

十年前，幾近一百五十萬頭大象還在非洲存活。而這十年來，大象數目已減少了一半。這些大象仍一直遭到獵殺，為了取得貴重的象牙，儘管對偷獵大象的譴責日漸高漲。今日遇害的大象大都死於非法盜獵者手中。

大象是草食動物，成年時一天可吃掉三百磅的草。長途跋涉，到處尋找食物時，大象一天可移動數十哩的距離。若找不到最喜歡的草，大象會轉而吃樹。

今日僅存、可供大象活動的草原已嚴重減少。大象遷移路線上有多處已開闢成農場。有些大象在農場覓食時被農人打死。

在台灣的人，對遙遠地方這種飽受威脅的動物能出什麼力？首先，我們要曉得大象受法律保護，在台灣亦然。象牙或大象身體任何部分的製品都禁止走私、買賣。有些以刻印維生的殘障人士抗議這條法律侵害他們的生計，讓他們不能賺錢。當然象牙有許多替代材料，水牛角就是很重要的一種。

大部分國家已不再進口象牙。希望買賣象牙的禁令能挽救現存的非洲象。野生動物保護組織，像是世界自然基金會，面對這個問題也不是純然束手無策。他們表示象牙生產國無法保護國內的大象，所以提出了一些市場導向的方法來解決問題。

第七章

形容詞

　　英文的修飾語有兩種詞類：形容詞和副詞。形容詞是修飾名詞用的。副詞則用來修飾名詞以外的詞類，包括動詞、形容詞與其他副詞。當然，也有些特別的副詞可以用來修飾名詞，這一點留待以後談到副詞部分時再來討論。大致說來，形容詞是可以定義爲修飾名詞的修飾語。

　　廣義的形容詞包括形容詞子句、減化形容詞子句（包含分詞片語、同位格、不定詞）、介系詞片語、複合字及單字等等。本章的內容以單字形狀的形容詞爲主，其餘的留待將來在相關章節中分別敘述。單字形狀的形容詞，通常在句子中只有兩種位置可能出現：名詞片語中以及補語位置。

名詞片語中的形容詞

　　這一類的形容詞一般是出現在限定詞（像 a, the, this, some, five, John's 等字）與名詞中間。請觀察以下的名詞片語以及其中

113

的形容詞：

限定詞	形容詞	名詞	
three	yellow	roses	（三朵黃玫瑰）
a	new	camera	（一架新相機）
my	best	friend	（我最好的朋友）
	dirty	water	（髒水）
	pretty	women	（漂亮女人）

　　這種形容詞英文稱為 attributive adjectives，是用來表示該名詞屬性(attribute)的形容詞，這一點稍後再詳述。

一、放在名詞後面的形容詞

　　有幾個特別的形容詞出現在名詞片語中時，不放在中間，卻要放在名詞後面。例如：

Someone else will have to do it.（另外要有人去做這事。）
I don't know anybody else.（我不認識別的人。）

　　else 這個形容詞的用法是配合像 someone, anybody 等的複合名詞來使用。因為限定詞的 some, any 已經和名詞的 one, body 寫在一起，所以中間的形容詞位置被擠掉了，else 這個形容詞就只能放到名詞後面去了。

　　另外，有些 a- 開頭的古英文形容詞，除了可以放在補語位置外，如要用在名詞片語中，也只能放在名詞後面。這是因為古英

文 a-的字首代表一種暫時性的狀態，類似拉丁文-ing 字尾的味道。因而這一類的形容詞不適合放在名詞片語中間代表屬性 (attribute)的位置。例如：

John and his brother alike are unreliable.
（約翰和他弟弟都不可靠。）
Money alone cannot solve our problem.
（光靠錢解決不了我們的問題。）

alike 和 alone 這兩個 a-開頭的古英文都不適合放入名詞片語中，只能放在後面。 alone 一字在 money alone 這個例子中的這種用法，也有些語言學家主張把它當作副詞來解釋。這個問題我們在談到副詞時會處理到。

二、名詞轉用爲形容詞

這可以視爲複合名詞來看待。例如：

限定詞	形容詞	名詞	
a	government	store	（一家公營商店）
my	pencil	sharpener	（我的削鉛筆機）
a	cigarette	box	（一個香菸盒）
	movie	theaters	（電影院）

放在中間的 government, pencil 等字雖然都是名詞的形狀，可是一旦放入形容詞位置，就是轉借爲形容詞來使用。例如 a cigarette box（一個香菸盒）這個名詞片語代表的是一個盒子，不是香菸（空盒子還是可以叫香菸盒）。中間的 cigarette 一旦轉為形容詞使用，就要遵循形容詞的用法，也就是：沒有複數。 my pencil sharpener（削鉛筆機）當然不只削一支鉛筆，可是 pencil 放在這個位置要解釋為「削鉛筆的」，是形容詞，所以不能有複數。

三、複合字形容詞

　　單字形狀的形容詞才能夠放入名詞片語中間的位置。如果是片語形狀而要放到名詞片語中，就必須先加上 hyphen 製造成複合字。如果原先的片語中有複數的名詞存在，還得先把 -s 去掉，因為要當形容詞單字使用，不能有複數。例如：

a turn-of-the-century publication
（一冊在世紀轉換之際出版的作品）
an eye-opening experience
（令人大開眼界的經驗）
a five-year-old child
（一個五歲小孩）
a 100-watt light bulb
（一支一百瓦的燈泡）

　　請注意例句中的 eye, year, watt 等字都是因為轉作形容詞使用而把 -s 去掉。

名詞片語中形容詞的順序

在名詞片語中，若有兩個以上的形容詞單字出現，就會產生順序的問題。這是英文寫作要先克服的問題。例如：

限定詞	形容詞	名詞	
three	big red	apples	（三個又大又紅的蘋果）

首先來釐清一個觀念：big 和 red 是兩個形容詞單字，不是一個形容詞片語，因為這兩個字分別獨立來形容 apples。然後來談談順序的問題。一般的文法書上在此只是列出一些大小、形狀、顏色等等的順序要求學生背起來。其實形容詞的順序不必背，而有一定的道理可循。在 attributive adjectives 之間，愈是表達名詞屬性的形容詞愈要靠近名詞。亦即，愈是不可變的、客觀的特質愈要靠近名詞。反之，愈是可變的、臨時的、主觀的因素則愈要放得遠離名詞。請研究下面這個例子：

The murderer left behind a bloody old black Italian leather glove.
（凶手丟下一隻沾血、老舊、黑色、義大利製的皮手套。）

leather 放得最近 glove，因為 leather 是內容，glove 是形式。內容與形式是不可分的。就算手套剪碎了，皮革材料還在裡面。表示產地的 Italian 也是屬於不可變的因素。而且，an Italian glove（義大利手套）有相當強的表示屬性的功能 ——告訴別人這是哪一種手套。至於說顏色 black，在皮革染上黑色之後就不會變了。old 這個字則是手套製成之後由新慢慢變舊。至於 bloody，原先沒

形容詞

有沾血，行凶時沾上。只要拿去洗，隨時可以變乾淨。舊則不能再變新了。所以，bloody 這個形容詞和「手套」的屬性最無關，也是最可變的修飾語，就要放在這一堆 attributive adjectives 的最前面。再看一個例子：

He's wearing a handsome old brown U.S. Air Force leather flying jacket.
（他穿一件帥氣、陳舊、褐色、美國空軍的皮質飛行夾克。）

這個例子提供讀者依據上述原則去揣摩一下。提示：handsome 是主觀的字眼。夾克帥不帥，見仁見智，所以 handsome 是和 jacket 的屬性最無關的字眼。而 flying jacket 一定要放在一起才能表示「飛行夾克」，所以 flying 是表示這種夾克屬性最強的字眼，要放得最接近。

形容詞在名詞片語位置與補語位置的比較

名詞片語中的形容詞叫做 attributive adjectives，用來表達該名詞的屬性(attribute)。補語位置的形容詞叫做 predicative adjectives，用來補述 (predicate)關於名詞的事項。補語位置的形容詞距離名詞最遠，慣常用來對名詞做一些臨時性、補充性的敘述，與表示屬性的 attributive adjectives 在語氣上頗不相同。請比較下例：

1. John is sick today and couldn't come to work. (predicative)
   （今天約翰生病，不能來上班。）

2. John is <u>a sick man</u>. (attributive)（約翰是個病人。）

例 1 中 sick 放在補語位置來形容 John，是用來對 John 做一個敘述 (predication)，其內容可以是很暫時性的。也就是說，過了今天 John 很可能就好了，能上班了。在例 2 中 sick 放在名詞片語中，來交代屬於這個 man 的一個屬性 (attribute)，語氣是比較永久性的。換句話說，這個「有病的人」可能病得不輕，短時間還好不了。

補語位置的形容詞

這個位置的形容詞比較自由，單字、片語皆可使用。例如：

<u>This lake</u> is <u>deep</u>.（這個湖很深。）
　S　　　　 C

She makes <u>everyone</u> <u>happy</u>.（她讓所有人都感到快樂。）
　　　　　　　O　　　 C

<u>Chinese culture</u> is <u>5,000 years old</u>.
　　　S　　　　　　　　　 C

（中國文化已有五千年的歷史。）

I heard <u>her</u> <u>playing the violin</u>.（我聽到她在拉小提琴。）
　　　　 O　　 C

另外，上面提到的一批 a- 開頭的古英文形容詞，因為它所暗示的「暫時性」語氣，使它不適合放在名詞片語中的位置，而最常出現在補語位置。例如：

The fish is still alive. (魚還活著。)
   S   C

The balloon stays afloat. (氣球還飄在空中。)
   S   C

They found the professor alone.
             O   C

(他們見到教授獨自一人。)

Coffee keeps him awake. (咖啡使他頭腦清醒。)
           O   C

形容詞的比較級

修飾語包括形容詞與副詞，都有比較級與最高級。形容詞的比較級，可以視為「大於、小於、等於」這三種邏輯關係的表現方式。例如：

Unit 3 is shorter than Unit 4. (第三單元比第四單元短。)
Unit 3 is less difficult than Unit 4. (第三單元沒第四單元難。)
Unit 3 is as boring as Unit 4.
(第三單元和第四單元一樣無聊。)

一、比較級的拼法

一般文法書中都已處理過這個基本問題，本書在此不談。但有一個基本問題是一般文法書沒有解釋清楚的，即兩個音節的形容詞，其比較級、最高級在拼法上要怎麼處理？當然，單音節的形容詞，因為很短，適合在字尾變化（如：tall, taller, tallest）。

而三個音節以上的形容詞已經很長，不適合再加字尾變化，因而分成兩個字來處理（如：expensive, more expensive, most expensive）。但是，兩個音節的形容詞很尷尬：它不長不短，要如何判斷？以下的原則可供參考：兩個音節的形容詞，如果字尾是典型的形容詞字尾，有明顯的標示詞類的功能，應保留字尾不變，分成兩個字處理。此外則隨意。例如：

crowd<u>ed</u>	more crowded	most crowded
lov<u>ing</u>	more loving	most loving
help<u>ful</u>	more helpful	most helpful
use<u>less</u>	more useless	most useless
fam<u>ous</u>	more famous	most famous
act<u>ive</u>	more active	most active

這些兩個音節的字都是典型的形容詞字尾，應分成兩個字處理。其他的雙音節形容詞，如果不是典型的形容詞字尾，變化則無限制。例如：

often	oftener (more often)	oftenest (most often)
shallow	shallower (more shallow)	shallowest (most shallow)

如果是 -y 結尾，這個長母音因為發音上的要求，要先變成短母音的 i，再加字尾變化，如：

happy	happier	happiest
lucky	luckier	luckiest

二、定冠詞的判斷

一般文法書都列出一條規則：最高級要加定冠詞。其實，冠詞是跟著名詞走的。出現在名詞片語中的形容詞，它前面才有可能會有冠詞出現。如果是補語位置的形容詞，不存在於名詞片語中，自然也沒有冠詞的問題。例如：

1. <u>Yangmingshan</u> is <u>crowded</u>. （陽明山人潮洶湧。）
   S   C

2. <u>Yangmingshan</u> is <u>most crowded</u> in March.
   S   C

   （三月的陽明山人最多。）

crowded 在這兩個句子中都位於補語位置，用來形容主詞 Yangmingshan。因為不出現在名詞片語中，自然不可能有冠詞。再看下例：

1. Yangmingshan is <u>a crowded scenic spot</u>.
   （陽明山是個遊人如織的風景區。）

2. Yangmingshan is <u>the most crowded of Taipei's scenic spots</u>.
   （陽明山是台北遊人最多的風景區。）

在例 1 中的補語是名詞片語 a crowded scenic spot，形容詞 crowded 位於名詞片語中。在例 2 中 the most crowded 之後雖沒有名詞，可是有介系詞片語 of Taipei's scenic spots（在台北各風景區之中），因而可以看出來是 the most crowded one 的省略，形容詞 most crowded 出現於名詞片語 the one 的中間。「在台北各風景區

之中最擁擠的『那個』(風景區)」。在一個特定的範圍中指出「最…」的一個，有明確的指示功能，因而需要定冠詞 the 。這種「指示性」才是要加定冠詞的真正原因，光是死背「最高級要加定冠詞」，不去了解為什麼，也不去分辨是名詞片語還是形容詞補語，是很容易出錯的。又如：

John is <u>the shorter</u> of the twins.
（約翰是雙胞胎中較矮的那個。）

這個句子中雖然是比較級，可是 shorter 在雙胞胎之中充分指出說的是哪一位，所以仍然要有定冠詞。

三、that 和 those 的使用
比較級的句子要求對稱工整，包括比較的對象在內。例如：

<u>My car</u> is bigger than <u>you</u>.（誤）

這句話就講不通。我的車怎麼拿來和你的人相比呢？應該這樣說才對稱：

<u>My car</u> is bigger than <u>yours</u>.（我的車比你的大。）

這裡用 yours 是用來取代 your car ，以避免重複。然而，如果有標示差別的字眼在後面，就不能把 car 省掉。例如：

Cars made in Taiwan are better than those made in Korea.

（台灣車比韓國車好。）

　　台灣車和韓國車比，勢必要重複一個「車」字。這是對稱的要求。可是從修辭的角度來看，重複要儘量避免。在不宜重複，又不能省略的狀況之下，就要用代名詞來取代。讀者可能會問：用代名詞爲什麼不用 it/they，而得用 that/those 呢？因爲，人稱代名詞的 it/they 代表的就是先行詞。在上例中如果用 they，代表的就是 cars made in Taiwan，而不能代表 cars made in Korea。這時只能用限定詞的 those，表示後面省掉了重複的名詞 cars。而 those made in Korea 就是 those cars made in Korea，不同於 cars made in Taiwan。這樣才算把兩種車子分清楚。

四、比較級的倒裝

　　比較級一定會有重複的部分，因而會有省略，也因此可以有倒裝句法。例如：

A chimp has as much I.Q. as a child of five or six does.
　　　　　　　　　　　　　　　S　　　　　　　　　V

（黑猩猩的智商相當於五、六歲小孩的智商。）

　　這個例子中是用助動詞 does 來取代上文中的 has I.Q.以避免重複。然而，does 放在句尾，和它所代表的部分隔有一段距離。而且 does 和它的主詞 a child 之間也隔了一個介系詞片語 of five or six。這些距離都會妨礙句子的清楚流暢性。如果倒裝就能避免這些毛病，例如：

A chimp <u>has as much I.Q.</u> as <u>does</u> <u>a child</u> of five or six.
　　　　　　　　　　　　　V 　　 S

　　這個倒裝句中，助動詞 does 與它所代表的 has as much I.Q.之間的距離消失了，與它的主詞 a child 也放在一起了，如此一來句子的清楚性就增加了。

結語

　　形容詞的用法比較簡單。容易出問題的地方是在比較級，尤其是對稱的要求與省略的變化。在世界最難的文法考試 ── GMAT 文法修辭考題中，比較級的題目是每回必考。本章講的只是基礎，複雜的變化留待以後談到減化子句時再來處理。

Test 7

請選出最適當的答案填入空格內，以使句子完整。

1. Stamp-collecting can be enjoyed by the rich and the poor ___.
   (A) like
   (B) similar
   (C) same
   (D) alike

2. We were quite excited to catch the bird ___.
   (A) live
   (B) living
   (C) alive
   (D) lively

3. They have improved their financial status. Now they are ___ off than before.
   (A) well
   (B) good
   (C) better
   (D) richer

4. To be heard over the noise of the construction work outside, he tried to talk ___.
   (A) in the loudest voice possible
   (B) in the loudest voice possibly
   (C) in the possible voice loudest
   (D) in the possibly voice loudest

5. Miss Smith makes ___ her own clothes by hand.
   (A) the most of
   (B) most of
   (C) the most
   (D) most

6. John is not quite ___ as his sister.
   (A) good as a student
   (B) as good a student
   (C) as a good student
   (D) an as good student

7. The most ___ time of life is ___.
   (A) joyful/young
   (B) joy/young
   (C) enjoyable/youth
   (D) joyfully/youth

8. His intelligence is ___.
   (A) superior than mine
   (B) more superior than hers
   (C) superior to yours
   (D) more superior to me

9. We all found it ___ to understand Lesson Three.
   (A) difficult
   (B) difficulty
   (C) difficultly

10. All four ways were open and Mark was ___ to travel in any direction.
    (A) free
    (B) freely
    (C) freedom
    (D) freeing

11. It was the first ___ rainfall within half a year in this city.
    (A) noteworth
    (B) noteworthy
    (C) noteworthly
    (D) noteworthing

12. New Yorkers accept the city's noise as natural and ___.
    (A) inevitably
    (B) inevitable
    (C) inevitability
    (D) neutrality

13. Americans are becoming ___ of the dangers of cigarettes.
    (A) aware
    (B) awareness
    (C) awake
    (D) awoke

14. A farmer needs to know ___ words than a lawyer does.
    (A) less
    (B) fewer
    (C) more
    (D) better

15. We found it of ___
    importance to rebuild the
    wooden bridge.
    (A) very
    (B) too
    (C) extremely
    (D) utmost

16. He took down ___ of the two
    maps and began to look for
    the obscure city.
    (A) larger
    (B) the larger
    (C) largest
    (D) the largest

17. You never feel bored while
    on a camping trip because no
    two days are ___.
    (A) like
    (B) likely
    (C) likewise
    (D) alike

18. This action of yours was ___
    than wise.
    (A) kinder
    (B) most kind
    (C) kindest
    (D) more kind

19. The lake is ___ at this point.
    (A) deepest
    (B) the deepest
    (C) deeper
    (D) the deeper

20. Chopsticks are ___ to use as
    a knife and fork.
    (A) easier
    (B) by far as easy
    (C) quite as easy
    (D) much easier

Answer Key 7

1. (D)

四個答案中只有 alike 這個形容詞的位置能放在它所修飾的名詞後面。另有一些 a- 開頭的形容詞如 alive 等也是放在名詞後面。

2. (C)

與上題相同，只有 alive 可放在名詞後面。

3. (C)

因為下文有 than before，所以要用比較級（C 或 D）。空格後面有 off，表示原來是片語 well off（富有），變成比較級 better off，故選 C。

4. (A)

這裡用到最高級，要有一個表示範圍的修飾語。to talk in the loudest voice that was possible，以形容詞子句 that was possible（有可能的範圍中）來修飾 the loudest voice（最大的聲音）。然後再把形容詞子句減化，省略掉其中的 that was，即得到 A 的答案。

5. (B)

答案後面有名詞片語 her own clothes，所以前面應有介系詞（A 或 B）。在此的意思是她「大部分」的衣服，並非一般的最高級，故用 most of，不要冠詞（加上冠詞後要解釋為「最…的」）。

6. (B)

空格後面的連接詞 as 表示這是一組 as...as 的比較級。強調語氣時可用 quite as...as，表示「完全一樣」，其否定即是 not quite as...as。 not quite as good 放在一起，成為形容詞片語後，不再能放在 a student 之間的位置，所以只好移到前面，成為 B 的答案。

7. (C)

這是詞類的判斷。前空格在名詞 time 前面，應為形容詞（A 或 C）。後空格應用名詞「青春」作為主詞 time of life 的補語，故選 C。

8. (C)

表示優於 (superior to)，劣於(inferior to)這兩個片語不用 than。另外，his intelligence 可以和 your intelligence 或 yours 比較（如 C），但不能和 me 比較（如 D），因為智力要與智力比，不能和人比，這是比較級對稱的要求。

9. (A)

it 是虛字，暫代 found 之後的受詞位置，代表後面的不定詞片語 to understand Lesson Three。 it 後面的位置是受詞補語的位置，應用形容詞（只有 A）。

10. (A)

空格是 was 後面的主詞補語位置，應用形容詞，故選 A。

11. (B)

這是字形的問題。 the first 和 rainfall 之間是形容詞的位置，四個答案中只有 B 是形容詞，另外三個在英文中根本是查無此字。

12. (B)

連接詞 and 前面有形容詞 natural，後面只能用對稱的形容詞，故選 B。

13. (A)

become 後面是補語位置，應用形容詞（只有 A 和 C ；D 的 awoke 是動詞）。而 C 的 awake 後面應接 to ，只有 A 的 aware 是接 of ，所以選 A 。

14. (B)

words 可數，故不能用不可數的 less (A)。再從意思上來看，農夫該認得的字自然比律師要少，故選 B 。

15. (D)

空格是形容詞位置，而只有 utmost（最高的）是形容詞。

16. (B)

只有兩張地圖，所以要用比較級，不能用最高級，故排除 C 和 D 。而兩張中較大「那張」已充分指出是哪一張，所以要用定冠詞。

17. (D)

like 是介系詞，likewise 是副詞，都不能作補語。likely 是形容詞，不過意思是「可能性不小」，在此意思不通，故用另一個形容詞 alike（一樣的、很像的）。

18. (D)

這是 This action was very kind.和 This action was not very wise.這兩句的比較。比較點在 kind 與 wise 上面的程度副詞，Which is more?所以並不是 kind 或 wise 的比較級問題，而是程度副詞（如 much）的比較級問題 —— much 的比較級是 more 。

19. (A)

空格是補語位置，而且是單純的形容詞 deep ，不是 a deep lake 的省略，因為 a deep lake at this point（這一點有個深湖）講不通。單純的形容詞 deep 就不會有冠詞的問題，就算最高級也是一樣，因為冠詞只跟名詞走。

20.(C)

下文有連接詞 as，故上文應有 as 來完成比較級，而在 B 和 C 中，by far 只能表示「差得遠」，不適合表達「一樣」，所以選 C。

副詞

八大詞類當中，屬於修飾語性質的有形容詞和副詞兩種。這兩種詞類之間的分工，在文法書中都是說形容詞用來修飾名詞，而副詞用來修飾名詞以外的詞類（包括動詞、形容詞與副詞）。這個區分大致說來成立。可是，如果要求比較周延一點，就知道有若干種副詞其實也可以用來修飾名詞類。例如：

Vegetables, especially spinach, are good for you.
（蔬菜，尤其是菠菜，有益健康。）

這個例子當中就是用副詞類的 especially 來修飾名詞類的 spinach。要了解這些變化，就得很清楚認識副詞的分類。

副詞另一個要注意的問題是它在句子中的位置。一般說來，副詞的位置很有彈性，但也不是沒有章法。不同種類的副詞在句子當中會有不同的位置。所以，要了解副詞的位置，避免在寫作

時出錯，仍然得對副詞的分類有清楚的認識。以下就來看看副詞有哪幾種，以及各種副詞之間位置的變化。

方法、狀態的副詞(Adverbs of Manner)

這一類的副詞是修飾動詞專用的，典型的拼法是形容詞加上-ly 字尾。既然它是修飾動詞的，那麼原則上它的位置應該儘量和動詞接近，通常是放在動詞後面的位置。可是，副詞是修飾語，屬於比較不重要的元素，如果在句中有受詞、補語等主要元素存在時，方法、狀態的副詞就要向後挪，讓受詞、補語等元素先出來。假如後移的結果造成副詞與它所修飾的動詞之間距離太遠，那麼也可以另闢蹊徑，把方法、狀態的副詞調到動詞前面的位置去，以維持修飾語必須和它所修飾的對象接近的原則。以下分別就五種基本句型舉例說明。

一、S+V

　例： The child giggled happily under the caress of its mother.
　　　　　S　　　V　　(adv.)

　（小孩在母親撫摸下笑得很開心。）

介系詞片語 under the caress 在此先不討論，留待後面章節來解說。本句中動詞 giggled 之後已無主要元素存在，所以修飾動詞的 happily 可以直接放在動詞後面。當然，如果 happily 放在動詞前面，成為：

The child happily giggled....

仍然是正確的句子。在動詞前面，也是緊臨動詞的位置，所以符合修飾語要與修飾對象接近的原則。但方法、狀態的副詞，除非有特殊原因，還是放在動詞後面爲佳，因爲動詞是主要元素，先出來會比較清楚。

二、 S+V+C

例： <u>He</u> <u>kept</u> <u>quiet</u> <u>resolutely</u>. （他堅定地保持沉默。）
　　 S　　V　　C　　(adv.)

補語 quiet 是主要元素，要先出來，所以修飾動詞的副詞 resolutely 就被擠到後面去了。請注意，如果不這樣處理，而把 resolutely 放在前面，成爲

He kept resolutely quiet.

這就會造成語意不清。因爲副詞也可以修飾形容詞，讀者會以爲 resolutely 是修飾 quiet 的修飾語，「堅定的沈默」。而同一句話有兩種可能的解釋，在修辭上就犯了模稜兩可(ambiguous)的毛病。這種錯誤在寫作時要避免。有一種可以接受的位置是：

He resolutely kept quiet.

副詞如果放在句尾，與動詞之間會受到補語 quiet 的阻隔，這時就可以把副詞挪到動詞前面以維持它和動詞的接近。而且 resolutely 放在 kept 的前面，並不會產生模稜兩可的毛病，所以是正確的位置。

三、S+V+O

例：<u>He</u> <u>kissed</u> <u>the girl</u> <u>tenderly</u>.（他溫柔地吻了那個女孩。）
　　S　　V　　O　　(adv.)

　　有受詞的句型，道理和有補語的句型一樣，方法、狀態的副詞都會被擠到後面的位置。因而 tenderly 要放在 the girl 的後面。請注意下面的變化：

<u>He</u> <u>passionately</u> <u>kissed</u> <u>the girl</u> living next door.
　S　　(adv.)　　　V　　O
（他熱情地吻了那個住隔壁的女孩。）

　　這個例子中，因為有一個減化的形容詞子句（以後會加以說明）living next door 跟在受詞後面，假如副詞 passionately 再往後挪，不但與它所修飾的動詞 kissed 距離太遠，而且會有模稜兩可的情形出現：

He kissed the girl living next door passionately.

　　這樣處理的話，讀者可能會認為 passionately 是修飾 living，「熱情地生活在隔壁」。因為現在分詞 living 原本是動詞 live，而且副詞 passionately 又和 living 比較接近。這就必然會引起誤解。如果把 passionately 放在受詞 the girl 後面呢？

He kissed the girl passionately living next door.

還是不通！因為 passionately 緊臨 living，仍然會產生誤解。這時，唯一的選擇就是把 passionately 放在動詞 kissed 的前面，才可以免除任何誤解。

四、 S+V+O+O

　　例： <u>He</u> <u>showed</u> <u>us</u> <u>the document</u> <u>reluctantly</u>.
　　　　　 S　　 V　　 O　　　 O　　　　 (adv.)

　　　　（他很不情願地把文件拿給我們看。）

　　同樣的，因為兩個受詞都是主要元素，修飾語類的 reluctantly 就被擠到後面去了。當然，挪到動詞前面也是一個辦法，如：

<u>I</u> <u>willingly</u> <u>offer</u> <u>you</u> <u>my help</u>. （我自願對你提供幫助。）
 S　 (adv.)　　 V　 O　　 O

　　副詞 willingly 放到句尾時會受到兩個受詞 you 與 my help 的阻隔，就有足夠的理由可以向前挪到動詞 offer 前面的位置，使它與動詞沒有距離。

五、 S+V+O+C

　　例： <u>They</u> <u>elected</u> <u>him</u> <u>chairman</u> <u>unanimously</u>.
　　　　　　 S　　 V　　 O　　　 C　　　 (adv.)
　　　　（他們全體一致推選他出任主席。）

　　因為有受詞和補語這兩個重要元素存在，副詞 unanimously 就要退讓到後面。當然這會使它和動詞 elected 之間產生距離，所以也有另外一個選擇：

<u>I</u> <u>happily</u> <u>pronounce</u> <u>you</u> <u>man and wife</u>.
S (adv.)   V   O   C

（我很高興宣布你們結為夫婦。）

　　這是牧師、神父證婚時必說的一句話。此言一出，男女雙方的婚姻於焉生效。讀者大概不曾聽過把這句話的 happily 放在後面的吧？

I pronounce you man and wife happily.

　　這句話這樣講就感覺十分不對勁，原因何在？不是文法的問題。副詞 happily 被受詞與補語擠到句尾去，這是文法正確的句型，可是修辭不佳。第一， happily 要和 pronounce 相連，才足以表達那種欣喜的口吻。距離太遠，語氣就太冷淡了。第二，全場賓客都在聽的是 man and wife 這幾個字，新郎新娘也在聽這幾個代表終身大事底定的字眼，好進行擁吻。所以， man and wife 一定要放在句尾壓軸的位置，那麼 happily 就只好往前挪了。

　　以上談的是修飾動詞專用的「方法、狀態副詞」，以及它在句中位置的變化原則。接下來看看其他種類的副詞。

強調語氣的副詞 (Intensifiers)

　　這一類副詞有一個特色：它在使用上很有彈性，四種主要詞類，包括名詞、動詞、形容詞與副詞都可以用它來修飾。認識這一點，才算真正弄清楚形容詞與副詞間的分工。這一類的副詞又可以細分為以下三種：

一、強調範圍的副詞 (Focusing Adverbs)

這一類的副詞不多，典型的像 only, merely, also, especially, particularly, even 等字就是這一類。它的功能在於清楚界定出所談事物的範圍，好比照相機對焦(focusing)的動作一般。它的位置要求很嚴格，有些要放在所修飾對象的前面，有些則要放在後面，但都不能和修飾的對象有任何距離。因為它可以修飾任何詞類，只要位置一變動，意思也就跟著發生變化。以下舉 only 為例說明：

副詞

例：I heard about the accident yesterday.
　　（我昨天聽說了這件意外。）

　　Only I heard about the accident yesterday. (No one else did.)
　　（只有我是昨天聽說這件意外的。）

　　I only heard about the accident yesterday. (I didn't see it.)
　　（我昨天只是聽說了這件意外。）

　　I heard about only the accident yesterday.
　　(I didn't hear anything else.)
　　（我昨天全聽人在講這件意外。）

　　I heard about the accident only yesterday.
　　(I didn't hear about it earlier.)
　　（我直到昨天才聽說這件意外。）

這幾個例子中，only 分別修飾代名詞 I、動詞 heard、名詞 the accident 與副詞 yesterday，可是都一樣是當副詞使用。

二、加強語氣的副詞 (Intensifiers)

這是最典型的 Intensifiers。它同樣也是可以修飾四種主要詞類，包括名詞在內。它的位置通常要放在修飾對象的前面。請看以下的例子：

He is <u>very much</u> <u>his father's son</u>. （他和他老爸一個調調。）
        (adv.)   (n.)

You're <u>utterly</u> <u>insane</u>! （你是完完全全瘋了！）
       (adv.)   (a.)

I <u>badly</u> <u>need</u> a drink. （我亟需喝一杯。）
  (adv.)   (v.)

三、程度副詞 (Adverbs of Degree)

這一類副詞和加強語氣的副詞很像，但是程度副詞是用來做「有幾成」的表示，而非加強語氣。所以，如果把加強語氣的副詞去掉，只是語氣變弱，意思不會變。但是如果拿掉程度副詞，意思則可能會發生改變，如：

The project is <u>almost</u> finished. （計畫已經差不多完成了。）

這個句子中的 almost 就是程度副詞，表示「八、九成，還不到十足」的程度，並非加強語氣。如果把它拿掉，就變成：

The project is finished. （計畫已經完成。）

這個意思就和原文不同了。程度副詞和另外兩類的 Intensifiers 一樣，也是四大詞類都可以修飾，它的位置通常也是要放在修飾對象的前面。例如：

You can buy <u>practically</u> <u>anything</u> at a mall.
            (adv.)   (n.)
（在購物中心幾乎什麼都買得到。）

I <u>can</u> <u>hardly</u> <u>hear</u> you. （我快聽不到你在說什麼了。）
(aux.) (adv.)   (v.)

The promotion was <u>moderately</u> <u>successful</u>.
                  (adv.)   (a.)
（促銷活動還算成功。）

I know your father <u>rather</u> <u>well</u>. （我跟你父親還算滿熟的。）
               (adv.) (adv.)

修飾句子的副詞 (Sentence Modifiers)

這又可以分成兩類：連接副詞和分離副詞。這兩類副詞的位置，通常是放在句首，可是也可以挪到主詞、動詞中間，甚至放到句尾位置。不論放在何種位置，都需要有逗點把它和句子隔開來。這其中的原因我們分別來探討一下。

一、連接副詞 (Conjuncts)

這一類的副詞很像連接詞(Conjunctions)，有類似對等連接詞 and 的（如 besides, furthermore），以及類似 but 的（如 however, nevertheless）等等。它可以連接兩句話間的邏輯關係，可是缺乏連接詞的文法功能，所以要用標點來幫忙。它的變化很簡單，請大家從例句中自行觀察：

Vivien Leigh is brilliant.（費雯麗光芒四射。）

Clark Gable, <u>however</u>, is lousy.（克拉克‧蓋博卻很爛。）
          (adv.)

<u>Therefore</u>, the film is less than perfect.
   (adv.)
（影片因而並非十全十美。）

It is still a good movie; <u>besides</u>, good romances are
             (adv.)
rare these days.
（這部片子還是不錯，況且近來好的文藝片不多了。）

二、分離副詞 (Disjuncts)

把它歸於修飾句子的副詞類是方便的分法。嚴格說起來，它應該是屬於修飾另一句話的方法、狀態副詞。請看例句：

Scientifically, the experiment was a success.
(adv.)

（從科學的角度來說，這個實驗成功了。）

固然 scientifically 可以說是修飾全句，可是深入一點來看，這個句子是下面這句的省略：

Scientifically speaking, the experiment was a success.
(adv.)

這個副詞其實是修飾動詞 speak 的方法狀態副詞。更進一步把減化子句還原成下面的原貌：

If we are speaking scientifically, the experiment was a success.
(adv.)

這個例子可以看出來，原來有兩句話。第一句被減化成只剩一個方法、狀態副詞 scientifically，修飾「怎麼說」，再附在第二句上。看到這個地步，就不難了解為什麼這個副詞要有逗點隔開了——原來那是兩個子句之間的逗點！分離副詞也可以調到主詞動詞中間的位置以及句尾的位置，可是仍然要有逗點隔開。請比較下面的例子：

You're not answering my questions honestly.
（你並沒有老實回答我。）

Honestly, what are you going to do about it?

（老實說，你打算如何處置呢？）

第一句的 honestly 是單純的方法、狀態副詞，修飾動詞 answer。第二句的 honestly 則是分離副詞，原本是 honestly speaking（老實說）。它是減化子句的殘餘，可以為方便起見歸於修飾全句的副詞類。

結語

副詞還包括時間副詞、地方副詞、頻率副詞等類別，各類文法書中所述甚詳，也十分簡單，毋庸贅述。另外副詞也有比較級、最高級的變化，但是原則和形容詞比較級完全一樣，也無需再重複。只有一點：副詞的典型字尾是-ly。在判斷兩個音節的副詞的比較級拼法時，要保留-ly 字尾不去動它，在前面加 more, most 來變化，像是 more sweetly, most sweetly。除此之外，副詞比較級拼法的變化也是一如形容詞。

另外，後面所附的練習中有一些無關於觀念、純屬辨字的問題，請仔細作答！

Test 8

請選出最適當的答案填入空格內，以使句子完整。

1. _____, he would leave his
   wife at home and go fishing
   himself.
   (A) More often than not
   (B) Oftener than can't
   (C) More often than doesn't
   (D) Oftener than doesn't

2. Separated for years, father
   and son found _____.
   (A) each other greatly changed
   (B) one another greatly
       changed
   (C) one another great changed
   (D) one greatly changed
       another

3. He speaks English _____ as
   he does Chinese.
   (A) as fluently
   (B) as fluent
   (C) more fluently
   (D) so fluent

4. I don't like detective stories,
   but science fiction makes
   _____ impression on me.
   (A) quite a different
   (B) a quitely different
   (C) a quite differently
   (D) quitely a differently

5. I am sorry. I _____ forgot it.
   (A) clean
   (B) cleanly
   (C) cleanness
   (D) cleanfully

6. After walking so long a
   distance, I am _____ tired.
   (A) dead
   (B) deadly
   (C) death
   (D) died

7. We are told to keep _____ of
   the puddle of water.
   (A) clear
   (B) clean
   (C) clearly
   (D) cleanly

8. Dick went ____.
   (A) late yesterday there
   (B) there late yesterday
   (C) yesterday late there
   (D) yesterday there late

9. ____ I like to be alone.
   (A) Some time
   (B) Some times
   (C) Sometime
   (D) Sometimes

10. ____ spring, early one Saturday morning, I drove to Taiwan.
    (A) Latest
    (B) Later
    (C) Latter
    (D) Last

11. Both writing and rewriting ____ are essential, if you want to make a hit.
    (A) careful
    (B) carefulness
    (C) carefully
    (D) carelessly

12. The computer plays an ____ important role in modern life.
    (A) increasing
    (B) increasely
    (C) increased
    (D) increasingly

13. He exclaimed, "___ kind man before!"
    (A) Never I met with such
    (B) I never meet with such
    (C) Never I've met with a such
    (D) Never have I met with such a

14. "The workers in that factory are treated very badly."
    "Yes, they are ____ than slaves."
    (A) the little better
    (B) little better
    (C) less better
    (D) a small better

15. "Is John very intelligent?"
    "Yes, ____than his brother."
    (A) so much
    (B) so more
    (C) much so
    (D) much more so

16. The more we looked at the abstract painting, ___.
    (A) the more we liked it
    (B) we liked it more
    (C) better we liked it
    (D) it looked better

17. The man was ___
    disappointed at how small
    the bag of flour was.
    (A) noticeable
    (B) noticed
    (C) noticeably
    (D) noticing

18. With the computer down, we
    ___ our work.
    (A) not longer would continue
    (B) not longer could continue
    (C) could continue no longer
    (D) could no longer continue

19. He threw the javelin ___ than
    all the others.
    (A) farther
    (B) as far
    (C) further
    (D) farthest

20. The enemy is advancing.
    Stand ___.
    (A) firm
    (B) firmly
    (C) firmness
    (D) to firm

Answer 8

1. (A)

動詞部分有助動詞 would，所以前面不能用助動詞 doesn't（如 C 和 D）。又，more often than not 是一個常用片語，表示「經常」。

2. (A)

因是父子兩人，故應用 each other。三人以上方能用 one another（如 B, C 和 D）。答案 A 中，each other 是 found 的受詞，greatly changed 是受詞補語。

3. (A)

後面有比較級連接詞 as，所以前面只能用 as（A 或 B）。空格位置應用副詞 fluently 修飾動詞 speaks，故選 A。D 的 so 只能用在否定句，例如 not so fluently 就可以配合後面的 as，作正確的答案。

4. (A)

quite 是個強調語氣的副詞，可直接修飾名詞片語 a different impression，故選 A。又 C 和 D 用到副詞 differently，置於名詞 impression 之前，詞類錯誤。B 中的 quitely 錯誤，因為沒有這種拼法。

5. (A)

clean 作形容詞是「乾淨的」，作副詞時則是「完完全全」。在此用副詞用法來修飾動詞 forgot。

6. (A)

dead tired 這個片語相當於「累得要死」，又 dead center 表示「正中紅心」，在這兩個片語中 dead 都當作強調語氣的副詞，不是形容詞。

7. (A)

keep clear of 意思是「避開，保持距離」，其中 clear 當 away 解釋。

8. (B)

地方副詞 there 在先，時間副詞 yesterday 在後，這是一般的順序。修飾 yesterday 的副詞 late 置於它的前面。

9. (D)

這個位置要求頻率副詞（如 D，有時候）。A 的 some time 表示「一段時間」，是名詞片語，如：I spent some time in the U.S.。B 的 some times 表示「某些時代」或是「若干次」。C 的 sometime 是個形容詞，表示「從前的」，如 a sometime friend 是「從前的朋友」，當副詞用時 sometime 表示「不特定的時間」，如 I'll be back sometime.。

10. (D)

A 和 B 的最高級與比較級在上下文都沒有呼應，C 的 latter 表示「後者」，上文應有「兩者」時才能使用。

11. (C)

空格位置在 writing and rewriting 之後，應用副詞類（C 或 D）修飾其中的動詞部分。放在前面才能用形容詞（如 careful writing and rewriting）。再看句意，應選肯定語氣的 C。

12. (D)

這個位置是修飾形容詞 important 的位置，應用副詞（只有 D，而 B 是錯誤拼法）。

13. (D)

　　句尾的 before 暗示應用現在完成式最好（C 或 D），而 never 移至句首時應用倒裝句，故選 D。

14. (B)

　　little 是否定的語氣，所以 they are little better than slaves 即表示「比奴隸好不了多少」，在此 little 作副詞來修飾比較級的形容詞 better。當然，只有形容詞沒有名詞，就不應加冠詞（如 A 和 D），而 C 的 less 本身是比較級，與 better 重複了。

15. (D)

　　回答是 He is much more intelligent than his brother. 其中用 much 來加強比較級 more intelligent。又，簡答句中可以把重複的 He is intelligent 省略，只用 so 取代，即成 D。

16. (A)

　　這是雙重比較結構(double comparison)，以 the more...the more 之類的結構置於句首來取代連接詞，表達「成正比」的關係，故選 A。

17. (C)

　　這個位置是副詞位置，修飾 disappointed，只有 C 是副詞。

18. (D)

　　no longer 表示「不再」，作時間副詞用，又有否定句功能，應與助動詞 could 置於一起。

19. (A)

　　由下文 than 可看出是比較級，而在 A 和 C 之間，further 表示「程度更深，更進一步」，並非能用尺量出來的「更遠」，故選 A。

20. (A)

　　stand firm 可作 you must stand firm 看待，這個 firm 是主詞補語，應用形容詞，修飾主詞 you，意為「你們得保持堅定」，也就是「不要怕」。如果用副詞 firmly，只能修飾動詞 stand，意為「兩條腿出點力氣站穩」，較不能配合上文。

語氣

語氣(Moods)是利用動詞變化來表達「真、假」口吻的方式。依各種不同程度的「真、假」口吻，可以細分為四種語氣：

敘述事實語氣(Indicative)：表示所說的是真的。
條件語氣(Conditional)：表示真假還不能確定。
假設語氣(Subjunctive)：說反話，表示所說的與事實相反。
祈使語氣(Imperative)：表示希望能成真，但尚未實現。

四種不同的語氣，看起來好像很複雜，不過各有各的重點，只要能掌握重點，便不難區分，也不需死背。

敘述事實語氣

一般的英文句子都是這種語氣，讀者從前在時態部分所學的現在式、過去式、未來式等等也都是屬於敘述事實語氣，所以不

必多作解釋，其中只有未來式要說明一下。如：

I <u>will go</u> to the U.S. next year to study for an MBA degree.

（我明年要到美國去念企管碩士。）

現在、過去的事情，是真是假已經可以確定，所以能用敘述事實語氣。可是未來的事情還沒有發生，嚴格說起來還不能確定真假。這也就是為什麼未來式動詞中要加上助動詞 will，因為助動詞都帶有不確定的語氣。上例中如果說是事實語氣，只能說我確實有這個打算，計劃到時候要去。至於明年會不會有變化，其實是無法預料的，這和 He went to the U.S. last year. 不同；過去的事情已經發生，可以肯定，所以能用敘述事實的語氣。再看下面的例子：

The weatherman says sunrise tomorrow <u>is</u> at 5:32.

（氣象報告說明天日出是五點三十二分。）

雖然是明天的日出，時間還沒到，可是日出的時間可以用公式算出來。因為地球不會停止轉動，也不會忽快忽慢，所以「明天日出在幾點」可以當作事實來敘述，不必加上有不確定語氣的will。再看下一個例子：

The movie <u>starts</u> in 5 minutes. （電影還有五分鐘開演。）

同樣的，雖然還沒開始演，可是時間表上排好了，「再過幾

分開演」就可以視爲事實，不必用未來式的 will 來表示了。

　　未來式還有一個變化需要注意，請看下面的例子：

I'll be ready when he comes.

（他來的時候我會有萬全的準備。）

　　同時敘述到兩件未來的事情，而兩者之間有時間或條件的關聯性時，往往其中一件（副詞子句中的那件 —— 何謂副詞子句，將來會再做說明）要改成現在式。這是因爲兩件未來的事情都不確定，需要先假定其中一件是事實，已經發生，在這個確定的基礎上，才能推論另一件事。上例中的 when he comes 就是假定「他來」是確定的，用表示確定語氣的現在式 comes 來敘述，然後才能推論「到那候我會有準備 (I'll be ready)」。這和下一個例子的狀況類似：

If you are late again, you'll be fired.

（你再遲到就會被炒魷魚。）

　　這是警告對方不得再遲到。下一次如果又遲到，這當然是未來的時間，可是要先假設這是事實，發生了，才有下一步：會被開除。而敘述事實的語氣不適合用助動詞，所以要改成 If you are late 來表示。文法書中列出規則「表示時間或條件的副詞子句要用現在式代替未來式」，原因即在此。

條件語氣

　　句子中一旦加上語氣助動詞（如： must, should, will/would, can/could, may/might 等），就產生了不確定的語氣，稱為條件語氣。例如：

1. You are right.（你是對的。）

2. You may be right.（你可能是對的。）

　　例 1 中是以現在式來敘述事實的語氣。例 2 中因為加上了助動詞 may，就產生了不確定性（「可能對」表示不一定對）。

　　語氣助動詞有以下兩點需要注意：

一、表達時間的功能不完整

　　語氣助動詞中， must 和 should 這兩個字在拼法上沒有變化。至於 will/would, can/could, may/might 這三對，雖然拼法有變化，可是並不表示時間，而是語氣的變化：每一對的後者比前者更不確定。例如：

1. The doctor thinks it <u>can be</u> AIDS.

　　（醫生認為可能是愛滋病。）

2. It <u>could be</u> anything—AIDS or a common cold.

　　（還看不出來是什麼病——可能是愛滋，也可能是感冒。）

例 1 中的 can be 是不確定語氣，表示有這個可能，但還不一定。例 2 中的 could be 並不表示過去式，兩句話的時間一樣，都是現在時間，差別在於 could 表示更不確定的語氣。

語氣助動詞，不論是 must 這一類，還是 can/could 這一類，都無法明確表達過去式。助動詞後面要用原形動詞，同樣是缺乏時間變化的動詞，所以語氣助動詞要尋找一種特別的方式來表達過去時間。

二、用完成式表達對過去的猜測

語氣助動詞用來猜測過去的事情時，因為缺乏表達過去時間的能力，所以要借助完成式來表達。例如：

1. It <u>may rain</u> any minute now.（隨時可能會開始下雨。）

2. It <u>may have rained</u> a little last night.
   （昨晚可能下過一點雨。）

例 1 是對現在、未來的猜測。如果要對過去(last night)做猜測，改成 might rain 並沒有用，因為 might 只表示更沒把握的語氣，並不是過去式。只有借助完成式 may have rained（可能有下過），才能表達對過去的猜測。

假設語氣

這是一種「說反話」的語氣，表示所說的話和事實相反。這種語氣是以動詞的過去型態做為表達「非事實」的手段。

一、現在時間

例 1. If I <u>were</u> you, I <u>wouldn't do</u> it.
（假如我是你的話，我就不幹。）

當然，我不可能是你，所以不能用敘述事實的語氣 I am you 來表達。假設語氣是用動詞的過去型態來表示「非事實」，因此用 I were you 來表示。連帶在主要子句中也用過去型態但不代表過去時間的 would 來表示非事實，而成為 wouldn't do 的動詞型態。

這句話選擇用非事實的假設語氣來說，是為了使語氣緩和一些，以委婉的口吻勸對方不要做這件事。

二、過去時間

例 2. If I <u>had known</u> earlier, I <u>might have done</u> something.
（如果我早知道的話，也許早就採取一些行動了。）

這個句子的時間是過去時間，earlier 表示從前。真正的事實是「從前並不知道」、「假如知道的話」，這就是非事實了。因為時間本來就是過去，若還要用過去型態來表達非事實語氣，就必須用過去完成的型態 had known。同樣的，主要子句中也是用過去完成的型態：might 是過去型態的拼法，have done 是原形動詞的完成式。

這一句話用非事實的假設語氣來說，是為了表示惋惜、懊惱：「為什麼當初不知道呢！」

三、未來時間

例 3. If an asteroid should hit the earth, man could die out.

（如果小行星撞擊地球，人類可能會滅絕。）

這是未來的事情，嚴格說起來還不能確定，但是發生的可能性甚低，所以可以用非事實語氣來敘述。條件子句中用過去型態但不代表過去式的 should hit 來表示非事實，主要子句中也是用 could die 來表示非事實。

如果是絕無可能發生的事，還有另一種表達方式：

If I were to take the bribe, I could never look at other people in the eye again.

（我要是收下那筆賄款，就再也不能面對別人而問心無愧了。）

這是解釋為什麼你絕不可能去收賄的理由。用 be going to 的過去型態 were to 來表示未來也絕不會去做。如果用的是 should，語氣就比較鬆動，表示應無發生的可能，但不排除萬一：

If I should take the money, could you guarantee secrecy?

（萬一我收下錢，你能保證守密嗎?）

假設語氣的歸納

以上三種時間的觀察，有些地方值得進一步了解一下。

一、句型的規律性

因爲假設語氣的句子是用過去型態來表示非事實，所以動詞看起來都是過去型態。從例 1 、例 2 和例 3 三個句子中可以看出，主要子句（排在後面的那個）中都有過去拼法的語氣助動詞，分別是 would, might, could 。這是因爲這些句子都是表達在一個假定的條件（非事實）下「就會」、「就可能」、「就能」有什麼結果（也是非事實），所以：假設語氣的主要子句中都會有過去拼法的助動詞存在。

在假設語氣的條件子句中（例 1 、例 2 和例 3 中是由 if 引導的句子），表示現在和過去時間的（例 1 與例 2）都沒有助動詞存在，這是因爲要先把假設的條件當眞，所以不能用到表示不確定意味的助動詞。只有未來時間，因爲尚未發生，無法完全排除不確定因素，所以用 should 來表示可能性極小的狀況，（如例 3），絕無可能的狀況用 were to 來表示。這是條件子句中唯一會見到助動詞的地方。

二、動詞的規律性

假設語氣的動詞都是以過去型態來表達非事實。若是現在時間就退後成過去式型態；過去時間也就退後一步，成爲過去完成式型態；而未來時間則是兩個子句都用過去拼法的助動詞來表示。

三、混合時間的變化

假設語氣的兩個子句之間，時間可能不同，要分別判斷。例如：

If I <u>had studied</u> harder <u>in school</u>, I <u>could qualify</u> for the job <u>now</u>.

（我在學校時要是有好好唸書，現在就可以符合這項工作的要求了。）

條件子句是過去時間（在學校時）的假設語氣，要退後成過去完成式(had studied)來表示非事實。可是主要子句是現在時間(now)，只要用過去拼法的 could 就可以表達非事實了，不需用到「過去＋完成 (could have qualified)」。

四、混合眞假的變化

在假設語氣中，兩個子句間的眞假也可能不同，例如：

I <u>could have contributed</u> to the fund drive then, only that I <u>didn't have</u> any money with me.

（我當時本來可以響應募款活動的，不過身上沒帶錢。）

這兩個子句都是過去時間。前面的是主要子句，非事實，所以用「過去＋完成(could have contributed)」來表示。後面的子句雖然時間相同，可是「沒帶錢」是事實，所以不必改動語氣，直接用過去簡單式 didn't have 就可以了。

五、句型的變化

假設語氣的句型很可能不是規規矩矩的「條件子句＋主要子句」的型態。例如：

It's time you kids <u>were</u> in bed.

（你們這些小鬼現在該躺在床上了。）

主要子句 it is time 是事實：上床時間是眞的到了，所以用現在簡單式。從屬子句（不是條件子句）則是非事實：小孩們都還沒上床，所以用過去拼法的 were in bed 來表示非事實語氣。再如：

If only I <u>had</u> more time! （要是時間多一點有多好！）

這是現在時間的假設語氣，可是只留下條件子句，把整個主要子句省略掉了（有時間就可以如何，並沒有交待）。還有：

I <u>wish</u> I <u>had</u> more time! （眞希望時間能多一點！）

主要子句是事實：我眞的希望，所以用現在簡單式 I wish。受詞子句（不是條件子句）則是非事實：時間並不能多出來，所以要用過去式的假設語氣 had 來表示。

假設語氣的句型變化還有很多，不必一一說明。讀者見到此種句型，從「眞、假」與「時間」兩個角度去判斷就可以了。

祈使語氣

祈使句又稱爲命令句。這種語氣可視爲是條件語氣中，省略助動詞來表示「希望能成眞，但尚未實現」。例如： Come in! 可以視爲 You may come in! 的省略。

讀者對命令句都很熟悉，可是有一種間接的命令句要說明一下。例如：

The court demands that the witness <u>leave</u> the courtroom.
（法官要求證人離開法庭。）

如果法官直接對證人提出要求，他會說：

(You must) Leave the courtroom. （離開法庭！）

可是，若經由第三者轉述這個命令句，主詞已經不是 you，不能省略。但這仍然是命令句的語氣，還不是事實，所以仍然省略掉 must，用原形動詞 leave 來表示命令句語氣。再如：

There is a strong expectation among the public that someone <u>take</u> responsibility for the disaster.
（民眾強烈期望有人為這件災難負起責任。）

這是一個期望，還不是事實（目前還沒有人表示要負責），所以是祈使句的語氣，要用原形動詞 take 來表示。
一般文法書上是列出一些規則，像是：

It is necessary that... （有必要…）
I insist that... （我堅持…）

這些句型後面要用原形動詞。一方面這些句型無法列得周全，另一方面也沒有說明原因，所以許多讀者一直不能真正了解。其實在筆者的觀察中，這就是一種命令句，所以把它稱為「間接命令句」，放在祈使語氣中來介紹。

結語

語氣的變化概如上述，讀者從「用語氣表示真假」為出發點，對四種不同的語氣能夠有整體的了解，就不必死背很多規則。到目前為止，有關單句的各項細節，包括複雜的動詞變化，已大致介紹完畢，只剩下介系詞。下一章我們要介紹的就是介系詞，把單句做一個收尾，之後就要進入複句結構了。

Test..............9

請選出最適當的答案填入空格內，以使句子完整。

1. The landlord demanded that he ___ the rent by tomorrow.
   (A) pays
   (B) pay
   (C) paid
   (D) has paid

2. If you ___ with her last night, there wouldn't be any misunderstanding between you now.
   (A) talked
   (B) were talking
   (C) could talk
   (D) had talked

3. ___ to participate, I might have won First Place.
   (A) Had had the chance
   (B) I had had the chance
   (C) The chance had I had
   (D) Had I had the chance

4. That was a close call; you ___ hit by the car.
   (A) could have been
   (B) can have been
   (C) could be
   (D) can be

5. If you had asked him, he ___ the truth.
   (A) might tell
   (B) would tell
   (C) might have told
   (D) had told

6. They suggested that he ___ it alone.
   (A) does
   (B) do
   (C) will do
   (D) has done

7. ___ him, I would have spoken to him.
   (A) Had I known
   (B) If I should have known
   (C) If I know
   (D) If I had been known

8. I wish I ___ there yesterday.
   (A) was
   (B) were
   (C) had been
   (D) could be

9. He would have made the speech, only that he ___ a sore throat.
   (A) has
   (B) had
   (C) had had
   (D) has had

10. Even if he ___ here, he couldn't have helped you.
    (A) has been
    (B) had been
    (C) was
    (D) were

11. ___ you were coming, I would have got the contract prepared.
    (A) Had I known
    (B) If I knew
    (C) If I know
    (D) Should I know

12. If he should leave, everything would go to pieces. (Choose one sentence that has the same meaning as the above)
    (A) He is going to leave, but there is nothing to worry about.
    (B) Fortunately he's not leaving, for everything depends on him.
    (C) Things will take a turn for the worse, and then he will leave.
    (D) I hope he won't leave, but I'm afraid he has too much to do and can't stay.

13. The boss demanded that all the letters ___ without delay by seven tonight.
    (A) were typewritten
    (B) be typewritten
    (C) would be typewritten
    (D) typewriting

14. Choose the wrong sentence:
    (A) They didn't stop to rest at each station because it would have slowed them down.
    (B) It would have slowed them down to stop to rest at each station.
    (C) Much as they would like to stop to rest at each station, they thought better of it.
    (D) It was essential that they stopped to rest at each station, they thought better of it.

15. If you don't finish this assignment on time, they ___ you.
    (A) wouldn't have paid
    (B) had not paid
    (C) won't pay
    (D) didn't pay

16. I'll let you know the results when they ___.
    (A) come out
    (B) will come out
    (C) came out
    (D) would have come out

17. I'm not worried about security because I think he ___.
    (A) dares not tell
    (B) dares not to tell
    (C) doesn't dare tell
    (D) doesn't dare to tell

18. This door ought to ___ a week ago.
    (A) have fixed
    (B) be fixed
    (C) get fixed
    (D) have been fixed

19. I am surprised that you ___ so indiscreetly.
    (A) act
    (B) should be acted
    (C) should have acted
    (D) could have been acted

20. He said he ___ disgrace.
    (A) would rather die than suffer
    (B) chose death to
    (C) would prefer death before
    (D) would die rather than

Answer Key 9

1. (B)

   這是間接命令句，應用命令語氣，即原形動詞。

2. (D)

   這是過去時間(last night)的非事實，應用假設語氣，即過去完成的形狀，故選 D。

3. (D)

   從下文 might have won 可看出這也是過去時間假設語氣，應用過去完成形狀：If I had had the chance to participate...省略掉連接詞 If 時需倒裝，故選 D。

4. (A)

   從上句 was 得知是過去時間（a close call 意為千鈞一髮），後面的假設語氣應用過去拼法的助動詞配合完成式表示，故選 A。

5. (C)

   從 had asked 可看出時間在過去，是假設語氣，因而空格要選擇過去時間假設語氣，故選 C。

6. (B)

   從上下文可看出這是間接命令句，應用原形動詞，故選 B。

7. (A)

   從 would have spoken 可看出是過去時間假設語氣，故應用過去完成拼法，即 If I had known him，省略 If 後要倒裝，即是 A。

8. (C)

wish 表示這是非事實的願望，要用假設語氣。時間 yesterday 是過去，其假設語氣應用過去完成式，故選 C。

9. (B)

從 would have made 來看是過去時間的假設語氣（本來當時可以演說的）。然而下文的 only that（不過）把語氣反了過來，成為事實語氣，所以要用簡單過去式 B（he had a sore throat，他當時喉嚨痛，這是事實，不用假設語氣。過去時間就是過去式）。

10. (B)

從 even if 和 couldn't have helped 可看出這又是過去時間的假設語氣，應用過去完成式，故選 B。

11. (A)

由下文 would have got 可看出是過去時間假設語氣，故應用過去完成式 If I had known，再省去 If 用倒裝句，即是 A。

12. (B)

原句意為「萬一他要走了，一切都會完蛋。」因為句中用到假設語氣，所以表示他要走的可能性很小，這和 B 的語氣近似（還好他不走，因為全靠他了。）A 是「他會走，不過也不用怕。」C 是「事情會惡化，然後他才會一走了之。」D 是「我希望他不走，但恐怕他事情真的太多，不能留下來。」

13. (B)

由 demanded that 可看出這是間接命令句語氣，應用原形動詞。

14. (D)

A 中的 they didn't stop 是事實語氣，it would have slowed them down（停的話會太慢）是假設語氣。B 和 A 類似，只不過把停下改成不定詞。C 的 much as they would like 表示 although they would like very much，而 they thought better of it 是「他們打消了那個念頭」。D 的句型表示這是間接命令句，可是動詞卻用 stopped，不是原形動詞 stop，因而錯誤。

15. (C)

由上文 If you don't finish 可看出，不是假設非事實語氣，而是還有可能趕得完，用現在式來表示未來的可能情況，故下文要用未來式。

16. (A)

與上題相同，從 I'll let you know 可看出並非假設語氣，所以要用現在式來表示未來可能的情況。

17. (D)

dare 可作助動詞，不過當助動詞就不能加 -s，後面要接原形動詞，例如 He dare not tell.。這個字也可以作普通動詞，不過當普通動詞就不能直接加 not 作否定句，後面也不能再用原形動詞，而應該如 He doesn't dare to tell.。

18. (D)

時間 a week ago 是過去，而語氣助動詞 ought to 要表示相對的過去時間得用完成式來表示，故由 A 和 D 來選擇。主詞是 door，動詞是 fix，應用被動態，故選 D。

19. (C)

「你竟然作出如此草率的舉動，真讓我想不到。」這是說事情已經做了！同樣的，助動詞後面要加完成式來表示相對的過去時間，所以用 C（這句要用主動態）。

20. (A)

rather than 就是一個比較級，than 是連接詞，前後連接的部分要對稱。如放在 would 之後，就會連接兩個原形動詞，故排除 D。答案 C 應為 would prefer death to (disgrace)，答案 B 應為 would choose death over (disgrace)，都是介系詞用錯。

第十章

介系詞

　　在英文文法中，介系詞可以說是最簡單、也可以說是最難的東西。說它簡單，是因為它沒有什觀念可言，不像時態、語氣、句型等，要求系統性的理解，所以在介系詞的部分，不會有「不懂」的問題。然而介系詞之難，也就難在它缺乏觀念性，不能以一套觀念來涵蓋所有介系詞的用法。英文中的介系詞雖然沒有多少個，可是在片語中的用法卻變化多端。就算有多年英文寫作經驗的人，也可能用錯。所以我們可以這樣說：介系詞的用法，比較接近單字、片語的問題，而比較不屬於文法的問題。

　　要想徹底了解介系詞的用法，最確實的方法是經由廣讀來解決：培養閱讀的習慣，快速、大量、持續地閱讀英文作品，例如把每個月的《TIME 中文解讀版》從頭到尾看完。只要看過各種介系詞的用法，閱讀過無數的例子，假以時日，就會形成一些「感覺」。拿起筆來寫英文，自然可判斷在哪個句子中該用哪個介系詞。其實不僅介系詞如此，單字與文法句型的問題也都應該配合

廣讀來吸收大量的、反覆的 input，才能真正克服。

　　本章中筆者將整理一些有關介系詞方面的基本觀念，做為幫助讀者判斷介系詞的依據。然後再把一些容易用錯的介系詞挑選出來，分別做一些比較與說明，尤其針對坊間文法書有誤，或是語焉不詳的地方加以澄清。除此之外，筆者並不企圖完整地介紹所有介系詞的用法（事實上也不可能）。所附的練習，有些可能會超出本單元探討的範圍，讀者不妨配合答案做做看，多練習一些介系詞的用法。

介系詞片語

　　所謂「介系詞片語」，就是由介系詞加上一個名詞片語所構成的意義單元，在句中常被當做修飾語（形容詞片語或副詞片語），用來修飾名詞、動詞、形容詞與副詞等各種詞類。它的位置通常是在所修飾的對象後面。例如：

<u>Cherries</u> are <u>in season</u> now.（現在正是櫻桃盛產的季節。）
　名詞　　　　介系詞片語

Eggs <u>are sold</u> <u>by the dozen</u>.（雞蛋一打一打地出售。）
　　　動詞　　　介系詞片語

The box is　<u>full</u>　<u>of chocolates</u>.（盒子裡裝滿了巧克力。）
　　　　　　形容詞　　介系詞片語

He'll return <u>tomorrow</u> <u>at the latest</u>.（他最晚明天回來。）
　　　　　　　副詞　　　介系詞片語

空間的介系詞

語言學家 R.C.Close 在 *A Reference Grammar* 一書中，將表示空間的介系詞做出一套可資參考的整理。他把這種介系詞分為點、線、面、體四類來探討：

一、點：at

例： Let's meet <u>at the railway station</u>.（我們火車站見。）

火車站雖然是立體的建築，可是用在這句話中，火車站只表示雙方約定的碰面地點，好像台北市地圖上的一個點一樣，所以要用表示「點」的介系詞 at。

二、線：on, along

例： Then we can go over the project <u>on our way</u> to Kaohsiung.
（這樣，我們可以在去高雄的路上商量計畫。）

由台北到高雄的火車路線是一條線，所以用 on 來表示。

例： We may go walking through the windy park, or drive <u>along</u>
<u>the beach</u>.
（我們或者步行穿過風很大的公園，或是沿著海灘開車。）

海灘是海洋與陸地交界的一條線，沿著海灘開車是沿著「線」前進，所以用 along 表示。

三、面：on

例： Several boats can be seen <u>on the lake</u>.（湖上有幾條船。）

湖泊雖然是有深度的立體，可是在這裡指的是湖「面」上，所以用 on。

四、體：in

例： It's cool <u>in the railway station</u> because they have air-conditioning there.（火車站涼爽怡人，因為有空調。）

同樣是說火車站，可是現在說的是裡面有冷氣，比較涼快。這是把火車站視為立體的空間看待，所以介系詞要用 in。

時間的介系詞

以 at 表示「點」，以 in 表示「長時間」，以 on 標示出特定日期。這在一般文法書裡都有，請讀者從以下例句中加以比較：

例： The earthquake struck <u>at 5:27 A.M.</u>
（地震發生在凌晨五時二十七分。）

例： Typhoons seldom come <u>in winter</u>.
（颱風很少在冬天來襲。）

例： There'll be a concert <u>on Independence Day</u>.
（獨立紀念日那天有場音樂會。）

介系詞的分辨

　　以下將一些容易混淆的介系詞整理在一起，請讀者仔細加以分辨。

一、on one's way / in one's way

　例： He's <u>on his way</u> to Taichung.（他已上路，要趕往台中。）

　　由出發地前往台中，這是一條路線，屬於「線」狀的空間。在這條線上，應以 on his way 來表示。

　例： Step aside! You're <u>in my way</u>!（閃開！你擋住我的路了！）

　　你叫別人讓路，因為擋住你了。這時的情形已不是一個「線」形的空間，而變成「體」的觀念：你需要的 way 是一個有長、寬、高的空間，才能通過，而被對方擋住了，所以要說 in my way。

二、arrive in / arrive at

　　一般文法書常列出以下的規則：大的地方用 in，小的地方用 at。但是這種規則不大管用。首先，大、小沒有一個客觀的判斷標準。其次，這個規則也沒有講出重點：其實，in 與 at 是「體」與「點」的關係。例如：

We'll <u>arrive at</u> Honolulu in 5 minutes, where we'll refuel before flying on to San Francisco.

（飛機將在五分鐘後到達檀香山，加油後繼續飛往舊金山。）

Honolulu 是夏威夷首府，不可謂不大，可是空中小姐在廣播中如此告知乘客時，是把它當成由台北到舊金山飛航路線上一個停靠加油的中途「點」，所以介系詞仍然用 at。再如：

The home-coming hero <u>arrived in</u> town and was greeted by the crowd gathered along Main Street.

（英雄凱旋回到故鄉小鎮，受到群眾在大街旁夾道歡迎。）

這是個小鎮，比 Honolulu 小得多，可是它是這位英雄進入的地方，因而被視為立體的空間，要用 in。

三、 made of / made from

許多參考書都列出一條莫名其妙的規則：製造過程中產生物理變化的，要用 made of；產生化學變化的，要用 made from。這不知是哪位天才想出來的規則，一本文法書這樣寫，其他文法書照抄不誤！一般文法書上的「規則」大抵如此：瑣碎、繁多、觀察不夠深入、充滿例外。請看下面的例子：

These shoes were <u>made from</u> rubber tires.

（這些鞋子是用橡皮輪胎做的。）

橡皮輪胎拿來做鞋子，不過是剪裁縫綴的工作，有「化學變

化」在其中嗎？可是這裡就該用 from 。因為： of 的意思比較直接，接近中文「…的」。a chair made of wood 是木頭做的椅子，在椅子裡就看得到木頭材料，關係很直接，可以用 of 。如果說 wine made from grapes ，那表示關係不那麼直接：from 有「出自於…」的意思，比較有距離。酒中看不到葡萄了，所以不適合再用 of ，要改用 from 。可是這並不是所謂「物理」、「化學」變化的問題。鞋子是由輪胎改造的，比較間接，而且鞋子中看不到輪胎了，這時就要用 from 才對。這些觀察，可以直接由 of 和 from 的特性來著手，根本不需背，更不必制定規則，尤其是觀察粗淺、例外百出的規則。研究文法要多動腦筋、多做分析歸納，不要死背任何東西，而要不斷自問：為什麼？往往弄懂了以後就了解：其實根本沒什麼好背的。

四、 between / among

　　一般文法書說 between 用於表示兩者之間，among 則是三者以上。大致說來是可以接受的，可是要拿它當規則來背，就會有例外。其實這兩個介系詞的差別主要不在兩個與多個之差，而在於： between 有標示位置的功能，among 則沒有。例如：

Taichung lies <u>between</u> Taipei and Tainan.
（台中位於台北與台南之間。）

　　說出兩端來，而台中在兩者之間，這時台中的位置自然就標出了範圍。

Among the major cities in Taiwan, Taichung is the cleanest.
（在台灣主要城市中，台中最為整潔。）

在這個例子中，among 只表示台中是各大都市之一，沒有標示台中位置的功能，只知它在台灣島上，沒有表示位於何處。再看下例：

Taipei lies between Taoyuan, Yilan and Keelung.
（台北位於桃園、宜蘭和基隆之間。）

在這個例子中，between 後面有三個地名，可是仍然要用 between，因為現在不是說 Taipei 屬於這三者之一，而是用這三個地名來標示範圍，把台北夾在中間。既然是在標示位置，就該用 between。

五、 throw to / throw at
to 代表方向，例如：

I forgot my keys. Please get them at my desk and throw them to me. （我忘記帶鑰匙。請從我桌上拿來扔給我。）

這時你在交待別人朝你的方向扔過來。可是：

The kids are throwing rocks at the poor dog.
（小孩子往那可憐的狗身上扔石頭。）

這時候，小孩子在瞄準這隻狗要打牠，是把牠當做一個點，希望能打中，所以就要用 at 了。

六、 from...to / from...through

請看下例：

The circus will be here four months, <u>from</u> May <u>to</u> September.
（馬戲團要在這裡表演四個月，從五月到九月。）

由五月到九月，沒有講明日期，可能是五月中到九月中，所以大概是四個月。但是：

The circus will be here five months, <u>from</u> May <u>through</u>
September.
（馬戲團要在這裡表演五個月，從五月一直到九月。）

through 是「穿過」，所以用來表示起迄時間時，意思是「頭、尾皆包括在內」，所以是五月一日至九月卅日，包含整個的五月和九月，因而是五個月的時間。

七、 above / over

above 表示相對高度超過，over 則有標示定點的功能。
例如：

Mt. Everest soars <u>above</u> all other peaks in the Alps.
（埃佛勒斯峰比阿爾卑斯山的其他山峰都要高。）

above 的用法就只表示「比較高」。可是：

The little child couldn't keep the umbrella <u>over</u> his head and
soon got wet.
（那個小孩不能很穩地把傘撐住，不一會兒就淋濕了。）

這個小孩不是雨傘舉不高，而是拿不穩，無法一直遮在頭頂
上方，所以會淋濕。 over 有這種標示定點的功能，表示「在…上
方」。

八、 below / under

這一對介系詞的關係與上一對類似： below 表示相對高度較
低，而 under 則有標示定點的功能。例如：

The submarine is <u>below</u> the surface now.
（潛艇在水面以下了。）

below 只能表示「比較低的高度」。但是：

Watch out! There's a dog <u>under</u> your car.
（小心！車下有隻狗！）

這不是說狗比車子低，而是狗「在車子下方」，所以可能被壓
到。 under 表示的就是「在…下方」。

結語

　　在有限的篇幅中，無法完整介紹介系詞，得靠讀者於廣讀中自行吸收，本章以文法的理解為主，對於比較缺乏觀念性的介系詞就不多作探討。

　　到此為止，本書對於單句中所牽涉到的各項問題：包括基本句型、名詞片語、動詞時態、分詞、不定詞、語氣、形容詞、副詞與介系詞片語等，已全部解說完畢。

Test 10

請選出最適當的答案填入空格內，以使句子完整。

1. For fear that we should run short of food ___ the trip, we are carrying extra rations in the jeep.
   (A) at
   (B) among
   (C) in
   (D) on

2. ___ imprecise calculations, the experiment was a failure.
   (A) Due
   (B) Owing to
   (C) Viewing
   (D) According

3. The children came rushing ___ the sound of the circus parade.
   (A) on
   (B) to
   (C) at
   (D) beyond

4. Although too much leisure may lead people to a wasteful life, everyone has a right ___ a minimum amount of leisure time.
   (A) with
   (B) to
   (C) on
   (D) for

5. In the sentence, "The size of the room is 12' × 14'," the sign "×" is to read "___".
   (A) and
   (B) with
   (C) by
   (D) cross

6. The office is open Monday ___ Saturday, and closed on Sundays.
   (A) since
   (B) through
   (C) also
   (D) with

7. John's parents died when he was only a child, and ever since he did not seem to have a home ___ his own.
(A) in
(B) of
(C) with
(D) at

8. The dictionary is sold ___ three hundred NT dollars a copy.
(A) with
(B) by
(C) in
(D) at

9. The workers are paid ___.
(A) by the week
(B) with a week
(C) to a week
(D) since a week

10. The experts know many things that won't work in curing AIDS, so they are that much closer to ___ one that will.
(A) find
(B) found
(C) finding
(D) have found

11. ___ prices so high, I'll have to do without a new suit.
(A) With
(B) Because
(C) Because of
(D) As

12. Mrs. Johnson's old cat likes to sit ___ the sun.
(A) near
(B) in
(C) underneath
(D) below

13. You can't do a hard day's work _____ a cup of coffee and a slice of bread.
(A) of
(B) on
(C) in
(D) at

14. The necklace you are wearing is very becoming _____ you.
(A) at
(B) to
(C) for
(D) with

15. In the photograph the man's face is _____ focus and blurred.
(A) out of
(B) with
(C) on
(D) to

16. _____ the seriousness of the occasion, the audience burst out laughing, at the extraordinary nature of the proposal.
(A) Although
(B) Notwithstanding
(C) In respect of
(D) On behalf of

17. _____ being portable, a walkman provides a high quality of sound.
(A) Aside
(B) Far from
(C) Beside
(D) Besides

18. George likes all vegetables _____ for spinach.
(A) except
(B) accept
(C) excuse
(D) expect

19. _____ the weather, forecast or anticipated, a true English gentleman always carries an umbrella, wherever he goes.
(A) Regardless
(B) Regard
(C) Regard of
(D) Regardless of

20. I welcome you most cordially, both personally and _____ behalf of the faculty and the student body.
(A) in
(B) at
(C) on
(D) to

Answer Key 10

1. (D)

the trip 是一段時間，也是一條路程，可用 on 或 along。

2. (B)

owing to 類似 because of，表示因果關係。A 和 D 都要加上
to 才能當片語用，C 的 viewing 不能當介系詞用，只有
considering 可以這樣使用。

3. (C)

用 at the sound 表示「聽到聲音那一刻，馬上就衝出來」。

4. (B)

a right to 表示「對於某事的權利」，是常用片語。

5. (C)

表示長寬（面積）的「×」讀為 by。

6. (B)

through 表示頭尾包括在內，故一週中只有 Sunday 不開。

7. (B)

這是雙重所有格，以 a home of his own 的方式來同時表示 a
home 和 his own home。

8. (D)

「以…之單價出售」，應用 at。

9. (A)

每週計算應用 by the week。

10. (C)

空格前的 to 是 close to 的一部分，應當介系詞看待，因而要
接動名詞作受詞。

11. (A)

with prices so high 是以介系詞片語方式來減化副詞子句 because prices are so high。答案 C 的後面應改為 because of high prices 方可。答案 B 和 D 都是從屬連接詞，可是後面的子句缺了動詞。

12. (B)

本句中 the sun 指陽光，是立體的範圍，故用 in。

13. (B)

on a cup of coffee... 表示「只靠一杯咖啡…（來維持體力）」。

14. (B)

becoming to one 表示「很適合某人（穿戴）」。

15. (A)

因為下文說 blurred（模糊），故選 out of focus（沒對好焦距）。

16. (B)

下文說觀眾哄堂大笑，前面則是「場合嚴肅」，故要表示「相反」的關係（A 或 B）。而 A 的 although 是從屬連接詞，不能連接名詞片語 the seriousness，故用介系詞的 B。

17. (D)

「除了」可手提，還可提供高品質音響。這個「除了」是「除了這還有那」的意思，應用 besides。C 的 beside 是「在…旁邊」，A 的 aside 是副詞，B 的 far from 則是「決非…」。

18. (A)

except for 表示「除了…以外」，表示「這個不算」。

19. (D)

regardless of 是「不顧，不管」。

20. (C)

on behalf of 是「代表」。

第十一章

主詞動詞一致性

　　若主詞是第三人稱單數，動詞在現在時態中要加 -s，這是國中生都知道的規則，可是就算大學英文系的學生在寫作文時還是可能會犯這方面的錯誤。原因在於，第一：中文不是拼音文字，沒有這種藉字尾變化來表示人稱的表現方式，所以容易被忽略。這得靠多讀多寫來養成習慣。第二：有些狀況下，一致性的判斷並非那麼單純，這就得靠紮實的文法訓練來解決。

　　每個句子都有動詞，所以都會牽涉到一致性的問題。若處理不好，寫出來的句子一定錯誤百出。本章就來討論這個看似單純的問題。讀者可把以下的內容視為寫作的基礎訓練。

主詞是一個還是兩個人（或物）？

　　這部分主要討論對等連接詞 and 的判斷。請比較：

Ex. 1　Your brother John (have) come to see you.

Ex. 2　Your brother and John (have) come to see you.

　　句 1 中的 your brother 可以看出來就是 John，是同一個人，所以是單數的主詞，要用單數的動詞。然而在句 2 中一旦加上對等連接詞，成為 your brother and John 之後，就是兩個人，是複數的主詞，要用複數的動詞。一般說來，對等連接詞 and 出現在主詞中，往往表示主詞有兩個人（或物），所以應該是複數。

正確用法：Ex. 1 has　　Ex. 2 have

　　以上是大家都知道的判斷原則。再下來就有了變化。請看：

Ex. 3　The senator and delegate (want) to make an announcement.

·Ex. 4　The senator and the delegate (want) to make an announcement.

　　senator 是參議員，delegate 是代表。到底是一個人還是兩個人要發表聲明呢？本書前面曾討論到名詞片語，現在要用這個觀念來幫忙了。

　　名詞片語有三個構成元素：限定詞（包括冠詞）、形容詞與名詞。其中任一元素都可省略。例如 the rich 這個名詞片語就只有限定詞 the 和形容詞 rich，把名詞 (people) 省略了。

　　句 3 的主詞 the senator and delegate 可視為一個名詞片語。限定詞只留一個 the，名詞部分則用 and 連接 senator 和 delegate。

這種情形應視爲一個人，同時具有參議員和代表雙重身分，所以是單數。

　　句 4 中的主詞 the senator 和 the delegate 各有限定詞，需視爲兩個名詞片語，因而是指兩個人，動詞也就該用複數。

正確用法： Ex. 3 wants　　Ex. 4 want

　　因此限定詞可以幫助判斷名詞片語的單複數。不過 every 這個限定詞又有不同的考量。例如：

Ex. 5　Every man and every woman (have) to do something for the
　　　　country.

　　句中主詞 every man 和 every woman 雖然各有限定詞，是兩個名詞片語，似乎代表複數。不過再從意思上判斷，man 和 woman 是相對稱的內容，指人的兩種性別。重複 every 是爲了加強語氣：不是指有兩個人，而是表示不論男女，每一個「人」。亦即 every man and every woman 的語氣近似 man or woman, every "person"，所以應該選擇單數的動詞。

正確用法： Ex. 5 has

　　這個情況有點近似英文的一個成語：

Ex. 6　All work and no play (make) Jack a dull boy.

　　主詞 all work 和 no play 是兩個名詞片語（all 和 no 都是限定詞），似乎應爲複數。不過從內容上來看，一天二十四小時都在工作(all work)，就表示沒有任何時間遊戲(no play)。所以 all work and no play 與其說是兩件事，不如說是同一件事情的一體兩面，重複是爲了加強語氣。因此動詞應選單數。

正確用法：Ex. 6 makes

　　再看一個可以用限定詞幫助判斷的例子：

Ex. 7　A cup and saucer (be) placed on the table.
Ex. 8　A cup and a dish (be) placed on the table.

　　句 7 中的 saucer 是放在咖啡杯下的小碟子，杯與碟可視爲一組，所以主詞中 a cup and saucer 只用了一個限定詞 a，當「一組咖啡杯」看待，是單一的名詞片語，應作單數。
　　句 8 中的主詞，一個是杯子，一個是菜盤子，這兩件東西不能當一組看待，所以用 a cup and a dish 這兩個名詞片語來表示，因此動詞要用複數。

正確用法：Ex. 7 is　　Ex. 8 are

　　下面這個例子可採同樣原則，借助限定詞來判斷單複數，讀

者請自行練習一下：

Ex. 9　A brown and white dog (be) at your doorsteps.

Ex. 10 A brown and a white dog (be) fighting over a bone.

正確用法：Ex. 9　is　　Ex. 10　are

　　以上所述大抵都可借助限定詞來觀察一致性。如果沒有限定詞呢？請看下例：

Ex. 11　Bread and butter (be) not very tasty but very filling.

Ex. 12　Bread and butter (have) both risen in price.

　　bread 和 butter 都不可數，使用零冠詞(zero article)，因而看不到限定詞。這時要從意思上判斷單複數。句 11 說 bread and butter「不怎麼好吃，但是吃得飽」。bread 有人吃到飽，不過大概沒有人只拿著 butter 吃到飽吧？所以這個句子中的 bread and butter 應該是一種食品：吐司麵包塗奶油。從意思上判斷是單數，應用單數動詞。

　　句 12 中既然說 bread and butter「雙雙漲價」，自然是兩種民生物資，應視為複數。

正確用法：Ex. 11　is　　Ex. 12　have

　　下面這個例子也缺限定詞，請讀者練習：

Ex. 13 Oil and water (do) not mix.

正確用法：Ex. 13 do
（油和水這「兩種」物質無法混合。這是一句英文諺語。）

主詞是哪一個？

這部分主要討論主詞中夾有對等連接詞 or, but，以及比較級連接詞 as, than 時的判斷。

Ex. 14 You want to borrow money? But I, as well as you, (be) broke.

一般文法書碰到這種狀況又是列出規則叫人背，其實如果了解減化子句，根本不必背。這個句子可以還原為完整的句子：

I am broke as well as you are.

句中的第二個 as 就是比較級的連接詞，前面的 I am broke 是主要子句，後面的 you are 是從屬子句。後者在比較級減化時可以把 be 動詞省略，成為 as well as you，再把它向前移動，就變成句 14 的 I, as well as you, 了。由此可以看出，句 14 括弧中的動詞屬於主要子句，是 I 的動詞，與 as well as you 無關。

正確用法：Ex. 14 am

下面這個例子也是同樣的道理：

Ex. 15 I, no less than you, (be) responsible.

這個句子可以還原為：

I am no less responsible than you are.

同樣的，no less than you are 這個比較級的句子可以減化，省略 are，再往前移，所以句 15 的動詞也應該依它的主詞 I 而定。

正確用法：Ex. 15 am

以上是比較級連接詞 than 和 as 的判斷。接下來看對等連接詞 but 的情形。but 這個連接詞表達相反關係，連接的兩部分通常是一個肯定，一個否定。在主詞當中否定的部分等於被排除掉，動詞要視肯定的部分而定，例如：

Ex. 16 Everyone but a few complete idiots (be) able to see that.

主詞當中用 but 來連接，等於排除掉後面 a few complete idiots 的部分，因而動詞要視 everyone 而定。

正確用法：Ex. 16 was

再看這個例子：

Ex. 17 The eggs, not the hen, (be) stolen.

　　主詞 the eggs, not the hen 裡面雖然沒有 but，可是意思、功能和 the eggs but not the hen 相同，後面的部分要排除（因為母雞沒被偷走，動詞要跟 the eggs）。

正確用法：Ex. 17　were

　　下面這個例子比較複雜些：

Ex. 18 Not only you but also I (be) at fault.

　　主詞 not only you but also I 在意思上雖然是 you 和 I 都算在內，不過語氣偏重在 I 的部分。而且對等連接詞前面的部分有 not，表示形式上否定掉前面的 you，所以主詞要跟後面的 I 走。

正確用法：Ex. 18　was

　　最後來看看對等連接詞 or 的判斷。這個連接詞表達的邏輯關係是「二選一」，不同於 and 表示「兩邊都算」以及 but 表示「否定掉一個」。二選一該選哪一個做主詞，完全沒有暗示，所以在用法上是「選靠近動詞的部分」做主詞。例如：

Ex. 19 Either my father alone or both my parents (be) coming.

到底是父親一個人來，還是父母親一起來，完全沒有暗示，只知道不會兩者同時發生，要選一個。這時只能選靠近動詞的 both my parents 做主詞。

正確用法： Ex. 19 are

下面這個句子差不多，請讀者自行判斷：

Ex. 20 Neither he nor his friends (be) there at that time.

正確用法： Ex. 20 were

最後這個句子要考慮一下：

Ex. 21 (Do) he or his friends want to go?

這是疑問句，負責交代一致性的助動詞靠近前面的 he ，所以要選 he 做主詞。

正確用法： Ex. 21 Does

主詞中有 every, each, either, neither 等表示「一」的字眼時

只要有這些表示「一」的字眼在，後面有名詞的話就得使用單數名詞，做主詞時也就得用單數動詞配合。這很容易了解，請讀者自行練習：

Ex. 22 Everybody (be) to report here tomorrow.

正確用法： Ex. 22 is

Ex. 23 Every student (have) several chapters to report on.

正確用法： Ex. 23 has

Ex. 24 Each (have) to make a five-minute speech.

正確用法： Ex. 24 has

Ex. 25 You (have) to make a five-minute speech each.

正確用法： Ex. 25 have
（each 在這裡用作修飾語，主詞是表示「你們」的 you，所以是複數）

Ex. 26 Each of you (be) responsible for half of the job.

正確用法： Ex. 26 is
（這時主詞是 each，原來的 you 變成介系詞 of 的受詞，既然 each 當主詞，就是單數）

主詞是關係代名詞時

關係代名詞代表其先行詞。它本身沒有單複數的變化，作主詞時完全要看它代表的先行詞是什麼，藉以判斷一致性。例如：

> Ex. 27 I don't trust people who (talk) too much.

關係子句 who (talk) too much 還原成單句就是 they (talk) too much，其中 they 指的是前面的 people，所以動詞等於是由 people 決定。

正確用法：Ex. 27 talk

下面這一組句子需要多考慮一下：

> Ex. 28 He has three options, which (look) equally attractive.
>
> Ex. 29 He has three options, which (be) a good thing.

句 28 中的 which 應是代表先行詞 three options（三項選擇），這從關係子句的句意「看起來都一樣吸引人」可以判斷出來。因此它的動詞應是複數。

句 29 中的 which 則應解釋為前面的整句話（he has three options），同樣可以從句意看出來：他有三項選擇可選，「這是一件好事」。

which 既然代表一個句子，表示「那件事」，所以應該認定為單數。

正確用法： Ex. 28 look   Ex. 29 is

下面這個句子有兩個地方需要分別判斷：

Ex. 30 It (be) the Johnson boys who (be) here last night.

主要子句的主詞是個虛字 It。雖然補語是複數 the Johnson boys，可是動詞得依主詞而定，應用單數形。後面的 who 子句中主詞代表的是先行詞 the Johnson boys，所以動詞要用複數。

正確用法： Ex. 30 was, were

以單位做主詞時

度量衡、時間、金錢等單位常以複數型態出現，做主詞時卻不一定要當複數看。請看下例：

Ex. 31 He makes eighty thousand dollars a year, which (be) a lot of
　　　 money.

關係詞 which 代表的是 eighty thousand dollars，看起來是複數。不過想一想，這並不表示「八萬個一塊錢」的概念，而是有八萬之多的「一筆錢」，所以要當單數看。

正確用法： Ex. 31 is

下面這個例子也差不多：

Ex. 32 Ten seconds (be) quite a record for the 100-meter dash.

主詞 Ten seconds 只是量出一段時間，表示是百米短跑的一項優良紀錄，並不是「十個一秒鐘」，所以要用單數動詞。

正確用法：Ex. 32 is

主詞後面有介系詞片語時

一般說來，介系詞片語並不能影響主詞是單數還是複數，所以在判斷一致性時可以不去管它。不過還是有些狀況需要留意。

一般情形

Ex. 33 Mrs. Lindsey, together with her sons, (be) on a European tour.

句中 her sons 是介系詞 with 的受詞，主詞只有 Mrs. Lindsey，所以雖然意思上是都去了，不過這個句子主要在交代「這位太太」做了什麼，要用單數。

正確用法：Ex. 33 is

下面這些例子也差不多，請讀者自行判斷：

Ex. 34 The use of computers in business (be) now almost inevitable.

正確用法： Ex. 34 is（主詞是 use）

Ex. 35 There (be) a list of things to buy in the handbag.

正確用法： Ex. 35 is
（主詞是 list。手提包裡只有單子，沒有一堆東西。）

主詞為空的字眼時

　　如果主詞是空的，只表達「全部／部分」的概念，看不出是什麼東西，這時才要看後面的介系詞片語來判斷單複數。例如：

Ex. 36 All of these (be) Lishan pears.
Ex. 37 All of the money (have) been spent.

　　主詞 all 是空的字眼，看不出是什麼。如果後面是 of these（指梨山的梨子）就是複數。如果接 of the money 就是單數。

正確用法： Ex. 36 are　　Ex. 37 has

　　下面這句有點變化：

Ex. 38 All but one of the pears (be) ripe.

主詞中有對等連接詞 but，它否定掉後面的 one，留下前面的 all 做主詞。而 all 的內容由 of the pears 可看出是複數，所以要用複數動詞。

正確用法：Ex. 38　are

　　下面這些例子判斷的原則相同，讀者可以試做看看。

Ex. 39　A lot of the pears (be) damaged.

正確用法：Ex. 39　are

Ex. 40　A lot of time (have) been wasted.

正確用法：Ex. 40　has

Ex. 41　Half of the pears still (look) good.

正確用法：Ex. 41　look

Ex. 42　Half of this pear (be) rotten.

正確用法：Ex. 42　is

一致性

Ex. 43 Some of the cost (be) in transportation.

正確用法：Ex. 43 is

Ex. 44 None of the pears (be) really good to eat.

正確用法：Ex. 44 is 或 are
（none 是 not one，形狀與意思都是單數，可採單數動詞。不過它也可算是空的字眼，由後面的複數 of the pears 決定它為複數，所以這個字當主詞時，單、複數動詞都可以，也都有人用。）

a number / the number 的判斷

the number 就是 that number，指的是一個數字，所以是單數。a number，「某個數目的…」，則是指若干個可以數得出數目的東西，所以要用複數動詞。例如：

Ex. 45 The number of people in the demonstration (be) five thousand.
Ex. 46 A number of people (have) brought eggs to throw.

句 45 中 the number 是 five thousand 的意思，為數目字，所以當主詞時要用單數。後者的 a number of people 則相當於 some people，要用複數。

正確用法：Ex. 45 is　　Ex. 46 have

a pair of... 的判斷

　　英文裡有些東西習慣用 a pair of 來表示。如果主詞是 a pair，就是 one pair，那麼應該是單數。例如：

> **Ex. 47 A pair of pants (be) hanging on the wall.**
>
> 正確用法： Ex. 47 is

　　不過英文裡面要用 a pair 來表示的東西，像是 shoes, glasses, trousers, scissors 等等，也可以直接說 these shoes...等，這時當然要用複數。

> **Ex. 48 These pants (be) very fancy.**
>
> 正確用法： Ex. 48 are
> 　　　　　（從這個句子中看不出 these pants 是一條褲子還是幾條褲子，因為同樣都要用複數形。）

集合名詞

　　結束了主詞後面接介系詞的探討，現在來討論一下集合名詞 (Collective Nouns)。集合名詞在英文中不多，常見的只有 staff（員工，幕僚），faculty（教員），以及 family, police, committee, crew（機員，船員）這幾個字。這種字用來表示「一個單位、集團」時要用單數動詞，但是不加 -s 而用來表示單位內的「成員」時，要用複數動詞。例如：

一致性

Ex. 49 The committee (be) studying the proposal.

　　這個句子中的 committee 解釋為委員會這個「會」也通（用單數動詞），解釋為會中的「委員們」也通（用複數動詞）。

正確用法：Ex. 49 is 或 are

　　不過有時候要從意思上作更精確的判斷，例如：

Ex. 50 The committee (be) five years old.

　　這時把 committee 解釋為委員們似乎不太通——太年輕了。應該是一個「單位」，有五年歷史。

正確用法：Ex. 50 is

Ex. 51 The committee (be) mostly Republican politicians.

　　從補語「大多為共和黨政客」來看，主詞 committee 應解釋為「委員們」比較合理，所以要用複數。

正確用法：Ex. 51 are

一些 s 結尾的名詞

名詞字尾的 s 不見得是複數，有些反而只能用單數形，像有些代表學科、疾病的字眼經常是如此。例如：

Ex. 52 Mathematics (be) my forte. （數學我最拿手。）

正確用法： Ex. 52 is

Ex. 53 Mumps primarily (attack) children.
　　　（腮腺炎好發於兒童。）

正確用法： Ex. 53 attacks

還有一些要從意思來判斷，例如：

Ex. 54 Statistics (be) born in the gambling house.

　　主詞 statistics 代表「統計學」，應用單數。

正確用法： Ex. 54 was

Ex. 55 The statistics (be) not all accurate.

　　這時 statistics 代表一批統計數字（才能說「並非全都正

確」），所以要用複數。

正確用法： Ex. 55 are

　　以上所述，大致涵蓋了處理一致性的所有重要原則。不過這方面的問題是知易行難。讀者一定要多讀多寫，才能避免錯誤。
　　本章全用例題說明，因而不另附練習。

第二篇　中級句型——複合句

Complex Sentences
Compound Sentences

第十一章

名詞子句

　　自本章起本書告別單句，進入較複雜的複句、合句結構，開始探討怎樣把兩個單句寫在一起。

　　如果是兩個各自能夠獨立的單句，中間以 and, but, or 等連接詞連起來，兩句之間維持平行、對稱的關係，沒有主、從之分，就稱為合句(Compound Sentence)，又稱對等子句。例如：

Girls like dolls, but boys like robots.
（女生喜歡洋娃娃，男生喜歡機器人。）

　　一個合句，只要當成兩個單句來解釋就好了，兩句之間互為對等子句，關係十分單純，不須多加解釋。只有在省略時要注意對等子句之間對稱的要求，這點留待第十五章再加以詳述。

何謂複句？

　　如果將一個句子改造成名詞、形容詞或副詞類，放到另一句中使用，就稱爲從屬子句，另一句則稱爲主要子句。合併而成的句子有主從之分，就稱爲複句(Complex Sentence)。複句的從屬子句有三種，分別是名詞子句、形容詞子句、副詞子句，各有其特色，在此先看一些簡單例子的說明：

一、名詞子句

1. I know something.
　　S　V　　　O

2. I am right.

→ I know that I am right.（我知道我是對的。）
　　S　V　　　　O

　　I am right 是一個獨立的單句，外加連接詞 that 成爲名詞子句，放在主要子句中當做 know 的受詞。

二、形容詞子句

1. My father is a man.

2. He always keeps his word.

→ My father is a man who always keeps his word.

（我父親是個信守諾言的人。）

　　形容詞子句又稱關係子句。兩個各自獨立的單句之間必須要有關係，也就是要有一個重複的元素存在。上例中，例 1 與例 2

即因爲 a man 和 he 的重複而建立關係，再將重複點的 he 改寫成關係詞 who，就可以將兩句連在一起了。who always keeps his word 用來形容前面的名詞 man，所以稱爲形容詞子句。

三、副詞子句

1. He works hard.

2. He's in need of money.

→ He <u>works</u> hard <u>because he's in need of money</u>.

（他勤奮工作，因爲需要錢。）

　　這是最簡單的一種從屬子句。例 1 及例 2 都是完整、獨立的單句。兩者之間有因果關係：他缺錢是他努力工作的原因，於是用表示原因的連接詞 because 加在例 2 前面，把兩句話連起來就成了。because he's in need of money 修飾動詞 works，所以稱爲副詞子句。

　　本章我們先探討名詞子句，至於形容詞子句、副詞子句、合句，留待後三章探討。

典型的名詞子句

　　典型的名詞子句具有以下幾點特色：

1. 本身原來是一個完整、獨立的單句。

2. 前面加上連接詞 that。這個連接詞沒有意義，只有文法功能，表示後面跟著一個名詞子句。

3. 名詞子句須放在主要子句的名詞位置（主詞、受詞、補語、同位格等位置），當做名詞使用。

現在依名詞子句出現的各種位置來看看它的變化。

一、主詞位置

1. <u>Something</u> is strange.
　　S

2. He didn't show up on time.

→(A) <u>That he didn't show up on time</u> is strange.
　　　　　　　　S

→(B) <u>It</u> is strange <u>that he didn't show up on time</u>.
　　　　　　　　　　　　　　S

（真是奇怪，他沒有準時來。）

例 2 He didn't show up on time. 就是例 1 主詞 something 的內容。在它前面加上 that（表示「那件事」）就成了名詞子句，可以直接放入例 1 主詞(something)的位置，做為 is 的主詞使用，成為(A)的複句。

另外，名詞子句如果很長，直接放入主詞位置使用時，可能會讓讀者看不清楚，這時候可以用 it 這個虛字(expletive)來填入主詞位置，讓主要子句 It is strange 比較清楚地表達出來，名詞子句則向後移，成為(B)的複句。

二、受詞位置

1. <u>The defendant</u> <u>said</u> <u>something</u>.
　　S　　　　　　V　　　O

2. He didn't do it.

→(A) <u>The defendant</u> <u>said</u> <u>that he didn't do it</u>.
    　　　S　　　V　　　　　O

（被告說那不是他做的。）

例 2 的 He didn't do it. 就是例 1 中 something 的內容，於是在例 2 前面加上連接詞 that 成為名詞子句，然後直接放入例 1 中作為 said 的受詞，就成為(A)的複句。

名詞子句的連接詞 that 因為沒有意義，只有標示子句的文法功能，所以有時能省略。如果名詞子句放在及物動詞後面的受詞位置，讀者可以清楚看出這是名詞子句，就可以省略連接詞 that。試比較下面兩句：

1. The defendant said <u>that he didn't do it</u>.
   　　　　　　　　　　　O

2. <u>That he didn't show up</u> is strange.
   　　　　　　S

例 1 的名詞子句放在受詞位置，省略掉 that 之後仍然清楚。例 2 的名詞子句放在主詞位置，如果省略掉 that，成為：

He didn't show up is strange. （誤）

這個句子就有問題。因為沒有從屬連接詞，讀者會以為 He didn't show up 就是主要子句，再看到後面的 is strange 就會覺得奇怪了。一般文法書說名詞子句作受詞使用時，可以省略 that，主要就是因為受詞位置是明顯的從屬位置，省掉連接詞不會不清

楚，主詞位置則不然。總之，能否省略，要看省略以後能不能維持意思的清楚。

1. <u>I</u> <u>find</u> <u>something</u> <u>strange</u>.
   S   V   O   C

2. He didn't show up on time.

→(A) I find <u>it</u> strange <u>that he didn't show up on time</u>.
                                 O

（我覺得奇怪，他竟然沒有準時來。）

　　例 2 He didn't show up on time. 就是例 1 的受詞 something 的內容，可以加上連接詞 that，成為名詞子句，放入 something 的位置作受詞使用。可是它後面還有一個補語 strange，如果受詞的子句太長，又會造成不清楚，所以還是借用虛字 it 暫代受詞位置，將子句後移，成為(A)的結果。

三、補語位置

The car is ruined. <u>The important thing</u> <u>is</u> <u>that we're all right</u>.
                               S   V   C

（車子報銷了，重要的是我們都安然無恙。）

　　名詞類的主詞補語與主詞之間是全等關係，也就是：

the important thing = we're all right

　　把 we're all right 前面加上連接詞 that（表示「那件事情」），作成名詞子句，放在 be 動詞後面的補語位置，和主詞 the important thing（重要的事情）全等，就成為一個複句。

　　名詞子句放在補語位置，只要不會產生斷句的困難或意思的混淆，仍然可以省略連接詞 that，例如上面這句就可以寫成：

The important thing is we're all right.

四、同位格位置

　　等看過後面對「減化子句」的探討，會了解到所謂同位格其實就是形容詞子句減化之後所留下的補語。這是後話，目前不妨接受傳統文法中的「同位格」一詞。

The story that he once killed a man might just be true.
　S　　　　　同位格

（他殺過人這件事極有可能是真的。）

　　上例中 he once killed a man 原是一個完整的單句，加上連接詞 that 之後成為名詞子句，放在名詞 the story 的後面作它的同位格，也就是和它全等的東西。

I am afraid that I can't help you.（對不起，我幫不了你。）
S V　　C　　　同位格

　　上例中 I can't help you 是完整的單句，外加連接詞 that，這種構造就是名詞子句。名詞子句屬於名詞類，要放在主要子句的名詞位置使用。可是主要子句 I am afraid 當中看不出來有任何名詞位置可以放這個名詞子句。原來這中間經過省略，請看下面的

句子：

1. I am afraid of that thing.
2. I can't help you.

例 2 的 I can't help you 加上連接詞 that，成為名詞子句，可以視為例 1 中 thing 的同位格。基於以下三點原因：
1. that thing 沒有意義
2. that thing 與 that I can't help you 重複
3. of that thing 是可有可無的介系詞片語
於是將 of that thing 省略掉。就成為：

I am afraid <u>that I can't help you</u>.

這句話中的名詞子句仍應視為用在同位格位置。句中的 that 也可以省略。再看一個例子：

<u>You</u>'d better take <u>care</u> <u>that nothing goes wrong</u>.
  S   V   O   同位格
（你最好小心，別出錯。）

這個句子的受詞是 care，是 S+V+O 的句型，同樣沒有位置可以放名詞子句，但是可以視為下面兩句的結合：

1. You'd better take care of <u>that thing</u>.

2. <u>Nothing goes wrong</u>.

例 2 加上 that 成為名詞子句，可以放在 that thing 後面作為同位格，再把 of that thing 這個介系詞片語省略就成為：

You'd better take care that nothing goes wrong.

句中的連接詞 that 省略掉，也不會影響句意或造成不清楚，所以可以省略。

名詞子句的放大

名詞子句的內容，有時比主要子句重要，這時候可以選擇把名詞子句當成主要子句處理，反而把主要子句縮小，放入括弧性的逗點當中。例如：

1. <u>This</u> <u>is</u> <u>your last offer</u>, <u>I</u> <u>suppose</u>?
   S   V   C   S   V

（我想這就是你們的最後報價吧？）

這裡有兩個子句，找不到連接詞，主從關係如何？請先把它還原到正常的順序：

2. <u>I</u> <u>suppose</u> <u>that this is your last offer</u>?
   S   V   O

例2中可以看出主要子句是 I suppose something，而從屬子句是 that this is your last offer。後者是重要的內容所在，卻在從屬的位置，有點本末倒置，所以加以放大處理：把連接詞 that 省略掉，再移到前面，使它看起來像主要子句，再把 I suppose 往後移到比較不重要的位置，放到逗點後，就成了例1的形狀。

引用句也可比照辦理，而且可以倒裝（動詞調到主詞前面）。請看下例：

1. The earthquake was a 6.9, said Dr. Chang, Director of the Yangmingshan Geological Observatory.
   （地震六點九級，陽明山地質觀測站主任張博士表示。）

這個句子原本的形狀是這樣的：

2. Dr. Chang, Director of the Yangmingshan Geological
      S

   Observatory, said that the earthquake was a 6.9.
        V   O

這個句子中，地震幾級是重點，誰說的並不重要，可是在例2中 that the earthquake was a 6.9 是從屬的名詞子句，被放到句尾，沒有獲得應有的強調，所以把它放大處理，省略掉 that，移到句首，使它看起來像主要子句，成為這個形狀：

3. <u>The earthquake was a 6.9</u>, <u>Dr. Chang</u>, **Director of the**
   　　　　O　　　　　　　　　　　S

   Yangmingshan Geological Observatory, <u>said</u>.
   　　　　　　　　　　　　　　　　　　　　　V

　　這個句子固然給予名詞子句應有的強調，可是主詞 Dr. Chang
與動詞 said 之間距離太遠，動詞又與受詞的名詞子句距離太遠，
修辭效果不佳。如果把動詞倒裝到主詞前面，成為例 1 的形狀，
就可以解決這個問題。有關倒裝句的做法，後面有專章說明。

疑問句改裝的名詞子句

　　典型的名詞子句是外加連接詞 that ，表示「那件事情」(that
thing)。另外，以疑問詞（who, what, when 等）引導的疑問句，也
可以改裝成名詞子句，代表一個問題(the question)。例如：

1. <u>I</u> <u>know</u> <u>the question</u>.
   S　V　　　O

2. <u>Who are you</u>?

→(A) <u>I</u> <u>know</u> <u>who you are</u>.（我知道你是誰。）
　　 S　V　　 O

　　例 2 中 Who are you? 只要改寫為非疑問句的順序 who you are
即成為名詞子句，以疑問詞 who 當連接詞用，不必再加連接詞，
直接把這個子句放入例 1 中 the question 的位置，作為 know 的受
詞，即成為(A)的複句。再看一個例子：

1. <u>The question</u> is anybody's guess.
　　　S

2. When will the bomb go off?

→(A) <u>When the bomb will go off</u> is anybody's guess.
　　　　　　　　　　S

（炸彈什麼時候會爆炸沒有人知道。）

　　例 2 的疑問句只要改成非疑問句的順序 when the bomb will go off 就成了代表一個問題的名詞子句，不必加連接詞，可以直接放入例 1 的主詞位置構成(A)的複句。

whether 和 if

　　疑問句改裝的名詞子句中比較特別的是由 whether 引導的名詞子句。 whether 並不能獨立當做疑問詞來引導一個帶問號的疑問句，可是它可以引導代表一個問題的名詞子句，請看下例：

1. <u>I</u> <u>can't tell</u> <u>which</u>.
　 S　　V　　　O

2. Either <u>he's telling the truth</u> or <u>he's not</u>.

→(A) I can't tell <u>whether he's telling the truth or not</u>.
　　　　　　　　　　　　　　O

（我不知道他有沒有說真話。）

　　例 1 中的 which（「是哪一個？」）也代表一個問題：他是在說真話還是在騙人？把例 2 的這兩項選擇(either...or)放入例 1 中的受詞位置，再把 which 和 either 結合就成為 whether，可以用來引導其後的子句作為名詞子句，當作 tell 的受詞使用，成為(A)的複

句。(A)中的 whether 也可以改成 if：

I can't tell <u>if he's telling the truth or not</u>.
O

whether 和解釋爲「是否」的 if 在大多數的情況下可以互換使用，但是在句首位置以及介系詞後面就只能用 whether，請從下面的例子思考一下爲什麼。

1. Either <u>the stock market will improve</u> or <u>it will not</u>.

2. <u>(The question) which</u> is impossible to say now.
S

→(A) <u>Whether the stock market will improve or not</u> is
S

impossible to say now.

（股市是否會漲，現在還很難說。）

例 1 的兩個選擇就是例 2 主詞部分的問題 which，可以結合成 whether 引導的名詞子句，成爲(A)的複句。可是(A)的 whether 就不適合換成 if，因爲放在句首位置的 if 子句，會讓讀者誤以爲是表示「如果」的副詞子句。有關副詞子句的問題將在下一章介紹，此處從略。再看下例：

1. Either <u>the tumor is malignant</u> or <u>it is not</u>.

2. The treatment will be decided <u>by</u>   <u>(the question) which</u>.
介系詞   O

→(A) The treatment will be decided by

<u>by</u>
介系詞

<u>whether the tumor is malignant or not</u>.
　　　　　　　　　　　　○

（治療方法將視腫瘤是否為惡性而定。）

例 1 的兩個選擇就是例 2 中介系詞 by 的受詞 which，可以結合成為 whether 的名詞子句，置於 by 之後作受詞。這個位置也不能用 if，因為介系詞後面必須使用名詞片語，不適合使用連接詞引導名詞子句。 whether 的子句可以放在介系詞後面，因為它是 which 和 either 合成的字，其中的 which 是代名詞類，可以作介系詞的受詞。

結語

名詞子句有兩種型態：

一、完整的單句外加無意義的連接詞 that，代表「那件事」。

二、疑問詞引導的疑問句改裝，不加連接詞，代表「那個問題」，其中 whether 有時可改寫為 if。

名詞子句屬於名詞類，要放到主要子句中的名詞位置（主詞、受詞、補語、同位格）使用。以上就是了解名詞子句的重點。

下一章要講副詞子句，這是比較單純的一種複句，可是它的減化變化最為複雜，所以要把基礎打好，講到減化子句變化時才能處理。

Test 12

請選出最適當的答案填入空格內，以使句子完整。

1. Although Columbus knew the earth was round, he could not imagine ___.
   (A) how was it large
   (B) how large it was
   (C) of what large it was
   (D) of that what size

2. ___ in the stratosphere is depleted is not completely understood.
   (A) How ozone
   (B) While ozone
   (C) Ozone
   (D) Ozone that

3. It is believed ___ into modern birds.
   (A) that pterosaurs evolved
   (B) what pterosaurs were evolved
   (C) it was pterosaurs evolved
   (D) pterosaurs that were evolved

4. The fact ___ the forests of North America are shrinking almost as fast as are those of the Amazon Basin is largely ignored by the American people.
   (A) of
   (B) which
   (C) is that
   (D) that

5. The report ___ some birds guide African natives to honeybee hives was for a long time discredited by the scientific community.
   (A) why
   (B) which
   (C) what
   (D) that

6. Riding the rapids down the Colorado, Captain Powell was determined to prove ___ could be traversed.
(A) the Grand Canyon it
(B) that in the Grand Canyon
(C) how in the Grand Canyon
(D) that the Grand Canyon

7. She wouldn't tell me ___ she saw there.
(A) what
(B) that
(C) which
(D) how

8. Quantum physicists are interested in ___ tiny particles move.
(A) what
(B) which
(C) how
(D) that

9. ___ after lying dormant for hundreds of years is hard to believe.
(A) It is seeds that can sprout
(B) Seeds can sprout
(C) That seeds can sprout
(D) Sprouting seeds

10. Whether she can do the job depends on how well prepared ___.
(A) is she
(B) can she
(C) she is
(D) she can

11. After comparing the two answer sheets, the teacher came to the conclusion ___ in the exam.
(A) is the students cheated
(B) which is the students that cheated
(C) that the students cheated
(D) what the students cheated

12. Scientists believe ___ made the moon as cold as it is.
(A) that an atmosphere is absent
(B) that the absence of an atmosphere
(C) what was the absence an atmosphere
(D) an atmosphere is absent

13. ___ is decided by the ecological role that it plays.
    (A) An animal sees well
    (B) Whether an animal sees well
    (C) Does an animal see well
    (D) So an animal sees well

14. Analysts agree ___ is too much "hot money" circulating in the stock market.
    (A) what
    (B) which
    (C) that
    (D) that there

15. Have you wondered whether ___ too late to change your job?
    (A) it is
    (B) is it
    (C) that it is
    (D) is

16. ___ is impossible to tell now.
    (A) When will it snow
    (B) Whether will snow
    (C) When it snows
    (D) Whether it will snow

17. Such an opportunity, ___, comes only once in a lifetime.
    (A) the salesman says
    (B) that the salesman says
    (C) which says the salesman
    (D) what the salesman says

18. Many voters are concerned ___ may not be able to deliver on his promises.
    (A) over the candidate
    (B) with the candidate
    (C) that the candidate
    (D) the candidate that

19. I find ___ that he didn't take the money.
    (A) to believe hard
    (B) it to believe hard
    (C) it hardly to believe
    (D) it hard to believe

20. Babylon is ___ Bagdad.
    (A) that is now
    (B) what now
    (C) what is now
    (D) that now

Answer Key 12

1. (B)

空格部分是 imagine 的受詞位置。答案 B 是由疑問句產生的名詞子句，可以作受詞使用。

2. (A)

後面接連出現 is depleted 和 is not understood 這兩個動詞片語，表示應有兩個子句。答案 A 以 How ozone in the stratosphere is depleted（臭氧層中的臭氧如何枯竭）這個疑問句產生的名詞子句作為主詞，後面的 is not completely understood（並不完全清楚）就成為主要子句的動詞。

3. (A)

It 是個虛字，應代表一個 that 引導的名詞子句，故選 A：「一般相信翼手龍演化成現代的鳥類。」

4. (D)

主要子句是 The fact...is largely ignored by the American people.（這件事大致被美國人忽略。）空格後面的子句 the forests of North America are shrinking fast...（北美的森林在快速萎縮…）是完整的單句，前面加上 that 即成為名詞子句，作為 the fact 的同位格，故選 D。

5. (D)

主要子句是 The report...was for a long time discredited by the scientific community.（這項報告…有很長一段時間不被科學界採信。）空格後面那句 some birds guide African natives to honeybee hives（有些鳥類引導非洲土著找到蜂窩）是個完整的單句，前面加上 that 就成為名詞子句，當作 the report 的同位格使用，故選 D。

6. (D)

空格以下是動詞 prove 的受詞位置。答案 D 的 that the Grand Canyon could be traversed（大峽谷可以穿越）是個名詞子句，可以作受詞用。

7. (A)

空格以下是動詞 tell 的受詞位置。答案 A 的 what she saw there 可以視為疑問句 What did she see there? 作出來的名詞子句，可作為受詞。

8. (C)

空格是介系詞 in 的受詞位置，應使用名詞類。答案 C 的 how tiny particles move（小粒子如何移動）可視為由疑問句 How do tiny particles move? 作出來的名詞子句，所以可以放在介系詞 in 的後面（等於省略掉 the question，量子物理學家是對「問題」有興趣）。

9. (C)

主要子句的句型是 "Something" is hard to believe.，它的動詞 is 表示出主詞必須是單數。答案 C 是個名詞子句：That seeds can sprout after lying dormant for thousands of years（種子休眠幾千年後還能發芽這件事），可以作 is 的主詞。

10. (C)

在 depends on 之後的部分又是一個問題：How well prepared is she? 改成名詞子句即成為 how well prepared she is，故選 C。

11. (C)

空格以下的部分是 conclusion 一字的同位格，應使用 that 引導的名詞子句，故選 C。

12. (B)

　　空格以下是動詞 believe 的受詞，其中已經有動詞，所以前面需要一個主詞以及連接詞 that，構成名詞子句，才可以當受詞用，故選 B。

13. (B)

　　空格部分是動詞 is decided 前面的主詞部分。既然是需要 decide 的事情，表示應該用疑問句改造的名詞子句，故選 B。

14. (D)

　　從前面的 Analysts agree（分析家一致認為）來看，接下來應該是一個敘述某種看法的名詞子句（以 that 引導），而不是疑問句型態的名詞子句（以疑問詞引導），故選 C。

15. (A)

　　自 whether 以下是疑問句改造的名詞子句，作為動詞 wonder 的受詞，故選 A。

16. (D)

　　空格部分應選擇一個由疑問句改造的名詞子句，來當作動詞 is 的主詞使用，故選 D。 C 的 when it snows 解釋為「下雪的時候」，是副詞子句，不能作主詞。

17. (A)

　　空格置於兩個逗點之間，是一個括弧性的插入結構。這個句子可以視為一個間接引句，空格中的部分用來介紹說這句話的人，故選 A。

18. (C)

　　空格以下是一個 that 引導的名詞子句，已經有動詞 may not be，所以只缺 that 和主詞，故選 C。

19. (D)

　　空格後面的 that 子句是名詞子句，被往後移動，而以虛字 it 暫代這個子句來作動詞 find 的受詞，故選 D。

20. (C)

先從這句來了解：

Babylon is the place that is now Bagdad.

（巴比倫就是今天叫做巴格達的地方。）

that 子句是形容詞子句，如果要省略掉 that 的先行詞 the place，就得把 that 換成另一個關係詞 what，即成為 C 的答案。

第十二章

副詞子句

　　副詞子句是三種從屬子句（名詞、形容詞、副詞子句）中最簡單的一種。它與主要子句之間，有點像對等子句的關係，很容易了解。

副詞子句與對等子句的比較

　　請看下例：

1. <u>Because</u>　<u>he needs the money,</u> <u>he works hard</u>.
　　從屬連接詞　　　　副詞子句　　　　　主要子句

　　（因為他缺錢，所以勤奮工作。）

2. <u>He needs the money,</u>　<u>and</u>　<u>he works hard</u>.
　　　對等子句　　　　　對等連接詞　　對等子句

　　（他需要錢，也勤奮工作。）

例 1 是分成主、從的複句結構。其中副詞子句 He needs the

money. 和主要子句 He works hard. 分別都是完整、獨立的單句，以一個連接詞連起來。這和例 2 中兩個對等子句的情形完全相同。唯一的差別是對等子句使用到對等連接詞（例 2 中的 and），連接起來的兩個子句地位相等，沒有主從之分，也不須互相解釋。副詞子句則使用到從屬連接詞（例 1 中的 because），使得 because he needs the money 成為從屬地位的子句，當作副詞使用，用來修飾主要子句中的動詞 works（交待 works hard 的原因）。除了這一層修飾關係之外，副詞子句和對等子句同樣單純。

副詞子句與名詞子句的比較

副詞子句和名詞子句就有較大的差別了。請看下例：

1. <u>The witness</u> <u>said</u> <u>that</u> <u>he saw the whole thing</u>.
        S   V   連接詞   O（名詞子句）

（證人說他目睹整件事情發生。）

2. <u>The witness</u> <u>said</u> <u>this,</u> <u>though</u> <u>he didn't really see it</u>.
        S   V   O   連接詞   副詞子句

（證人這樣說，儘管他沒有真正看到。）

先來觀察一下名詞子句和副詞子句的共同點。首先，兩者原來都是完整、獨立的單句（例 1 中的 He saw the whole thing. 與例 2 中的 He didn't really see it）。然後，兩者都是加上從屬連接詞構成從屬子句，但是在此開始有了差別。名詞子句加的連接詞是 that，表示「那件事情」，此外沒有別的意義。副詞子句加的連接詞，如例 2 的 though，以及上節例子中的 because 等等，都是有

意義的連接詞，表達兩句話之間的邏輯關係：though 表示讓步，because 表示原因，if 表示條件。使用的連接詞不同，一個有意義，一個沒有意義，這是副詞子句和名詞子句第一個重大的差別。

第二個差別是：名詞子句屬於名詞類，要放在主要子句中的名詞位置使用，副詞子句則不然。例 1 中主要子句 The witness said 部分尚不完整，在及物動詞 said 之後還要有個名詞當受詞，構成 S+V+O 的句型才算完成。取一個獨立的單句 He saw the whole thing. 外面加上沒有意義的連接詞 that，造成一個名詞子句，就可以放入主要子句 The witness said 後面的受詞位置使用，成為例 1 的形狀。

副詞子句情況不同。它是修飾語的詞類，要附在一個完整的主要子句上作修飾語使用。如例 2 He didn't really see it. 是完整的單句，外面加上表示讓步的連接詞 though，構成副詞子句。主要子句 The witness said this. 已經是完整的句子(S+O+V)，把副詞子句 though he didn't really see it 直接附上去，當作副詞，用來修飾動詞 said。因為兩個子句都是完整的單句，所以說其間的關係很像對等子句的關係。這是副詞子句與名詞子句第二個重大的差別。

副詞子句的種類

副詞子句因為結構十分單純，所以學習副詞子句的重點只是在認識各種連接詞，以便寫作時可以選擇貼切的連接詞來表達各種邏輯關係。以下按照各種邏輯關係把副詞子句的連接詞大略分類。

一、時間、地方

1. He became more frugal <u>after</u> <u>he got married</u>.
　　　　　　　　　　　　　　連接詞　　副詞子句

（他結婚以後變得比較節儉。）

副詞子句修飾動詞 became 的時間。

2. I'll be waiting for you <u>until</u> <u>you're married</u>.
　　　　　　　　　　　　　連接詞　　副詞子句

（我會等你，直到你結婚為止。）

副詞子句修飾動詞 will be waiting 的時間。

　　附帶說明一下：未來時間的副詞子句，雖然還沒有到發生的時間，可是語氣上必須當作「到了那個時候」來說，所以時態要用現在式來表示（如例 2 中的 are married）。這是屬於語氣的問題，在從前介紹語氣的單元中曾說明過。

3. It was all over <u>when</u> <u>I got there</u>.
　　　　　　　　　連接詞　　副詞子句

（我趕到的時候事情都結束了。）

副詞子句修飾動詞 was 的時間。

　　when 這個連接詞，也可以當做關係詞來使用，這點留待下一章講到關係子句時再詳細說明。

4. A small town grew where   three roads met.
　　　　　　　　　　連接詞　　副詞子句

（一個小鎮在三條路交會處發展出來。）

副詞子句修飾動詞 grew 的地方。

同樣的， where 這個連接詞也可以當作關係詞來解釋。

二、條件

1. If   he calls, I'll say you're sleeping.
　　連接詞　副詞子句

（如果他打電話來，我就說你在睡覺。）

副詞子句修飾動詞 will say 的條件——如果打來就會說，不打來就不說了。

在表示條件的副詞子句中，如果時間是未來，也必須以「當作真正發生」的語氣來說，所以要用現在式的動詞。同時請注意 say 的受詞（名詞子句）you're sleeping 也用現在式，因為這是當作已經打來了，自然要說「在睡覺」，而不是「要去睡覺」(will be sleeping)。只有主要子句 I'll say 用未來式的動詞，因為如果打來了「就會」說，這表示現在還沒說！

2. He won't have it his way, as long as I'm here.
　　　　　　　　　　　　　　連接詞　　副詞子句

（只要我在，不會讓他稱心如意。）

副詞子句修飾動詞 won't have 的條件。

as long as 也可以用比較級來詮釋。

3. <u>Suppose</u> <u>you were ill</u>, where would you go?
　　　連接詞　　副詞子句

（假定你生病了，你會到哪裡去？）

副詞子句修飾動詞 would go 的條件。

suppose 本來是動詞，這個副詞子句原來是 supposing that you were ill 的句型，經過省略後才成為只剩 suppose 一字當連接詞用。同時請注意例 3 中兩個動詞都是非事實的假設語氣。

三、原因、結果

1. <u>As</u> <u>there isn't much time left</u>, we might as well call it a day.
　　連接詞　　　　副詞子句

（既然時間所剩無幾，我們不妨就此結束好了。）

副詞子句修飾動詞 might call 的原因。

2. There's nothing to worry about, <u>now that</u> <u>Father is back</u>.
　　　　　　　　　　　　　　　　　　連接詞　　　副詞子句

（既然父親回來了，就沒什麼好擔心了。）

副詞子句修飾動詞 is 的原因。

請注意：單句前面加上一個單獨的、沒有意義的 that，會成為名詞子句（指「那件事」）。可是 that 一旦配合其他字眼當作連接詞，具有表達邏輯關係的功能時，就成了副詞子句的連接詞，引導的是副詞子句。 now that 解釋為「既然」，用來表達原因，所以它後面的 Father is back 就成了副詞子句。

3. He looked <u>so</u> sincere <u>that</u> <u>no one doubted his story</u>.
　　　　　　 連　接　詞　　　　副詞子句

（他看起來是那麼誠懇，所以沒有人懷疑他說的話。）

副詞子句修飾形容詞 sincere 造成什麼結果。
連接詞 so...that 表示因果關係，所以引導的是副詞子句。

4. The mother locked the door from the outside, <u>so that</u>
　　　　　　　　　　　　　　　　　　　　　　　　　連接詞

<u>the kids couldn't get out when they saw fire</u>.
　　　　　　　　　　　副詞子句

（這位媽媽把門反鎖，所以小孩看到火起時也跑不出去。）

副詞子句修飾動詞 locked 造成什麼結果。
連接詞 so that 亦表示因果關係，所以引導的是副詞子句。請注意這個副詞子句中又有一個表示時間的副詞子句 when they saw fire.。

四、目的

1. The mother locked away the drugs <u>so that</u>
　　　　　　　　　　　　　　　　　　　連接詞

<u>the kids wouldn't swallow any by mistake</u>.
　　　　　　　　　　副詞子句

（這位媽媽把藥鎖好，目的是不讓小孩誤食。）

副詞子句修飾動詞 locked 有什麼目的。
同樣是 so that 連接詞，同樣引導副詞子句，但是這裡用來表示目的。

2. I've typed out the main points in boldface, in order that
連接詞

you won't miss them.
副詞子句

（我用黑體字把重點打出來，好讓你們不會遺漏掉。）

副詞子句修飾動詞 type out 有何目的。
同樣的，這裡的連接詞不是單獨、無意義的 that，而是表示目的的 in order that，所以引導的是副詞子句。

3. I've underlined the key points,　lest　you miss them.
連接詞　　副詞子句

（我已把重點畫了線，以免你們漏掉。）

副詞子句修飾動詞 have underlined 有何目的。

4. You'd better bring more money, in case you should need it.
連接詞　　　　副詞子句

（你最好多帶點錢，萬一要用。）

副詞子句修飾動詞 bring 的目的。

五、讓步

1. Although you may object, I must give it a try.
連接詞　　副詞子句

（雖然你可能會反對，我仍然必須試試看。）

副詞子句修飾動詞 must give。

2. <u>While</u> <u>the disease is not fatal</u>, it can be very dangerous.
　　連接詞　　　　副詞子句

（雖然不是要命的病，不過也很危險。）

副詞子句修飾動詞 can be。

3. Wh- 拼法的連接詞，若解釋爲 No matter...（不論），
　就表示讓步語氣，引導副詞子句。

<u>Whether (=No matter)</u> <u>you agree or not</u>, I want to give it a try.
　　　連接詞　　　　　　　副詞子句

（無論你是否同意，我都要一試。）

<u>Whoever (=No matter who) calls</u>, I won't answer.
　　　連接詞 + 副詞子句

（不管誰來電話，我都不接。）

<u>Whichever (=No matter which) way you go</u>, I'll follow.
　　　連接詞 + 副詞子句

（不論你走到哪裡，我都跟定你了。）

<u>However (=No matter how) cold it is</u>, he's always wearing a shirt
　　　連接詞 + 副詞子句

only.（不管多冷，他總是只穿件襯衫。）

<u>Wherever (=No matter where) he is</u>, I'll get him!
　　　連接詞 + 副詞子句

（不管他躲到哪兒，我都會抓到他！）

Whenever (=No matter when) you like, you can call me.
　　　　　　　連接詞 ＋ 副詞子句

（你隨時給我來電話都可以。）

六、限制

1. As far as money is concerned, you needn't worry.
　　連接詞　　　　副詞子句

（錢的方面你不必擔心。）

　　副詞子句修飾動詞 needn't worry，表示不必擔心的事情是在某一方面，暗示也許是別的方面才要擔心。

2. Picasso was a revolutionary in that he broke all traditions.
　　　　　　　　　　　　　　　連接詞　　　　副詞子句

（畢卡索是革命派，意即他打破一切傳統。）

　　副詞子句修飾動詞 was，把「是革命派」的意思加以限制：在於打破傳統，並非真的舉槍起義。
　　連接詞 in that 是由 in the sense that（從某種意義來說）省略而來。

七、方法、狀態

1. He played the piano　as　Horowitz would have.
　　　　　　　　　　連接詞　　　副詞子句

（他彈鋼琴有如大師霍洛維茲。）

　　副詞子句修飾動詞 played──如何彈法。

2. He writes <u>as if</u> <u>he is left handed</u>.（他寫字像左撇子。）

He writes <u>as if</u> <u>he were left handed</u>.

He writes <u>as if</u> <u>he was left handed</u>.

      連接詞   副詞子句

上面三句中，用 is 表示他應該真的是左撇子，用 were 表示他不是，只是冒充左撇子，用 was 則表示不一定 —— 可能是，也可能不是。三句話都是用連接詞 as if 引導後面的副詞子句，修飾動詞 writes ——「如何寫法」。

結語

副詞子句是最簡單的從屬子句，由完整的單句外加有意義的、表達邏輯關係的連接詞（because, if, although 等等）所構成。它附在一個完整的主要子句上作修飾語（修飾動詞最為常見），兩個子句（主、從）之間的關係類似對等子句。以上整理的副詞子句連接詞並不完整，只挑出有代表性和值得注意的副詞子句連接詞來作分類。讀者可利用以上的分類去觀察，加上廣泛的閱讀，以擴充自己認識的、會用的副詞子句連接詞。

介紹完名詞子句與副詞子句後，相信讀者已充分掌握了這兩種子句的特色。如果再征服比較困難的形容詞子句（又稱關係子句），就可以全盤了解複句結構了。

Test 13

請選出最適當的答案填入空格內，以使句子完整。

1. Please come back ___ you finish your work.
   (A) as soon as
   (B) as soon as possible
   (C) as possibly soon
   (D) as soon possible

2. Which of the following is correct?
   (A) He is very smart; moreover, he is diligent.
   (B) He is very smart, moreover, he is diligent.
   (C) He is very smart, Moreover, he is diligent.
   (D) He is very smart; and moreover, he is diligent.

3. It is not safe to get off a car ___.
   (A) unless it is in motion
   (B) until it has come to a stop
   (C) after you have opened the window
   (D) before the traffic light turns red

4. If you sell your rice now, you will be playing your hand very badly.
   Wait ___ the price goes up.
   (A) until
   (B) still
   (C) for
   (D) that

5. (The rain is over. You must not stay any longer.)
   You must not stay any longer ___ the rain is over.
   (A) when
   (B) that
   (C) now that
   (D) as for

6. It is such a good opportunity ___ you should not miss it.
   (A) as
   (B) that
   (C) which
   (D) of which

7. Tom is dull. He works hard. He will surely pass the exam.
   (A) Though Tom is dull, he works so hard that he will surely pass the exam.
   (B) Despite his dullness, Tom will surely pass the exam by work hard.
   (C) Tom will surely pass the exam because he works hard with his dullness.
   (D) Dull as Tom is, he will surely pass the exam with work hard.

8. She had worked several years ___ she could continue her studies in France.
   (A) as
   (B) while
   (C) before
   (D) then

9. ___ , he never begged for money.
   (A) Despite he was poor
   (B) Because he was poor
   (C) Poor as he was
   (D) In spite of he was poor

10. ___ the typhoon warnings, several fishing boats set sail.
    (A) Because
    (B) According
    (C) Despite
    (D) Although

11. I knew I would never have what I needed ___ it myself.
    (A) even made
    (B) without me making
    (C) except making
    (D) unless I made

12. Which of the following is correct?
    (A) I shall either go back to Taiwan or my family will come to England.
    (B) I shall go back either to Taiwan or my family will come to England.
    (C) Either I shall go back to Taiwan or my family will come to England.

13. ___ unwilling to do so, he had to follow the traditional ways.
    (A) After
    (B) Although
    (C) Since
    (D) Once

14. Which of the following is correct?
    (A) Not only the money but also three paintings was stolen.
    (B) Not only the money but also three paintings were stolen.
    (C) Not only the money was stolen but also were the paintings.

15. No one was sure ___ was going to happen.
    (A) what
    (B) who
    (C) when
    (D) where

16. ___ she studied hard, but she didn't succeed.
    (A) Though
    (B) Although
    (C) Indeed
    (D) While

17. "You seem angry at Martha." "I am. ___ I'm concerned, she can go away forever."
    (A) As like as
    (B) As many as
    (C) As such as
    (D) As far as

18. I'm going to tell you the number once more, ___ you forget.
    (A) don't
    (B) that
    (C) so that
    (D) lest

19. The government's warning ___ there be no contact with Mainland China was generally ignored.
    (A) which
    (B) that
    (C) if
    (D) wherever

20. Don't go away ___ you have told me what actually happened.
    (A) since
    (B) then
    (C) after
    (D) until

Answer Key 13

1. (A)

    空格前後分別是完整的獨立子句，中間只需要連接詞，如
    A，把後面的子句改為副詞子句。 B 的 as soon as possible 已
    經是一個子句（as soon as it is possible 的減化），不再是連接
    詞。 C 和 D 都不是完整的連接詞。

2. (A)

    moreover 是副詞，不具連接詞的文法功能，所以要用分號
    （；）來取代連接詞。

3. (B)

    四個答案在文法上都對，句意則只有 B 合理：「除非車子
    停穩了，否則下車不安全。」

4. (A)

    wait 一字構成一個命令句，與右邊的 the price goes up 之間要
    有連接詞，故可排除非連接詞的 B。答案 D 的 that 會把子
    句變成名詞子句，不合詞類要求。 C 的 for 可以當連接詞，
    不過要解釋為 because，在此不通，只有 A 這個連接詞是引
    導時間副詞子句用的，符合要求。

5. (C)

    now that 解釋為「既然」，符合原意。

6. (B)

    上文有 such，因而要有 that 來配合，表示因果關係。

7. (A)

句一和句二有相反關係，句二和句三有因果關係，因而分別用 though 和 so...that 來連接。B 中的 by work hard 錯在以動詞 work 直接放在介系詞後面。C 中的 he works hard with his dullness 句意十分牽強。D 與 B 相同，也是錯在把動詞(work)直接放在介系詞(with)後面。

8. (C)

had worked 是過去完成式，could continue 是過去簡單式，這是時間先後順序，因而用 before。

9. (C)

Though he was poor 可改寫為 Poor as he was，注意連接詞現在要用 as。A 和 D 都是用介系詞（despite 和 in spite of）來引導子句，屬文法錯誤。B 的句型正確，但邏輯關係不通順。

10. (C)

名詞片語 the typhoon warnings 前面應有介系詞（只有 C 是）。

11. (D)

空格中要表示「條件」，因而 C 不適合。A 多一個動詞，文法錯誤。B 應該省略掉與主詞重複的 me。D 是以 unless 的副詞子句表示條件，符合要求。

12. (C)

either 和 or 之間的部分要和 or 之後的部分對稱。符合條件的只有 C（子句對子句），其餘答案在詞類上都不對稱。

13. (B)

unwilling 和 had to 意思上相反，只有 although 可表示相反的關係。答案 B 是 although he was unwilling... 的減化。

14. (B)

not only 和 but also 亦要求對稱。A 雖然有對稱，但是動詞 was 和主詞 three paintings 在單複數上有衝突，而 C 中應倒裝 的是 not only was the money stolen，不是後面的子句。

15. (A)

這個位置要用連接詞，又要能當 was 的主詞，所以要用關 係代名詞類（A 或 B）。因為它前面沒有先行詞，不能用 who，只能用 what，故選 A。what was going to happen 亦可 作疑問句類的名詞子句看待。

16. (C)

兩個子句間已有連接詞 but，不能再用連接詞（A, B 和 D 都 是），只剩下一個副詞類的 C。

17. (D)

這個位置要用連接詞。D 是表示限度的從屬連接詞，符合 要求。B 的 as many as 則要配合複數名詞才能使用。

18. (D)

這個位置要用連接詞，故排除 A。B 會造成名詞子句，不 合句型要求。C 和 D 都是副詞子句連接詞，但只有 D 的 lest （以免…）符合邏輯關係。

19. (B)

從下文的 there be no contact...來看，是間接命令句語氣，應 為名詞子句，故選擇 B。

20. (D)

這個位置連接兩個子句，要用連接詞（A, C 或 D），從意思 判斷用 D 較合理。

第十四章 關係子句

從屬子句有三種，除了名詞子句和副詞子句之外，還有就是形容詞子句，又稱關係子句。如同名詞子句和副詞子句一樣，關係子句也有它明顯的特色。

關係子句的特色

關係子句如果沒有經過任何省略，都應該以形容詞子句看待。它的特色有以下幾點：

一、兩個句子要有交集

也就是：兩個句子間要有一個重複的元素，由此建立「關係」，才可以用關係子句的方式來合成複句。例如：

For boyfriend I'm looking for <u>a man</u>.
（找男朋友，我想找個男人。）

He is tall, rich, and well-educated.

（他身材高、收入高、教育水準高。）

這兩個句子中的 a man 和 he 是重複的： a man 就是代名詞 he 所代表的對象（即先行詞）。因為有這個交集存在，兩個句子有關係，才可以進行下一步的動作——製造關係子句。

二、把交集點改寫為關係詞的拼法(wh-)，讓它產生連接詞的功能

　　在上例中就是把 he 改寫為 who，成為：

<u>who is</u> tall, rich, and well-educated
S　V

　　這就是一個關係子句。 who 仍然具有 he 的功能，也就是作為這個子句的主詞，但是它同時也有連接詞的功能。

三、將關係子句附於主要子句的交集點（名詞）後面來修飾它（作形容詞使用）

　　上例中就是把 who 子句附在 a man 之後成為：

For boyfriend I'm looking for 　　a man
　　　　　　　　　　　　　　　　　名詞（先行詞）

who is tall, rich, and well-educated.
　　　關係子句（形容詞類）

（找男朋友，我想找一個身材高、收入高、教育水準高的人。）

由以上的分析可以看出，關係子句有一個很重要的特色：關係子句的連接詞是子句中內含字眼的改寫，而名詞子句與副詞子句的連接詞都是外加的。**請比較下列三句：**

1. I know that   I am right.
   S V   連接詞 O（名詞子句）

   （我知道我對。）

2. I know this because I have proof.
   S V   O   連接詞   副詞子句

   （我知道，因爲我有證據。）

3. I don't trust people who talk too much.
   S   V   O   關係子句

   （我不信任話太多的人。）

例 1 中的名詞子句是由完整的單句 I am right. 外加連接詞 that 所構成。例 2 的副詞子句也是完整的單句 I have proof. 外加連接詞 because 構成。只有例 3 的關係子句沒有外加連接詞，而是直接由 They talk too much. 的單句，把 they 改寫成 who 而構成。產生的關係子句 who talk too much 屬於形容詞的功能，用來修飾先行詞 people 。

關係代名詞與關係副詞

關係子句中與主要子句的交集點，可能是代名詞，也可能是副詞。改變爲 wh- 的拼法後，分別稱爲關係代名詞與關係副詞。請觀察下列拼法上的變化：

代名詞	關係代名詞
he (she, they)	who
it (they)	which
his (her, their, its)	whose
him (her, them)	whom
副詞	關係副詞
then	when
there	where
so	how
for a reason	why

關係詞除了以上這些，還有一些變化的拼法，後面再談。

關係代名詞的省略

文法書列出規則：關係代名詞作受詞使用時可以省略。這條規則沒錯，就是不太好背！本書號稱從頭到尾沒有一條規則要背，包括關係代名詞的省略，其實都是可以理解的。

關係詞所以常會省略，主要是因為它在句子中是重複的元素：和主要子句中的先行詞重複。可是它除了代名詞的功能之外，還有連接詞的功能，用來標示另外一個子句的開始。假如兩個子句的斷句很清楚，把關係詞省掉也不會影響句子的清楚性，就可以省略。例如：

1. <u>The man</u> <u>is</u> <u>my uncle</u>. （那個人是我叔叔。）
     S   V   C

2. <u>You</u> <u>saw</u> <u>him</u> just now.（你剛剛看到他。）
　　S　　V　　O

例 2 中的 him 是受詞，與例 1 中的 man 重複，可以改成關係代名詞 whom，變成：

<u>you</u> <u>saw</u> <u>whom</u> just now
　S　　V　　O

請觀察一下：關係代名詞是受詞的話，位置應該在動詞後面。可是它要標示關係子句的開始，所以要調到句首（這個調動和它的省略大有關係），成為：

<u>whom</u> <u>you</u> <u>saw</u> just now
　O　　S　　V

再把關係子句和主要子句合起來成為複句：

3. <u>The man</u> [<u>whom</u> <u>you</u> <u>saw</u> just now] <u>is</u> <u>my uncle</u>.
　　S₁　　　O　　S₂　V₂　　　　　V₁　C

（你剛看到的那個人是我叔叔。）

如果把 whom 省略掉，讀者仍然看得出來 you saw just now 是另一個子句，不會和主要子句 The man... is my uncle.混淆。這就是為什麼可以省掉它的原因。
　　反之，如果關係代名詞是主詞，就不適合省略，否則會造成斷句上的困難。例如：

1. <u>The man</u> <u>is</u> <u>my uncle</u>.
     S   V   C

2. <u>He</u> <u>was</u> <u>here</u> just now.
    S   V   C

例 2 中的 he 是主詞，改成關係代名詞 who 之後位置不會調動，直接成為：

<u>who</u> <u>was</u> <u>here</u> just now
 S   V   C

再和句 1 合併成為複句：

3. <u>The man</u> [<u>who</u> <u>was</u> <u>here</u> just now] <u>is</u> <u>my uncle</u>.
     S₁   S₂ V₂ C₂   V₁   C₁

（剛才在這兒的那個人是我叔叔。）

這時候如果要省掉 who（主詞），會造成斷句上的困難：

The man was here just now is my uncle.（誤）

這個句子文法有錯誤，因為讀者無從判斷它的句型。看到 The man was here just now 為止都還好：讀者的印象是一個單句。可是後面再加上 is my uncle 的部分，就不知所云了。

經由以上的比較當可發現：關係代名詞當受詞時，因為要往前移，即使省略掉它，後面還是有 S+V 的構造，可以和主要子句區分清楚，因而可以省略。請看看下面這個不同的例子：

He <u>is</u> **not** <u>the man</u> [<u>he</u> <u>used to be</u>].
S₁ V₁   C   S₂   V₂

（他現在和從前不一樣了。）

中括號裡原來是：

He <u>used to be</u> <u>the man</u>.
S   V   C

其中的 the man 是補語，和另一句中的 the man 重複，改寫成關係詞 who（其實用 that 比較恰當，這點稍後再談），成為關係子句：

<u>who</u> <u>he</u> <u>used to be</u>
C   S   V

who 是補語，不是受詞，所以不能拼成受格的 whom。但是它一樣可以省略，原因是它也要向前挪，所以和受詞一樣，省掉並不會造成斷句上的困難。因此，光是背規則：「關係代名詞作受詞時可以省略」，一方面不好背，一方面也不夠周延，還是經過理解比較能夠變通。

何時該使用 that？

關係代名詞 who 和 which 有時可用 that 來取代。這中間的選擇有差別，需要說明一下。 that 是借自指示代名詞，具有指示的功能。所以，關係子句如果有指示的作用時才適合借用 that 作關係詞。例如：

Man is an animal that is capable of reason.
S₁ V₁ S₂ V₂

（人類是有理性能力的動物。）

主要子句中的先行詞 an animal 本來可以代表任何一種動物，範圍極大。後面加上一個條件： The animal is capable of reason. （有理性能力的那種），明確指出是哪種動物才能算人，具有指示的功能。所以關係詞可以選擇不用 which 而借用 that 。事實上，上面這個句型常被用在各種下定義的句子中，這時候因為指示的功能明確，多半都是用 that ，例如：

Meteorology is a science that deals with the behavior
S₁ V₁ S₂ V₂

of the atmosphere.
（氣象學是處理大氣變化的科學。）

上面兩個例子如果用 which 也不算錯誤。另外有些狀況，因為指示的要求很強烈，一般都選擇用 that ，如果用 who 或 which 反而不恰當。例如：

1. Money is [the only thing] that interests him.
S₁ V₁ 先行詞 S₂ V₂

（錢是唯一能讓他感到興趣的東西。）

2. He's [the best man] that I can recommend.
S₁ V₁ 先行詞 S₂ V₂

（他是我能推薦的最佳人選。）

3. Spaceman <u>Armstrong was</u> [the first man] <u>that set</u>
   S₁   V₁   先行詞   S₂   V₂

    foot on the moon.

    （太空人阿姆斯壯是第一個踏上月球的人。）

    這幾個例子中的先行詞，都需要關係子句配合做相當明確的指示，所以關係詞都要選擇 that，用 who 或 which 並不適合。

何時不該使用 that？

    同樣的道理，如果關係子句缺乏指示的功能，就不該借用指示代名詞 that 當關係詞。

    如果關係子句沒有指示的作用，只是補充說明的性質，應該用逗點和先行詞隔開。這時逗點的功能和括弧類似。例如：

For boyfriend, <u>I'm considering</u> [your brother John], <u>who is</u> tall,
              S₁   V₁   先行詞   S₂   V₂

rich, etc.

（找男朋友，我在考慮你哥哥約翰，他個子高、收入高等等）。

    這個句子中的先行詞 your brother John 是個專有名詞，只代表一個人，聽的人聽到這個名字也已經知道是誰了，所以後面的關係子句不再具有指出是誰或是哪種人的功能。因而這個關係子句只有補充說明的功能，說明「為什麼」在考慮 John 這個對象。這種補充說明的句子應該放在括弧性的逗點後面——括弧就是用來作補充說明的。同時也就不能再借用指示代名詞 that 了，因為 that

是用來指出「哪個」或「哪種」的。文法書上把加上逗點的關係子句稱爲「非限定用法」，並且有一條規則說非限定用法的關係子句不能用 that 做關係詞，道理就在這裡。再看下面的例子：

I like [books], whatever the subject, that have illustrations.
S₁ V₁　先行詞　　　　　　　　　　　　　S₂ V₂

（我喜歡的書，不論什麼主題，是有附插圖的那種。）

關係子句 that have illustrations 雖然放在逗點後面，可是這個逗點是和前一個逗點構成一組括弧，把 whatever the subject 括在裡面，關係子句本身並不是放在括弧中作補充說明，它仍然是一個具有指示功能的子句，指出喜歡的書是哪一種，所以還是可以借用指示代名詞 that。

另外，關係子句如果是放在括弧性的逗點中作補充說明，就不再適合省略受詞位置的關係詞了。請看下例：

I like [*TIME Classic Words*], which many people like, too.
S₁ V₁　　先行詞　　　　　　　　O　　　S₂ V₂

（我喜歡《時代經典用字》，很多人都喜歡這套書。）

先行詞是個書名，聽的人已經知道是哪套書，所以後面的關係子句屬於補充說明的性質，應該放在括弧性的逗點後，關係詞 which 沒有指示功能，不能借用 that 來取代。而且，一旦打了逗點，和主要子句隔開，關係詞 which 雖然是受詞也不適合省略了。這是因爲兩個子句已斷開來，不能再共用先行詞這個重複點，所以關係子句要有自己的 which 作受詞。

先行詞的省略

　　關係代名詞與先行詞重複，有時候可以省略掉關係詞。同樣的，有時候可以選擇把先行詞省略掉。如果要省略掉先行詞，首先這個先行詞得是空的、沒有內容的字眼，像是 thing, people 等等空泛的字眼。其次，關係子句與先行詞之間不能有逗點斷開。而且，因為先行詞是名詞類，屬於重要元素，不是可有可無的修飾語，所以一旦省略掉先行詞，在關係詞的部分要有所表示。表示的方式可分成以下幾種情形。

一、 what

　　把關係代名詞改寫為 what 來表示前面省掉的先行詞。例如：

1. I have the thing.
　 S　 V　　 O

2. You need it.
　 S　 V　 O

　　這兩個句子中的 the thing 和 it 重複，建立了兩句間的關係，可以用關係子句的方式合成複句：

3. I have [the thing][that (or which)] you need.
　 S₁ V₁　 O₁（先行詞） O₂　　（關係詞）　　 S₂　 V₂

　　接下來可以有兩種變化。首先，關係代名詞（that 或 which）在關係子句中是 need 的受詞，可以省略掉，成為：

4. I have the thing you need.
   S₁ V₁   S₂ V₂

另外，先行詞 the thing 是空的字眼，也可以選擇省略它。可是句子中的 the thing 省掉以後，主要子句 I have 就缺了受詞，關係子句(that you need)也失去了它修飾的名詞，所以要修改成為：

5. I have what you need.
   S₁ V₁   S₂ V₂

（你需要的東西我有。）

把關係詞由 that 改成 what，表示前面有一個省略掉的先行詞。在句型分析時也可以說 what you need 是名詞子句，作為 have 的受詞。

二、 whoever

如果把關係詞 who 變成 whoever，表示不管先行詞是誰，那麼就可以省略掉先行詞了。例如：

1. I'll shoot any person.
   S   V   O

2. He moves.
   S   V

這兩句中的 any person 與 he 重複，可以用關係子句合成：

3. I'll shoot any person　　　 that　　　 moves.
　S₁　 V₁　 O（先行詞） S₂（關係詞）　　 V₂

　　如果要省略掉先行詞 any person，那麼關係詞首先要用 who
（代表是人），然後再改成 whoever（以取代 any）。 whoever 是
「不論是誰」，所以前面的先行詞就不必交待，可以省略成為：

4. I'll shoot whoever moves.
　S₁　 V₁　　 S₂　　 V₂

　　（誰動我就開槍打誰。）

　　whoever 表示前面省掉一個先行詞。句型分析上也可以直接把
whoever moves 看成名詞子句，作為 shoot 的受詞。

三、 whichever

　　如果是「任意選哪一個」的意思，可以用 whichever 來代表先
行詞的省略。例如：

1. You can take any car.
　 S　　 V　　　 O

2. You like it.
　 S　 V　 O

這兩句中的 any car 和 it 重複，可以用關係子句合成：

3. You can take any car　　 that　　 you like.
　 S₁　 V₁　　 O₁　　 O₂（關係詞）S₂ V₂

因為關係詞 that 在關係子句(that you like)中是受詞，可以選擇省略掉，成為：

4. <u>You can take</u>　<u>any car</u>　<u>you like</u>.
　　S₁　　V₁　　　O（先行詞）　　S₂　V₂

但是也可以選擇省略先行詞 any car 。這時關係詞 that 要改成 whichever 來表示「不論哪一個」：

5. <u>You can take whichever you like</u>.（你愛哪個就拿哪個。）
　　S₁　　V₁　　　O　　　S₂　V₂

或者也可以說：

6. <u>You can take whichever car you like</u>.
　　S₁　　V₁　　　O　　　S₂　V₂

（你愛哪輛車就拿哪輛車。）

whichever 表示省略掉先行詞。分析句型的時候也可以把 whichever (car) you like 直接視為名詞子句，作為 take 的受詞。

關係子句的位置

一般文法書都列出一條規則：關係子句要放在先行詞的後面。這是因為關係子句是形容詞類，是修飾語的性質，它修飾的對象就是先行詞位置的名詞。一般說來，修飾語與其修飾的對象應該儘量接近，以加強清楚性。可是列成規則來背，就會有違反規則的狀況出現，亦即所謂的例外。例外叢生的規則，不僅沒有

指導的功能，甚至會妨礙判斷，所以判斷關係子句的位置，應該回到原點：放在哪個位置最清楚？以此作為判斷的準則，遠勝於死背規則。例如：

1. There are two apples in <u>the basket</u>.
2. <u>The basket</u> is lying on the table.

這兩句中有 the basket 的重複關係，可以改成以關係詞來連接。形成的關係子句就直接放在先行詞的後面，成為：

3. There are two apples in <u>the basket</u> <u>which is lying on the table</u>.
　　　　　　　　　　　　　先行詞　　　　　關係子句

（桌上的籃子裡有兩個蘋果。）

這個位置夠清楚，因為關係子句中的動詞 is 是單數形，表示主詞 which 是單數，所以 which 的先行詞只能是單數的 basket，不會是 two apples。可是如果是下面這兩個句子的連接就不同了：

1. You can find <u>two apples</u> in the basket.
2. I bought <u>the apples</u>.

兩句話在 apples 上建立關係，用關係詞作成關係子句後，如果套用文法規則，把關係子句和先行詞放在一起，就會成為：

You can find <u>two apples</u> <u>which I bought</u> in the basket.（誤）
　　　　　　　先行詞　　　關係子句

這個句子就沒有把意思交待清楚。關係子句 which I bought 插到先行詞 two apples 後面，造成一個結果：地方副詞 in the basket 和它所修飾的動詞 can find 之間距離過遠，而且現在它更接近另一個動詞 bought（關係子句的動詞），所以這個句子讀起來不像是「可以在籃子裡找到我買的兩個蘋果」，反而像是「你可以找到我在籃子裡買的兩個蘋果」。這就失去原來的意思了。

如果把 in the basket 向前移，把關係子句挪後，就成爲：

You can find <u>two apples</u> in the basket <u>which I bought</u>.（誤）
　　　　　　 先行詞　　　　　　　　　 關係子句

這個句子還是有問題。因爲關係詞 which 不是主詞，看不出應該是單數還是複數，所以它的先行詞可能是 apples，也可能是更接近的 basket。也就是說，整個句子可以解釋爲「我買的兩個蘋果在籃子裡」，也可以解釋爲「兩個蘋果在我買的籃子裡」。一句話有兩種不同的解釋，就是沒有把話說清楚。

那麼，到底該怎麼說才算清楚？要避免混淆，最好的辦法是把 in the basket 這個片語移開，成爲：

3.In the basket you can find <u>two apples</u> <u>which I bought</u>.
　　　　　　　　　　　　　　　 先行詞　　　　 關係子句

（你會在籃子裡找到我買的兩個蘋果。）

這時候 in the basket 只能修飾 can find，而關係子句也只有單一的先行詞，意思才清楚。再看下面的例子：

1. A plague broke out.
（一場瘟疫爆發。）

2. It lasted 20 years.
（它延續了二十年。）

如果照規則處理，把例 2 改成關係子句，置於例 1 的先行詞之後，就成爲：

A plague which lasted 20 years broke out.（誤）
　先行詞　　　關係子句

這個句子雖不能說錯，可是顛三倒四，不合邏輯。「一場延續了二十年的瘟疫爆發了」。這就是套用文法規則而不知思考的結果。合理的說法是先說爆發，然後再說延續多久，也就是：

3. A plague broke out which lasted 20 years.
　先行詞　　　　　　　　　關係子句
（一場瘟疫爆發，延續了二十年。）

這個關係子句與先行詞雖然有距離，然而距離不遠，而且中間只有動詞相隔，沒有別的名詞來妨礙判斷先行詞的問題，所以應讓它有距離，以換取表達順序的合理性。

總之，關係子句與其他的修飾語相同，應該儘量靠近修飾的對象，這是爲了表達清楚起見。假如關係子句直接放在先行詞後面會引起誤解，就要把它移開或者進一步更動句型，不能一味硬套規則。

關係副詞

　　如果關係子句中是以副詞和主要子句中的先行詞重複，就會改寫為關係副詞。關係副詞因為是副詞類，不像關係代名詞是重要的名詞類，所以關係副詞可以比較自由省略。但是它與關係代名詞一樣，如果有括弧性的逗點隔開，就不能省略了。詳見下述。

一、when

　　關係副詞 when 就是時間副詞 then 的改寫，有連接詞的功能。請看下例：

　　1. The rain came at a time.
　　2. The farmers needed it most then.

　　這兩個句子以 a time 和 then 的重複建立關係（then 就是 at that time）。把時間副詞 then 改寫為關係副詞 when，藉以連接兩句，即成為：

　　3. The rain came (at a time) (when)the farmers needed it most.
　　　　　　　　　　先行詞　　　　　　　關係子句

　　如果認定 when 的先行詞是 a time（名詞），那麼關係子句形容這個名詞，依舊是形容詞類。這樣的詮釋比較統一，也比較單純。也就是：在省略之前，關係子句全部都是形容詞子句，所有的形容詞子句也都是關係子句，兩者間可劃等號。

談到省略，觀察例 3 當可發現：

一、at a time 和 when 都是空洞、無內容的字眼（不像 in 1964, last January 之類有明確內容的時間）；

二、at a time 和 when 重複；

三、at a time 和 when 都是可有可無的副詞類。

基於這三點觀察，at a time 和 when 應該擇一省略來避免重複，讓句子緊湊些。也就是例 3 可以省略而變成以下兩種狀況：

4. The rain came <u>when the farmers needed it most</u>.
　　　　　　　　　　關係子句

5. The rain came at a time <u>the farmers needed it most</u>.
　　　　　　　　　　　　　　關係子句

（這場雨下得正是時候，農夫們這時最需要它。）

　　一般文法書說例 4 中的關係子句(when the farmers needed it most)是副詞子句，這是把 when 視為外加的連接詞看待。這也可以講得通，但是分析得不夠透徹。因為 when 不是外加的連接詞，而是內含的關係副詞，只不過 at a time 被省略掉了，所以看不到先行詞。反之，如果選擇保留 at a time 而省略關係副詞 when，就成為例 5 的結果。例 4 和例 5 是同一個句子的不同省略方式，應該同樣解釋為關係子句比較合理。

　　下面這組句子又有不同的變化：

1. I need <u>some time</u>.

2. I can be with my daughter <u>then</u>.

這兩句由名詞的 some time 和副詞的 then（代表 at that time）產生交集而建立關係，可改寫為以關係詞 when 來連接：

3. I need <u>some time</u> <u>(when) I can be with my daughter</u>.
　　　　　先行詞　　　　　　　關係子句

本句如果要省略，仍可省去重複的關係副詞 when，成為：

4. <u>I</u> <u>need</u> <u>some time</u> <u>I can be with my daughter</u>.
　 S　 V　　 O　　　　　關係子句

（我需要點時間陪陪女兒。）

但是如果省去同樣重複的先行詞 some time 就不行了：

I <u>need</u> <u>when I can be with my daughter</u>.（誤）
S　 V　　　　關係子句

這是因為 some time 雖然沒有內容，而且重複，可是它屬於名詞類，不是可有可無的副詞類，不能隨便省略成上面這句；省略之後，及物動詞 need 沒有受詞，就是錯誤的句子。

如果說名詞類的先行詞不能隨便省略，讀者對下面這組句子的變化可能會有疑惑：

1. <u>I</u> <u>know</u> <u>the time</u>.
　 S　 V　　 O

2. He will arrive <u>then</u>.

這兩句也是由 the time 和 then 的重複建立關係，可以改寫為

關係子句，成為：

3. I know <u>the time</u> <u>(when) he will arrive</u>.
　　　　　先行詞　　　　關係子句

這個句子當然也可以省掉關係副詞 when，成為：

4. I know <u>the time</u> <u>he will arrive</u>.
　　　　　先行詞　　　關係子句

但是另一個重複元素，先行詞 the time，屬於名詞類，應該是不能省略的，可是好像省掉也沒錯。請看下例：

5. I know when he will arrive.（我知道他什麼時候會到。）

例 5 怎麼看都是正確的句子，那麼是不是表示名詞的先行詞也可以省略？如果可以的話，再前面的例子為什麼又不能省略(I need some time (when) I can be with my daughter.)？

筆者認為：名詞的先行詞不能省略！至於例 5，並不是省略名詞的結果，甚至它根本不是關係子句，而是名詞子句。這一點需要說明。

在講解名詞子句的那一章中曾提到，名詞子句有兩種：

一、一個直述句外加連接詞 that 所構成，表示 that thing（那件事）。例如：

He <u>said</u> <u>(that) he would call</u>. （他說過要打電話來。）
  S   V   O（名詞子句）

二、由疑問詞引導的疑問句改造而成，表示 a question（一個
　　問題）。例如：

He <u>asked</u> <u>how much it was</u>. （他問它多少錢。）
  S   V   O（名詞子句）

　　這個例子中的名詞子句就是由疑問句 How much is it?改造而
成。
　　在此稍為補充一下，還有一種名詞子句，是由 Yes/No
questions，也就是由不具疑問詞的疑問句改造而成。例如：

Will the stock go up?（這支股票會不會漲？）

　　這個疑問句沒有疑問詞，要如何改造成名詞子句？只加 that
是不成的。首先要把它改寫為：

Either the stock will go up or it will not.

　　然後就可以製造名詞子句了。請看下例：

No one <u>knows</u> <u>whether the stock will go up (or not)</u>.
  S   V   O（名詞子句）
（沒有人知道這支股票會不會漲。）

這個句子原本是 No one knows the question.，而 the question 就是 Will the stock go up? 這個 Yes/No question 。先改成 either...or 的構造，再與表示「何者」的 which 合併，就成了 whether 。這就是 Yes/No questions 改成名詞子句的作法。

現在再回來看看剛才那個有疑問的句子。如果說：

I know the time he will arrive.
S　V　　O　　　關係子句

那麼 he will arrive 是關係子句，前面省掉關係副詞 when ，用來形容先行詞 the time 。因為 the time 是名詞類，它不可以省略！讀者看到這一句：

I know when he will arrive.

它並不是關係子句省掉 the time ，因為名詞的先行詞不能就這樣省略掉。而是下面的變化：

1. I know the question.
S　V　　O

2. When will he arrive?
　疑問詞

由此變成：

3. I know when he will arrive.
S　V　　O（名詞子句）

這是由疑問句改造而成的名詞子句，與關係子句無關，並不是 the time 的省略。 when 是疑問詞，不是關係詞。

二、where

關係副詞 where 就是地方副詞 there 的改寫，它的變化與 when 大同小異，故不贅述，只看看幾個例句：

1. The car stopped at <u>a place</u>.

2. Three roads met <u>there</u>.

→(A) The car stopped (at <u>a place</u>) <u>(where) three roads met</u>.
　　　　　　　　　　　先行詞　　　　　　　關係子句

（車子在三叉路口停了下來。）

(A) 中的 at a place 和 where 都是副詞類，應該擇一省略以更為簡潔。可是下例則不同：

<u>The Johnsons</u> <u>have</u>　<u>a place</u>
　　　　S　　　　　V　　　O（先行詞）

<u>(where) they can get away from other people</u>.
　　　　　　　關係子句

（詹森一家有個地方可以躲開人群。）

這個句子中的 where 是副詞類，省掉無妨，可是省掉名詞類的 a place 就會產生錯誤，讀者可自行觀察。至於下面這個句子就要視為疑問句的名詞子句，而非關係子句的省略：

Please <u>tell</u> <u>me</u> <u>where you were last night</u>.
　　　　V　O　　　O（名詞子句）

（請告訴我昨晚你人在何處。）

名詞子句由 Where were you last night? 改造而來。

關係副詞另外還有兩個：由 so 改寫的 how 與由 for a reason 改成的 why。它們的變化也沒什麼特殊之處，只要注意關係子句與名詞子句的差別即可。例如：

1. Can you show me <u>the way</u>?
2. You pulled off that trick <u>in that way</u> (=so).
→(A) Can you show me <u>the way</u> (how) <u>you pulled off that trick</u>?
　　　　　　　　　　　　　先行詞　　　　　　　關係子句

（能不能教我你那套把戲是怎麼變的？）

(A) 中的關係副詞 how 應省略掉比較精簡，但是名詞類的 the way 不能省略。所以：

Can <u>you</u> <u>show</u> <u>me</u> <u>how you pulled off that trick</u>?
　　S　　V　　O　　　　O（名詞子句）

這句中的 how...子句應視為 How did you pull off that trick? 這個疑問句改造成的名詞子句。how 是疑問詞，而不是關係詞。又如：

1. I've forgotten <u>the reason</u>.

2. I called <u>for a reason</u>.

→(A) I've forgotten <u>the reason</u> <u>(why) I called</u>.
　　　　　　　　　先行詞　　　　關係子句

（我忘了我爲什麼打這通電話。）

同樣的，副詞類的 why 省略爲佳，名詞類的 the reason 則不宜省略，所以：

<u>I've forgotten</u> <u>why I called</u>.
S　　　　V　　　　O（名詞子句）

這句中的 why I called 應視爲由 Why did I call? 改造而成的名詞子句。

有逗點隔開的關係子句

關係副詞引導的關係子句，如果要用逗點與主要子句隔開，原因與關係代名詞時的情形完全相同：將逗點視爲一組括弧，括弧中的關係子句爲補充說明的功能，失去了指示的功能。所以關係副詞不能用指示代名詞 that 來替代，同時也不能夠省略。請看下例：

1. Shakespeare was born in <u>1564</u>.

2. Queen Elizabeth I was on the throne <u>then</u>.

例 2 的 then 和例 1 的 1564 重複，建立關係，改寫成關係詞

when。然後，因為先行詞 1564 是一個明確的年代，不是模糊的時間（像 a time 等），所以只能補充說明那一年有什麼特別的事情，而不是進一步指出時間。這種性質的先行詞，後面要用括弧性的逗點把關係子句括起來，成為：

3. Shakespeare was born in 1564,
                           先行詞

    when Queen Elizabeth I was on the throne.
                關係子句

（莎士比亞出生於一五六四年，當時伊莉莎白女王一世在位。）

再看下例：

1. The best museum in Taiwan is the Palace Museum.
2. You can see our national treasures there.

故宮博物院是個明確的地名，已無法進一步指認，所以關係子句要用括弧性的逗點隔開，當作補充說明，成為：

3. The best museum in Taiwan is the Palace Museum,
                                  先行詞

    where you can see our national treasures.
            關係子句

（台灣最好的博物館是故宮，那裡可以看到我們的國寶。）

當然，這裡的 where 不能夠省略，因為括弧與正文切斷開來，

不能借用，括弧中要重新做完整的交待。

Wh-ever 與副詞子句

　　wh-ever 解釋為 no matter wh-，是表示讓步、條件的語氣，它的功能相當於副詞子句的連接詞，引導的就是副詞子句。例如：

Whenever (=No matter when) he gets upset, he turns on the radio.
（只要他心情不好，就會打開收音機。）

　　這個句子中 whenever 當作 no matter when（不論何時）來解釋，是一種表讓步或條件的語氣，和 if 的語氣近似。它引導的子句就當副詞子句看待，也就是直接附加在主要子句上，修飾其動詞 turns on。另外，wherever, however 等由關係副詞變出來的連接詞，同樣都分別解釋為 no matter where, no matter how，後面引導的也都是副詞子句。可是由關係代名詞變出來的 whoever, whatever 與 whichever 的變化就比較複雜，請看下例：

Whoever (=No matter who) stole the money, it can't be John.
（不論錢是誰偷的，總之不會是約翰。）

　　這個 whoever 當作 no matter who（不論誰）來用，仍是讓步的語氣，所以引導的子句還是作副詞子句詮釋，直接附在主要子句上。下面這個例子就不同了：

I'll fire <u>whoever (= anyone that) stole the money</u>.
S   V   O（關係子句省略先行詞，成為名詞子句）

（偷錢的人我一定開除。）

　　這個句子中的 whoever 不能解釋爲 no matter who，因爲這樣一來後面的子句成了副詞子句，那麼動詞 fire 就沒有受詞了。whoever 應該解釋爲 anyone that，這樣 fire 才有受詞(anyone)。這種區分在 whatever, whichever 這兩個關係代名詞也要注意，試比較下面句子：

1. <u>Whatever (= No matter what) he may say</u>,
（副詞子句）

<u>I</u> <u>won't change</u> <u>my mind</u>.
S   V   O

（不管他會怎麼説，我主意已定。）

2. <u>Whatever (=Anything that) he may say</u> won't be <u>true</u>.
S（關係子句省略先行詞成為名詞子句）   V   C

（他再説什麼都是騙人的。）

再看看 whichever：

1. <u>Whichever (= No matter which) way you go</u>, <u>I</u>'<u>ll follow</u>.
（副詞子句）   S   V

（不論你走哪條路，我都跟定你了。）

2. <u>Whichever way (= Any way that) you go</u> <u>is</u> <u>fine</u> with me.
S（關係子句省略先行詞成為名詞子句）   V   C

（無論你走哪條路，我都樂意奉陪。）

在此可以歸納一下： wh-ever 的構造，如果解釋爲 no matter wh-，近似讓步、條件的語氣，其後的子句要當副詞子句解釋，直接附在主要子句上作修飾語。但是如果解釋爲 anyone/anything that，就是關係子句省略掉先行詞，後面的子句因而要當名詞子句解釋，在主要子句中扮演主詞、受詞…等的名詞角色。

結語

隨著關係子句的結束，本書也已處理完名詞子句、形容詞子句、副詞子句等所有的從屬子句，也就是介紹完了複句結構。下一章開始要處理合句(Compound Sentence)，亦即對等子句。對等子句本身的觀念不難，但變化仍然很多，尤其是牽涉到省略時，寫起來很容易出錯，是寫作必須克服的一關。世界最難的文法測驗—— GMAT 文法修辭——在這方面的題目就相當多。這是我們下一章要探討的範圍。現在先做一做關係子句的練習題，回憶一下本章的要點。

Test.........14

請選出最適當的答案填入空格內，以使句子完整。

1. Not long ago I wrote a letter to a friend, ___ almost got us into a quarrel.
   (A) whom
   (B) where
   (C) which
   (D) what

2. England, ___ is justly proud of her poets, is today ranked behind the continent in poetic achievement.
   (A) which
   (B) that
   (C) where
   (D) whom

3. You are the only friend ___ he will listen to at all.
   (A) where
   (B) whom
   (C) which
   (D) that

4. Choose the correct sentence:
   (A) I have bought a book, the cover of which bears a picture of The Hague.
   (B) I have bought a book; the cover of which bears a picture of The Hague.
   (C) I have bought a book, the cover of which, bears a picture of The Hague.
   (D) I have bought a book, of which bears a picture of The Hague.

5. This is the one encyclopedia upon ___ I can depend.
   (A) that
   (B) which
   (C) what
   (D) it

6. ___ likes good food and cheerful service would like the Regent Hotel.
   (A) Who that
   (B) Someone
   (C) Whoever
   (D) Who

7. This custom, ___, is slowly disappearing.
   (A) of many centuries ago origin
   (B) which originated many centuries ago
   (C) with many centuries origin

8. I find it very unfair when ___ I do is considered mediocre or a failure. I can be depressed for days because of ___ happens.
   I. (A) that
       (B) those
       (C) which
       (D) what
   II. (A) who
       (B) what
       (C) that
       (D) where

9. ___ is elected President, corruption won't cease.
   (A) Whatever
   (B) Who
   (C) How
   (D) Whoever

10. Neither success nor money, to me at least, is the criterion ___ we are to be judged.
    (A) which
    (B) to which
    (C) under which
    (D) since which

11. I'm afraid I'd never be able to see Jane again, ___ very much.
    (A) that I love
    (B) I love
    (C) I love her
    (D) whom I love

12. Didn't you know that all ___ is not gold?
    (A) which glitters
    (B) glitters
    (C) who glitters
    (D) that glitters

13. I have a present for ___ his hand first.
    (A) whoever raises
    (B) whomever raises
    (C) anyone raises
    (D) whoever that raises

14. Boys ___ in the dorm make a lot of friends.
    (A) who live
    (B) who lives
    (C) live
    (D) that living

15. The final decision will be up to ___ everyone trusts.
    (A) Judge Clemens, whom
    (B) Judge Clemens, who
    (C) Judge Clemens whom
    (D) Judge Clemens who

16. ___ he has in his pocket, it's not a gun.
    (A) What
    (B) Whatever
    (C) When
    (D) How

17. Abandoned flower pots are ___.
    (A) where do mosquitoes thrive
    (B) mosquitoes thrive there
    (C) where mosquitoes thrive
    (D) what mosquitoes thrive

18. The author wrote his first novel ___ he was working as a hotel clerk.
    (A) which
    (B) during
    (C) what
    (D) while

19. ___ held upside down, the fire extinguisher begins to spray bubbles.
    (A) When it is
    (B) When they are
    (C) Whenever they are
    (D) During it is

20. I need to know ___ the library is open.
    (A) that
    (B) when
    (C) which
    (D) if it

Answer Key 14

1. (C)

這個位置要能作 got 的主詞，又要作連接詞，因而是關係代名詞（A, C 或 D）。其中 A 是受格不行，D 又需省去先行詞，所以只剩 C 的 which，表示「寫信這件事」或「這封信」險些引起爭吵。

2. (A)

空格中是 is 的主詞（A 或 B），而在括弧性的逗點中不應用指示性的 that，故選 A。

3. (D)

先行詞是 the only friend，有明顯的指示功能，故關係詞應用 that。

4. (A)

B 錯在以分號區分關係子句和先行詞，C 錯在以逗點分隔主詞 the cover of which 和動詞 bears，D 錯在用介系詞片語 of which 作主詞。

5. (B)

雖然先行詞 the one encyclopedia 也有明顯的指示功能，但關係詞出現在介系詞後面（在此為 upon）時就不能借用 that，所以選 B。

6. (C)

空格前面沒有先行詞，因而要選 whoever 這個省略先行詞的關係詞。

7. (B)

　　A 和 C 都在名詞 origin 前面加上了片語（many centuries ago 和 many centuries）來修飾，可是名詞前面只能用單字的形容詞來修飾，所以錯誤。B 是正確的形容詞子句。

8. Ⅰ.(D)　Ⅱ(B)

　　兩個位置都省掉了先行詞，所以只能選擇 what。

9. (D)

　　空格前無先行詞，只能選 A 或 D。而「當選總統」者應為「人」，故選 D。

10. (C)

　　關係子句可還原為 We are to be judged under the criterion.（我們應以此標準來被衡量。），因而改成關係子句要用 under which。

11. (D)

　　空格以下原來是這一句：I love Jane very much.，改成關係子句即為 whom I love very much。因為關係子句前面有逗點，所以 whom 不能省略。

12. (D)

　　All that glitters is not gold.（會發亮的並不都是金子。），這是一句格言。關係子句 that glitters 之中的關係詞應用 that，因為先行詞 all 表示「全部」，是一個指示明確的範圍，所以要用 that 來取代 which。

13. (A)

whoever 這種關係詞不需要先行詞，功能相當於 anyone that。因為要作動詞 raises 的主詞，所以要用主格 whoever。

14. (A)

who live in the dorm 是形容詞子句，主詞 who 代表先行詞 boys，是複數，所以動詞 live 不加 -s。

15. (A)

Judge Clemens 是專有名詞，作為先行詞時要用逗點隔開來，因為這種關係子句不能有指示性。逗點後面的關係詞應用受格的 whom，因為作 trusts 的受詞使用。

16. (B)

whatever 一字作為 no matter what 解釋時，是表示讓步的語氣，後面引導的子句應作為表示讓步的副詞子句解釋。

17. (C)

本句可還原為：Abandoned flower pots are places where mosquitoes thrive.（棄置的花盆是蚊蟲孳生的地方。）省略掉 places 之後就是 C 的答案。

18. (D)

空格後面是表示時間的副詞子句，while 即是副詞子句連接詞。

19. (A)

後面的 fire extinguisher（滅火器）是單數，所以代名詞要用單數 it。子句 it is held... 需要連接詞，故選 A。D 的 during 是介系詞。

20. (B)

從文法要求來看，A 和 B 都對。A 表示「圖書館有開這件事」，B 則是由疑問句變來，表示「圖書館什麼時候開」，兩者都是正確的名詞子句。不過 B 的問題比較能配合上文 I need to know... 的語意。

第十五章

對等連接詞與對等子句

　　對等連接詞（主要是 and, or 與 but 三個）用來連接句子中兩個對等的部分（單字或片語），也可以連接兩個對等的子句。所謂對等，指的是結構與內容兩方面都要對稱，而且對得愈工整愈好。這個要求很容易理解，但是在寫作時卻常常被忽略而產生錯誤或不佳的句子。尤其是在有主、從關係的複句中，或者是減化子句中，若再出現對等連接詞，稍有不慎就會出錯。以「相關字組」(correlatives)出現的對等連接詞（如 not... but; not only... but also; both... and; either... or 等等）也很容易造成錯誤。再者，對等連接詞所連接的對等子句中常會為了避免重複而進行省略，這又是一個容易出錯的地方。所以，對等連接詞本身固然很單純，但它在句中的運用卻是變化萬千。全世界最難的文法考試——GMAT（美國管理研究所入學測驗）的文法修辭(Sentence Correction)部分，有關對等連接詞的題目就占了不小的比例。

　　以下不再贅述簡單的觀念，直接提供十二則例子來說明對等

連接詞與對等子句需注意的地方。這些例子部分模仿 GMAT 考題的型態,每一句中都有一部分畫了底線,其中包含對等連接詞使用不當所造成的錯誤。讀者可以自我測驗一下:先找找看錯在哪裡,試著改改看,然後再看後面的說明以及建議的改法。這些例句的性質相當接近 GMAT 考題,句型結構多半較長,也比較複雜,其中包含了本書下一篇才會講解的「減化子句」。如果讀者一時無法全部了解,或是不知如何修改,可以先看一下翻譯再嘗試改改看。

1 The Yangtze River, the most vital source of irrigation water across the width of China <u>and important as a transportation conduit as well</u>, has nurtured the Chinese civilization for millennia.(誤)
(揚子江是橫貫中國最重要的灌溉水源,同時也是重要的交通管道,數千年來孕育著中華文化。)

主要子句的基本句型是:

<u>The Yangtze River</u> <u>has nurtured</u> <u>the Chinese civilization</u>.
　　　　S　　　　　　　V　　　　　　　　　　O

　　主詞與動詞中間的兩個逗點當一對括弧來看,括弧中放的是主詞 The Yangtze River 的同位格(就是形容詞子句減化,省略 which is 的結果。詳情將於「減化子句」單元中介紹)。這個句子就錯在對等連接詞 and 連接的兩個部分在結構上並不對稱:左邊

的 the most vital source 是名詞片語，右邊的 important 卻是形容詞，詞類不同，不適合以對等連接詞 and 連接。底線部分的改法不只一種，但是最簡單的改法就是把右邊的詞類改為名詞類以符合對稱的要求，故應修正為：

The Yangtze River, the most vital source of irrigation water across the width of China <u>and an important transportation conduit</u>, has nurtured the Chinese civilization for millennia.（正）

2 Scientists believe that hibernation is triggered <u>by decreasing environmental temperatures, food shortage, shorter periods of daylight, and by hormonal activity</u>.（誤）
（科學家認為引發冬眠的因素包括氣溫下降、食物短缺、白晝縮短以及荷爾蒙作用。）

句中畫底線的部分是以 by A, B, C and by D 的結構來修飾受詞子句中的動詞 is triggered。由內容來看 A, B, C, D 是平行的（都是引發冬眠的因素），應該以對等的方式來處理。可是原句的處理方式中，by A, B, C 之間缺乏連接詞，而 and 只能連接兩個 by 引導的介系詞片語(by this and by that)，因此原句的結構有文法上的問題。最佳的修改方式是把 A, B, C, D 四項平行的因素並列，以連接詞 and 串連，共同置於單一的介系詞之後成為 by A, B, C and D 的結構，故應修正為：

對等子句

Scientists believe that hibernation is triggered by decreasing environmental temperatures, food shortage, shorter periods of daylight, and hormonal activity. （正）

3 Smoking by pregnant women may slow the growth and generally harm the fetus. （誤）
（孕婦吸菸可能妨礙胚胎發育，對胚胎造成一般性的傷害。）

這個句子可視爲以下的對等子句的省略：

Smoking by pregnant women may slow the growth of the fetus,
　　　S₁　　　　　　　　　V₁　　　　　　O₁

and it may generally harm the fetus.
　　S₂　　　　V₂　　　　O₂

　　這兩個對等子句的主詞 smoking by pregnant women 相同，受詞 the fetus 也相同。對等子句省略的原則就是，相對應位置如果是重複的元素就可以省略。這是因爲對等子句有相當嚴格的對稱要求，即使省略掉重複的元素依然能表達清楚。不過在上面這個句子中，兩個受詞扮演的角色不同：在前面的對等子句以 fetus 爲介系詞 of 的受詞；在後面的對等子句則以 fetus 爲動詞 harm 的受詞。所以固然可以省略前面的受詞 fetus，但是介系詞 of 卻不能省略。故應修正爲：

Smoking by pregnant women may slow the growth of and generally harm the fetus. （正）

④ Rapid advances in computer technology have enhanced <u>the speed of calculation, the quality of graphics, the fun with computer games, and have lowered prices</u>.（誤）

（電腦技術的快速進展提升了計算的速度、圖形的品質、電腦遊戲的樂趣，也降低了價格。）

　　這個句子以 speed, quality 和 fun 三者為動詞 have enhanced 的受詞，三者在內容與結構上都是對等的，可是卻沒有對等連接詞來連接，反而在後面加上 and 和 have lowered prices 連在一起，成為 A, B, C and D 的結構，其中 A, B, C 都是名詞片語，D 卻是動詞片語，這就犯了結構上不對稱的毛病。內容上來說，A, B, C 是所增加的三樣東西，D 則是降低的東西，所以四者的內容也不對稱，不適合並列。修改方法可以把前面三個名詞片語用 A, B and C 的方式連接，第四項「降低價格」這項不對稱的元素則不必對等，而以從屬子句減化（詳見以後章節）的方式來處理，成為：

Rapid advances in computer technology have enhanced <u>the speed of calculation, the quality of graphics and the fun with computer games while lowering prices</u>.（正）

⑤ Population density is very low in Canada, <u>the largest country in the Western Hemisphere and it is the second largest in the whole world</u>.（誤）

（加拿大人口密度很低，它是西半球最大的國家，也是世界第二大國。）

這個句子中，the largest country in the Western Hemisphere 是形容詞子句省略掉 which is 之後留下的名詞補語，也就是所謂的同位格（作為 Canada 的同位格），置於對等連接詞 and 的左邊。但是連接詞右邊的 it is the second largest in the whole world 在意涵上雖然和左邊對稱，可是卻是主要子句的結構，所以結構上並不對稱。對等連接詞的要求就是在意涵上、結構上都要儘量對稱，所以可將 it is the second largest in the whole world 也改為名詞片語以求結構對稱工整，成為：

Population density is very low in Canada, the largest country in the Western Hemisphere and the second largest in the whole world.（正）

⑥ Once the safety concerns over the new production procedure were removed and <u>with its superiority to the old one being</u> proved, there was nothing to stop the factory from switching over.（誤）
（一旦排除新的生產程序安全方面的顧慮，也證明它比舊的生產程序更好，這家工廠就沒有理由不作改變了。）

對等連接詞 and 出現在底線之前。它的左邊是一個從屬子句，右邊卻是介系詞片語，造成結構上的不對稱。可以先把它還原為對等子句，成為：

The safety concerns over the new production procedure
S₁

were removed and its superiority to the old one was proved.
V₁   S₂   V₂

這兩個對等子句中，主詞部分並不相同，動詞部分是兩個不同動詞的被動態，只有 be 動詞是重複的元素，所以只能省略一個 be 動詞，成為：

The safety concerns over the new production procedure were removed and its superiority to the old one proved.

這個省略後的對等子句前面加上 once（一旦）就成為表示條件的副詞子句，若再附於主要子句之上，就成為符合對稱要求的子句：

Once the safety concerns over the new production procedure were removed and its superiority to the old one proved, there was nothing to stop the factory from switching over. （正）

7 Worker bees in a honeybee hive assume various tasks, such as guarding the entrance, serving as sentinel and to sound a warning at the slightest threat, and exploring outside the nest for areas rich in flowers and, consequently, nectar. （誤）
（蜂窩中的工蜂擔負各種任務，包括守衛入口、站哨兵並在威脅來臨時發出警訊，以及到巢外尋找富有花朵及花蜜的地區。）

句子中在 such as 之後列舉工蜂擔負的任務，基本上是 A, B and C 的結構，其中 B（畫底線部分）又可以分成 B₁ 與 B₂——站哨兵並發出警訊。這兩個動作是一體的兩面，選擇用對等的 and 來連接本來十分恰當，只是所連接的兩部分 serving as sentinel 與 to sound a warning 在結構上一是動名詞，一是不定詞，並不對稱。再看看 A(guarding the entrance)與 C(exploring outside the nest)，都是動名詞，所以 B₁ 和 B₂ 也應使用動名詞才能對稱，於是改為：

> Worker bees in a honeybee hive assume various tasks, such as guarding the entrance, <u>serving as sentinel and sounding a warning at the slightest threat</u>, and exploring outside the nest for areas rich in flowers and, consequently, nectar. （正）

8 Shi Huangdi of the Qin dynasty built the Great Wall of China in the 3rd century BC, a gigantic construction that meanders from Gansu province in the west through 2,400 km to the Yellow Sea in the east and <u>ranging</u> from 4 to 12 m in width.（誤）
（秦始皇在西元前第三世紀修築了長城，這是巨大的建築，從西端的甘肅蜿蜒兩千四百公里到東端的黃海，寬度由四米至十二米不等。）

句中的 a gigantic construction 是 the Great Wall 的同位格，後面用 that meanders... 的形容詞子句來修飾。對等連接詞 and 的右邊（底線部分）是 ranging，可是左邊卻找不到 Ving 的結構可以

與它對稱。從意思上來看，右邊是講厚度，左邊講長度的部分只有形容詞子句的動詞 meanders 可能與 ranging 對稱，所以把 ranging 改成動詞 ranges 以求對稱，成為：

> Shi Huangdi of the Qin dynasty built the Great Wall of China in the 3rd century BC, a gigantic construction that meanders from Gansu province in the west through 2,400 km to the Yellow Sea in the east and <u>ranges</u> from 4 to 12 m in width.（正）

9 The large number of sizable orders suggests that factory operations are thriving, <u>but that the low-tech nature of the processing indicates that</u> profit margins will not be as high as might be expected.（誤）
（從許多巨額訂單來看，工廠的營運暢旺，可是加工程序屬於低科技，顯示利潤幅度可能不像預期那麼高。）

對等連接詞 but 右邊是 that 引導的名詞子句，只能與左邊的 that factory operations are thriving 對稱。但是如此解釋出來的句意不通。仔細對比 but 的左右邊，發現意思上是另一種形式的對稱：

A. <u>The large number</u> of sizable orders <u>suggests</u> <u>something good</u>.
     S   V   O

B. <u>The low-tech nature</u> of the processing <u>indicates</u>
     S   V

<u>something bad</u>.
 O

這兩句在形式與意思上都很對稱。其中受詞部分的 something good 與 something bad 分別以一個 that 引導的名詞子句來表示。看出這層對稱關係之後就可以明白：but 的右邊應該與左邊的主要子句對稱，兩句都是主要子句，不應以從屬連接詞 that 來引導，所以把 but 右邊的 that 拿掉，成為：

> The large number of sizable orders suggests that factory operations are thriving, but the low-tech nature of the processing indicates that profit margins will not be as high as might be expected.（正）

🔟 Not only is China the world's most populous state but also the largest market in the 21st century.（誤）
（中國不僅是世界人口最多的國家，也是二十一世紀最大的市場。）

像 not only... but also 之類以相關字組(correlatives)出現的對等連接詞，在對稱方面的要求更為嚴格：not only 與 but 之間所夾的部分要和 but 右邊對稱。原句中把 not only 移到句首成倒裝句，造成的結果是它與 but 之間夾著一個完整的子句。因此 but 的右邊只有名詞片語 the largest market... 就不對稱，應該改為完整的子句，成為：

> Not only is China the world's most populous state but it is also the largest market in the 21st century.（正）

注意 also 的位置不一定要和 but 放在一起。 also 和 only 一樣有強調(focusing)的功能。 Not only 修飾動詞 is，與其對稱之下 also 也和 be 動詞放在一起才好，所以右邊是 but it is also 而不是 but also it is ...。

⓫ New radio stations <u>are either overly partisan, resulting in lopsided propaganda, or avoid politics completely</u>, shirking the media's responsibility as a public watchdog.（誤）
（新成立的廣播電台要不是黨派色彩過於鮮明，造成一面倒的宣傳，就是完全避談政治，推卸了媒體作為大眾看門狗的責任。）

相關字組 either...or 之間所夾的部分也要與 or 右邊對稱。原句中左邊是形容詞 partisan，右邊卻是動詞 avoid，無法對稱（兩個減化子句 resulting...與 shirking... 在此先不討論）。可將兩邊都改為形容詞，成為：

New radio stations <u>are either overly partisan, resulting in lopsided propaganda, or completely apolitical</u>, shirking the media's responsibility as a public watchdog.（正）

或者兩邊都用動詞，成為：

New radio stations either take an overly partisan stance, resulting in lopsided propaganda, or avoid politics completely, **thus shirking** the media's responsibility as a public watchdog.（正）

⑫ Many modern-day scientists are not atheists, to whom there is no such thing as God; <u>rather</u> agnostics, who refrain from conjecturing about the existence of God, much less His properties.（誤）

（許多當代科學家並非無神論者，即不相信有神存在，而是不可知論者，即不願妄加臆測神的存在與否，更不願推斷神的屬性。）

這一句應該是以 not A but B 的相關字組來連接兩個名詞 atheists 和 agnostics，後面分別附上一個形容詞子句。但是原句中卻選擇用分號（；）和副詞 rather 來連接。分號可以取代連接詞來連接兩個子句，例如：

He's not an atheist; rather, he believes in agnosticism.
（他不是無神論者，而是信奉不可知論。）

可是分號不能取代對等連接詞來連接名詞片語，更不能取代 not... but 的相關字組，所以將相關字組還原成為：

Many modern-day scientists are not atheists, to whom there is no such thing as God, but agnostics, who refrain from conjecturing about the existence of God, much less His properties. （正）

Test 15

請選出最適當的答案填入空格內，以使句子完整。

1. Gold not only looks beautiful ___ lasts forever.
   (A) and
   (B) nevertheless
   (C) but also
   (D) besides

2. ___ to militarism nor the imposition of a totalitarianism could long guarantee Sparta victory in war.
   (A) The devotion is neither
   (B) Neither is the devotion
   (C) The devotion, neither
   (D) Neither the devotion

3. Democracy is not the ideal political institution, ___ it is an optimal one.
   (A) where
   (B) and
   (C) so
   (D) but

4. War is destructive, wasteful, and ___.
   (A) ultimately futile
   (B) an ultimately futile exercise
   (C) it is ultimately futile
   (D) ultimate futility

5. To succeed in this business, you must be either talented ___ hard working.
   (A) or be
   (B) or
   (C) nor
   (D) and

6. Not only is fruit cheap in Thailand ___.
   (A) but it also comes in many varieties
   (B) but also in many varieties
   (C) but also comes in many varieties
   (D) and also various

7. Oil painting began with the Flemish artists, ___ watercolor has been around since ancient cavemen first dug out colored earth from the ground and mixed it with water.
   (A) so
   (B) and
   (C) or
   (D) but

8. Her boyfriend is tall, handsome, and ___.
   (A) intelligence
   (B) intelligent
   (C) intelligently
   (D) he is intelligent

9. They plan to shop the whole afternoon and ___ the evening through.
   (A) dance
   (B) dancing
   (C) have danced
   (D) will dancing

10. Not only ___ but he also drinks heavily.
    (A) he smokes a lot
    (B) he does smoke a lot
    (C) does he smoke a lot
    (D) does smoke a lot

11. The origin of "go" and ___ was in ancient China.
    (A) the place of its development
    (B) it was developed
    (C) it was developed which
    (D) the development was there

12. Hawaii is famous for its spectacular volcanoes, friendly people, and ___.
    (A) pleasant
    (B) to have pleasant beaches
    (C) its beaches are pleasant
    (D) pleasant beaches

13. When the eye of a typhoon passes through, the air is still, the humidity high, ___ low.
    (A) with air pressure
    (B) air pressure being
    (C) that the air pressure is
    (D) and the air pressure

14. A password consisting of both letters and numerals cannot be easily guessed, ___ be easily cracked by a decoding expert.
    (A) nor can it
    (B) and cannot it
    (C) nor it cannot
    (D) it cannot

15. The police detective tried to find clues by ___ and repeatedly questioning the suspect.
    (A) careful
    (B) carefully
    (C) he is careful
    (D) to be careful

16. Meteorological satellites help make weather forecasts more accurate and ___.
    (A) more reliably
    (B) more reliability
    (C) more reliable
    (D) it is reliable

17. Controlling the way you spend money is often a more effective way to meet a budget than ___.
    (A) try to make more money
    (B) you try to make more money
    (C) trying to make more money
    (D) you are trying to make more money

18. Allowing children to make small decisions for themselves may contribute to harmony, efficiency and ___.
    (A) happiness
    (B) they are happy
    (C) happily
    (D) to happy

19. Contrary to common belief,
the pencil uses ___ .
(A) lead nor graphite
(B) but lead not graphite
(C) not lead but graphite
(D) graphite but lead

20. Dr. Sun Yat-Sen is
remembered by Chinese ___
the Ching Dynasty but also
for laying down the
foundations for a new China.
(A) not only overthrew
(B) only not overthrew
(C) not only for overthrowing
(D) for not only overthrowing

Answer Key 15

1. (C)

   not only 必須有 but also 配合使用。

2. (D)

   neither...nor 之間要求對稱。 nor 的右邊是名詞片語 the imposition of a totalitarianism（強加以集權統治），最符合對稱要求的是 D 中的名詞片語 the devotion to militarism（奉獻於軍國主義）。

3. (D)

   上文有 not，可看出下文要有 but，來表示：「並非前者，而是後者」。

4. (A)

   對等連接詞 and 要求對稱。它前面的 destructive 和 wasteful 都是形容詞，所以後面也要選形容詞（futile 是「徒勞的」）。

5. (B)

   either 要和 or 配合使用，而且要求對稱。

6. (A)

   not only 要與 but also 配合使用，而且要求對稱。 Not only 後面是一個倒裝的子句，所以 but 後面也要選子句的構造，故選 A。

7. (D)

   空格前後分別是一個完整的句子，這兩句話的內容有相反之處，所以要選表示相反的對等連接詞 but。

8. (B)

對等連接詞 and 要求對稱。tall, handsome 和 intelligent 都是
形容詞,可以對稱。

9. (A)

and 右邊用原形動詞 dance 和左邊的原形動詞 shop 對稱。

10. (C)

Not only 移至句首時要用倒裝句型。

11. (A)

and 左邊是名詞 the origin,右邊也要求名詞來對稱,故選
A。go 指「圍棋」,源自日文。

12. (D)

同樣是著眼於對稱要求。只有 D 的 pleasant beaches 可以和
and 左邊的 spectacular volcanoes 和 friendly people 對稱。

13. (D)

未省略前是 the air is still, the humidity is high, and the air pressure
is low 這三個以 and 連接的對等子句,省略掉重複的 be 動詞
之後即得出 D。

14. (A)

nor 置於句首時要用倒裝句型。

15. (B)

and 的右邊有副詞 repeatedly,因而左邊選副詞 carefully 來對
稱。

16. (C)

形容詞 more reliable 可和形容詞 more accurate 對稱。

17. (C)

比較級也要求對稱。比較的一方是動名詞片語 controlling the way...，所以在 than 後面與它比較的另一方應選 C，trying to... 也是動名詞片語。

18. (A)

因為對等連接詞 and 的要求，所以選名詞 happiness 來和名詞 harmony, efficiency 對稱。

19. (C)

not... but 表示「非前者，是後者」。鉛筆用的不是鉛，是石墨。

20. (C)

下文有 but also for...，所以空格中要選 not only for... 來配合。

第三篇　高級句型——

減化子句

倒裝句

第十六章

從屬子句減化的通則

減化子句

　　英文文法以句子為研究對象。英文句型有結構較單純的單句與結構較複雜的複句、合句之分,在前面已分別探討過。單句的結構比較單純,只有五種基本句型的變化。作文中若只用單句,除了風格不夠成熟外,表達力亦嫌薄弱。間雜複句、合句於文中,則有助於表達較為複雜的觀念,亦可豐富句型的變化,使風格趨於成熟。

　　然而,複句、合句包含兩個以上的子句,其間往往有重複的元素,因而有進一步精簡的空間。若剔除重複或空洞的元素,讓複句、合句更加精簡,又不失清楚,這就是減化子句。如果說單句是初級句型,複句、合句是中級句型,那麼精簡的減化子句就是高級句型。這種句型可以濃縮若干句子的意思於一句,同時符合修辭學對清楚與簡潔的要求,是講究修辭的 TIME 大量使用的句型。

合句的減化方式是刪除對等子句間相對應位置（主詞與主詞、動詞與動詞等等）重複的部分，第十五章已經以例句的方式介紹過其減化方法。複句的減化包括名詞子句、形容詞子句、副詞子句三種的減化。一般文法書稱這三種從屬子句的減化為「非限定子句」(Nonfinite Clauses)，並稱其中的 Ving（動名詞或現在分詞）、Ven（過去分詞）與 to V（不定詞）為「非限定動詞」(Nonfinite Verbs)。

為何不稱「非限定子句」？

讀者可能會感到奇怪，為何本書不沿用行之有年的「非限定子句」觀念，而要提出新的「減化子句」(Reduced Clauses)概念，原因有二：

第一，「非限定子句」的概念固然很好，但是對於各種非限定動詞的由來、變化及如何選擇等等問題所提出的說明，似乎不易讓學習者很快通盤了解，至少從筆者接觸的學習者及教學經驗中觀察是如此。

第二，非限定子句往往被與非限定動詞劃上等號。亦即，許多學生只知有 to V, Ving 與 Ven，而不知還有許多其他的變化。因此，筆者嘗試建立一套統一、易懂的架構，來詮釋比較複雜的高級句型變化。減化子句的觀念就是如此產生的。這個觀念回溯到修辭的根源，以修辭的兩大要求——清楚(clear)與簡潔(concise)——為出發點，藉著探討如何由完整的子句減化為非限定子句等等的過程，幫助學習者了解各種句型變化的道理。

減化子句的觀念可以說是筆者對修辭學的觀察與教學經驗結合的成果，並已經過長期實際教學所驗證，能在短期內大幅提升

學習者對英文句型的掌握。

從屬子句減化的通則

　　不論是名詞類、形容詞類還是副詞類的從屬子句，減化的共同原則是省略主詞與 be 動詞，只保留補語部分。這當中還有一些變化，例如若省略從屬子句的主詞會造成主詞不清時該如何處理？剩下的補語部分如果詞類與原來的從屬子句詞類不同時要怎麼辦？還有，連接詞是否應一併省略？這些問題在不同詞類的從屬子句中，處理的方式不盡相同，當分別探討。不過，「省略主詞與 be 動詞，只留補語」，可以視為所有從屬子句減化的共通原則，是相當重要的觀念，學習減化子句不妨從這個觀念著手。

一、為何省略主詞？

　　如果從屬子句的主詞是空洞的字眼（one, everybody, people 等），或者從屬子句主詞在主要子句中重複出現，從修辭的角度來看皆有違精簡的原則，如果能省略會更簡潔。例如：

1. <u>It</u> <u>is</u> <u>common courtesy</u> that one should wear black while one
   　S　V　　　C
   attends a funeral.

（參加喪禮時應該穿黑色，這是基本禮貌。）

　　這個句子的主要子句是 It is common courtesy.，至於由連接詞 that 引導的名詞子句 that one should wear black 及連接詞 while 引導的副詞子句 while one attends a funeral 這兩個從屬子句的主詞都是 one，代表 anyone（任何人），所以是空洞的字眼，可以省略

掉，成為：

It is common courtesy to wear black while attending a funeral.

去除這兩個空洞的主詞，句子的意思還是一樣，但是變得緊湊多了，修辭效果就比原來的句子好。再看下例：

2. Whether it is insured or not, your house, which is a wooden
                                       S
building, needs a fire alarm.
              V   O
（不論有沒有保險，你的房子是木造建築，都應該裝個火警警鈴。）

這個句子的主要子句是 Your house needs a fire alarm.，至於由 whether 引導的副詞子句 whether it is insured or not 與由 which 引導的形容詞子句 which is a wooden building 這兩句的主詞（it 與 which）指的都是主要子句中的主詞 your house，雖然用了代名詞 it 與關係代名詞 which 來避免重複，但是仍嫌累贅，所以不如省略，成為：

Whether insured or not, your house, a wooden building, needs a fire alarm.

省掉重複的部分並沒有更改句意，但是結構就變得比較精簡，比原來的句子漂亮。

當然，從屬子句的減化不能只省略主詞，否則會造成句型的錯誤。讀者應該已經看出來了，上面兩個例子中除了主詞省略，連動詞也經過改變。動詞的改變一律可視爲 be 動詞的省略，包括例 1 中的 one should wear black 變成 to wear black，與 one attends a funeral 變成 attending a funeral，都算是省略 be 動詞。這一點容後補述。現在先來看看從屬子句減化通則的第二個部分。

二、爲何省略 be 動詞？

一個句子可分成主詞部分(Subject)與動詞引導的部分(Predicate)。在單句的五種基本句型中，有四種都是由動詞來作最重要的敘述——告訴別人這個主詞在做什麼。例如：

Birds fly.（鳥兒飛。）
 S   V

Birds eat worms.（鳥兒吃蟲。）
 S   V   O

Birds give us songs.（鳥爲我們歌唱。）
 S   V O O

Birds make the morning beautiful.（鳥兒令清晨無比美妙。）
 S   V   O   C

這四個不同句型的句子，同樣都靠動詞告訴別人，鳥做了什麼事：「飛，吃蟲，爲我們唱歌，讓早晨美麗」。只有另一種句型——S+V+C——不然，它的動詞沒有意義（尤其是 be 動詞），不能告訴別人鳥在做什麼，反而要靠補語來做全部的敘述，告訴別人「鳥怎麼樣」。be 動詞只扮演串連主詞與補語的角色（所以叫做 Linking Verb 連綴動詞）。例如：

Birds are lovely. （鳥很可愛。）
 S   V   C

　　這句中，be 動詞完全不需翻譯，因為它完全沒有意義，只用來串連「鳥」和「很可愛」，是由補語來負責表達對於主詞的敘述。

　　如果 Birds are lovely. 是主要子句，那麼 be 動詞不可缺乏；可是如果這個句子是從屬子句，依附在主要子句上，再加上主詞 birds 如果與主要子句重複出現，那麼這個從屬子句中需要保留的就只有 lovely 一個字而已！重複的主詞與無意義的 be 動詞都是多餘的，徒然浪費文字。這個從屬子句去掉了主詞與動詞兩個部分，已經不是完整的句子，所以不再需要連接詞。剩下的補語部分，如果詞類與原來的從屬子句的詞類沒有衝突，就可以直接保留下來以取代從屬子句，這就是減化子句。所以，為什麼省略 be 動詞？我們的答覆是：因為 be 動詞沒有意義，省略不會影響原句的意思。

三、沒有 be 動詞怎麼辦？

　　如果從屬子句中沒有 be 動詞可為省略，那麼可分為兩種情形來處理。

1. 有助動詞時，變成不定詞

　　這是因為所有的語氣助動詞都可以改寫成 be 動詞加不定詞，例如：

You <u>must</u> go at once.

→ You <u>are to</u> go at once.（你必須馬上離開。）

The train <u>will</u> leave in 10 minutes.

→ The train <u>is to</u> leave in l0 minutes.（火車十分鐘後開動。）

He <u>should</u> do as I say.

→ He <u>is to</u> do as I say.（他該按我說的去做。）

You <u>may</u> call me "Sir."

→ You <u>are to</u> call me "Sir."（你可以叫我「先生」。）

Children <u>can't</u> watch this movie.

→ Children <u>are not to</u> watch this movie.

（兒童不能看這部電影。）

當然，助動詞改寫成 be 加不定詞，表達的意思不如原來的精確。這是為求簡潔所作的犧牲。不過也可以用 going to, willing to, able to, likely to, in order to, so as to, free to, bound to... 等等來補充，況且依附於主要子句中又可以靠上下文來暗示，所以不會偏離原意。例如：

He studied hard <u>so that</u> he could get a scholarship.
　　　　　　　連接詞
（他努力學習以獲得獎學金。）

從屬連接詞 so that 所引導的副詞子句中，主詞 he 與主要子句

的主詞重複，可以省略。動詞 could get 可以改寫為 was (able) to get，如此可省去 be 動詞，留下補語部分的 to get a scholarship，連接詞也不再需要，就成為：

He studied hard to get a scholarship.

如果怕 so that he could 省略後意思不清楚，也可如此補充：

He studied hard so as to get a scholarship.
He studied hard in order to get a scholarship.

所以，從屬子句中如果有助動詞，減化子句時只要直接改成不定詞就可以了。

2. 也沒有助動詞時，變成 Ving

從屬子句中若無 be 動詞，也無助動詞，可以如此思考：先加個 be 動詞進去，原來的動詞就加上 -ing，使它成為進行式的型態。如此一來就有了 be 動詞，Ving 之後的部分則視為補語而保留下來。然後同樣把主詞和 be 動詞這兩個沒有意義的部分省略，就完成了減化的動作。例如：

John remembers that he saw the lady before.
S   V   連接詞   O

（約翰記得以前見過這女士。）

從屬連接詞 that 所引導的受詞子句 that he saw the lady before

減化通則

中，主詞 he 就是主要子句的主詞 John，可省略。可是動詞 saw 不是 be 動詞，又沒有助動詞，所以無法省略。但是減化子句中不能留下這種動詞，否則句型錯誤（John remembers saw the lady before 是錯的，因為有兩個動詞）。這時候只要先把 he saw the lady before 改成 he was seeing the lady before，就有 be 動詞了。當然，這裡用進行式並不恰當，可是只要把 he was 省略就可避免這個問題：

John remembers seeing the lady before.
S   V   O

原來的 that he saw the lady before 是名詞子句，作為主要子句中 remembers 的受詞。現在變成 seeing the lady before，可以當動名詞看待，仍是名詞類，同樣作受詞使用，符合詞類要求又完整保留原意，這就是成功的減化子句。

所以，從屬子句減化時，如果沒有 be 動詞可省略，也沒有助動詞可改成不定詞，一律加上 -ing，使動詞成為 Ving 的型態留下來即可。

結語

從屬子句減化，是了解複雜句型的關鍵，也是進入高級句型的階梯。綜上所述，從屬子句減化的通則是把主詞與 be 動詞省略，留下補語。這是減化子句最重要的觀念。另外，各種詞類的從屬子句，在減化時各有一些細部的變化要注意，接下來幾章就按詞類不同分別介紹形容詞、名詞及副詞三種子句的減化。

形容詞子句減化

形容詞子句就是關係子句，主、從兩個子句間一定有重複的元素以建立關係。既然有重複，就可省略。如果重複的元素（關係詞）是關係子句的受詞，通常只是把關係詞本身省略，例如：

1. <u>The man</u> <u>is</u> <u>here</u>.
    S   V   C

2. <u>You</u> <u>asked</u> <u>about</u> <u>him</u>.
    S   V 介系詞 O

→(A) The man <u>whom you asked about</u> is here.
               關係子句

→(B) The man <u>you asked about</u> is here.
             關係子句

（你要找的人在這兒。）

例 2 中的 him 就是例 1 中的 the man，藉由這個重複來建立兩句間的關係。將 him 改寫爲關係詞 whom 即可將兩句連接起來，

成爲(A)的形狀。關係詞 whom 是介系詞 about 的受詞,挪到句首後可以省略,成爲(B)。

關係詞是受詞而省略掉的情況,只是一般性的省略。關係子句中仍有主詞、動詞((B)的 you asked about),所以這種省略不算是眞正的減化子句。

如果關係詞是關係子句的主詞,那麼減化起來,省略主詞就勢必也要省略 be 動詞,這就是典型的形容詞子句減化。以下就減化之後所留下的不同補語來加以分類介紹。

補語為 Ven

如果關係子句中是被動態,就會減化成爲過去分詞的補語部分。例如:

1. <u>Beer</u> is most delicious.
   S

2. <u>It</u> is chilled to 6°C.
   S

→(A) Beer <u>which is chilled to 6°C</u> is most delicious.
關係子句

（啤酒冰到攝氏六度最可口。）

例 2 的主詞和例 1 重複,改成關係詞 which 來連接兩句,即成(A)的形狀。在(A)中,主詞 which 與先行詞的 beer 重複,動詞部分因爲是被動態,有 be 動詞在。這時只要將主詞與 be 動詞(which is)省略,就成爲:

Beer chilled to 6°C is most delicious.
減化形容詞子句

關係子句減化後剩下的補語是過去分詞片語，屬於形容詞類，而原來的子句也是形容詞類，所以沒有詞類的衝突，可以取代關係子句來形容 beer，而且意思不變，這就是成功的減化子句。再舉一個有逗點的關係子句爲例：

Your brother John, who was wounded in war,
先行詞   關係子句

will soon be sent home.
（你哥哥約翰作戰受傷，即將被移送回鄉。）

這個句子中，先行詞 your brother John 是專有名詞，後面的關係子句因而沒有「指出是誰」的功能，只有「補充說明」的功能，所以應置於括弧性的逗點中──一對逗點當括弧使用，用來作補充說明。放在逗點中的關係子句，減化方式仍然一樣，只要把主詞與 be 動詞省略即可：

Your brother John, wounded in war, will soon be sent home.
                   減化形容詞子句

補語為 Ving

如果關係子句中的動詞是 be+Ving 的形狀（進行式），只要省略主詞與 be 動詞即可。例如：

The ship which is coming to shore is from Japan.
先行詞　　　　　關係子句

（正在靠岸的那條船是從日本來的。）

　　關係子句中的主詞 which 就是 the ship，又有 be 動詞，只要省去這兩個部分，就成為：

The ship coming to shore is from Japan.
　　　　減化關係子句

　　剩下的補語部分是現在分詞片語，屬於形容詞類，與原來的關係子句詞類相同，這就是成功的減化子句。

　　如果關係子句中沒有 be 動詞，也沒有助動詞，就要把動詞改成 Ving 的形狀。例如：

My old car, which breaks down every other week, won't last
先行詞　　　　關係子句

much longer.

（我那輛老爺車，每隔一個禮拜總要拋錨一次，大概開不了多久了。）

　　這個關係子句，動詞是 breaks down，既無 be 動詞也無助動詞，無法省略，所以要先改成有 be 動詞的型態：is breaking down，有了 be 動詞，breaking down 就可成為補語部分保留下來，只省略主詞與 be 動詞，成為：

My old car, breaking down every other week, won't last

much longer.

減化形容詞子句

補語為 to V

如果關係子句的動詞有語氣助動詞存在，就會成為不定詞補
語留下來。例如：

John is the one who should go this time.（這次是約翰走人。）

先行詞　　　關係子句

關係子句中的 who should go 固然沒有 be 動詞，只要將其改
成 who is to go 就有了，且意思相近，再把 who is 省略，即成為：

John is the one to go this time.

減化形容詞子句

不定詞的詞類是「不一定」什麼詞類，也就是當名詞、形容
詞、副詞使用皆可。所以也符合原來關係子句的詞類，可以形容
先行詞 the one，是正確的減化子句。

1. 不定詞的主動、被動判斷

不定詞也有主動與被動之分。其間的選擇如果還原成關係子
句就可以看得很清楚。例如：

1. John is not a man to trust.（約翰這人不可信。）

減化形容詞子句

2. John is not a man <u>to be trusted</u>.
　　　　　　　　　　　減化形容詞子句

　　例 1 和例 2 都對。為什麼？這得看看原來的關係子句是什麼。如果原先是這兩句：

John is not <u>a man</u>.
　　　　　　 O

<u>One</u> <u>can trust</u> <u>the man</u>.
　S　　　V　　　　O

　　後面這一句的受詞 the man 就是前一句的 a man，可以改為關係詞，合成：

John is not <u>a man</u> <u>whom one can trust</u>.
　　　　　　 先行詞　　　關係子句

　　因為關係子句中的關係詞 whom 是受詞，可以省略，成為：

John is not <u>a man</u> <u>one can trust</u>.
　　　　　　 先行詞　　關係子句

　　這個關係子句中的主詞是空洞的 one，可以減化，再把 can trust 減化為 to trust，即成為例 1 John is not a man to trust.。反之，如果原先是這兩句：

John is not <u>a man</u>.
　　　　　　 O

The man can be trusted.
   S   V

就會成爲這個複句：

John is not a man who can be trusted.
         先行詞   關係子句

從這個關係子句減化出來（省略主詞 who，助動詞改爲不定詞），即可得出例 2 John is not a man to be trusted. 的結果。所以在這個例子中，不定詞採主動或被動皆可。至於該用主動還是被動，要看上下文決定，不可一概而論。

2. 不定詞有無受詞的判斷

不定詞中如果是及物動詞，又有加不加受詞的差別。這也要看原來關係子句的句型來判斷。例如：

1. This is exactly the thing to do.　（這正是該做的。）
              先行詞   減化形容詞子句

2. This is exactly the time to do it.
              先行詞   減化形容詞子句

（是做這件事的時候了。）

例 1 可視爲由這兩句變化而來：

This is exactly the thing.
             O

We should do the thing.
 S   V   O

後一句中的 the thing 是受詞,改寫為關係詞後成為:

This is exactly <u>the thing</u> <u>which we should do</u>.
　　　　　　　先行詞　　　　關係子句

因為關係詞 which 是受詞,可逕行省略(這就是為什麼到最後不定詞中缺了受詞),成為:

This is exactly <u>the thing</u> <u>we should do</u>.
　　　　　　　先行詞　　　關係子句

再把關係子句中的主詞 we 省略(因為對方知道你在說誰),把助動詞改為不定詞,就得出例 1 This is exactly the thing to do. 。

如果原來是這兩句話:

This is exactly <u>the time</u>.
　　　　　　　　O

<u>We</u> <u>should do</u> <u>it</u> <u>at this time</u>.
S　　V　　O　　時間副詞

後一句中是以時間副詞和先行詞 the time 重複,因而改寫成關係副詞 when 來連接:

This is exactly <u>the time</u> <u>when we should do it</u>.
　　　　　　　先行詞　　　關係子句

關係副詞非主要詞類,在前面沒有逗點的狀況下可以逕行省

略，成為：

This is exactly the time we should do it.
　　　　　　　 先行詞　　　 關係子句

再將關係子句以同樣方法減化，於是得出例 2 This is exactly the time to do it. 的結果。

3. 不定詞後面有無介系詞的判斷

有些不定詞片語後面會跟個介系詞，像 to talk to, to deal with, to get into 等。這是因為介系詞後面的受詞就是關係詞，逕行省略之故，因而只見介系詞不見受詞。例如：

1. He will be the toughest guy.
　　　　　　　　　　　　　　 O

2. You must deal　with　the guy.
　 S　　 V　　 介系詞　　 O

例 2 中的 the guy 是介系詞 with 的受詞，它和例 1 的 guy 重複而建立關係，改寫成關係詞來連接兩句：

He will be the toughest　guy　whom you must deal with.
　　　　　　　　　　　　 先行詞　　　　 關係子句

（他會是你得對付的傢伙中最難纏的一個。）

關係子句中的關係詞因為是受詞，可以逕行省略，成為：
He will be the toughest　guy　you must deal with.
　　　　　　　　　　　　 先行詞　　　 關係子句

如果對方知道你的意思，那麼關係子句的主詞 you 就可省略，再把 must 減化為 to，即成為：

He will be the toughest　guy　to deal with.
　　　　　　　　　　　先行詞　減化形容詞子句

不定詞後面如果跟有介系詞，大多是這個道理，只要還原成關係子句即可明白。

4. 不定詞的主詞不清時如何處理

如果主詞省略會造成意思不清楚，可以安排主詞於介系詞片語中以受詞型態出現。最常用的介系詞是 for。例如：

I have　a job that your brother can do.
　　　　先行詞　　　關係子句

（我有件差事想請你哥哥來做。）

關係子句的關係詞 that 是受詞，可以逕行省略，成為：

I have a job your brother can do.
　　　先行詞　　　關係子句

這個關係子句的動詞 can do 照樣可減化為 to do，但是主詞 your brother 不宜省略，不然會變成 I have a job to do.（我自己有件差事要做。）碰到這種主詞不能省略的情形，可以用介系詞片語來安插主詞（這是配合不定詞時的選擇，若非不定詞則另當別

論），成為：

I have a job for your brother to do.
    先行詞   減化形容詞子句

補語為一般形容詞

若關係子句動詞是 be 動詞，後面是單純的形容詞類作補語，可直接減化主詞（即關係詞）和 be 動詞，只留下補語。例如：

Hilary Clinton, who is pretty and intelligent, is a popular
    先行詞   關係子句

First Lady.

（希拉蕊又漂亮又聰明，是相當受歡迎的第一夫人。）

關係子句中的主詞 who 與 be 動詞省略後，剩下的部分 pretty and intelligent 還是形容詞，與原來的關係子句詞類相同，所以可減化取代：

Hilary Clinton, pretty and intelligent, is a popular First Lady.
    先行詞   減化形容詞子句

了解形容詞子句的減化，就可以了解 pretty and intelligent 是減化子句的補語部分。由此觀之，形容詞只有兩種位置：名詞片語中(a pretty woman)及補語位置(the woman is pretty)。如果乍看之下兩個位置都不是，那麼多半就是減化形容詞子句的殘留補語。

補語為名詞

關係子句是形容詞類，如果減化主詞和 be 動詞，剩下的是名詞補語，其詞類雖與原來的關係子句詞類有衝突，但仍然可以使用。傳統文法則為此取了個名稱：同位格，來避開詞類的衝突。例如：

Bill Clinton, who is President of the U.S., is a Baby Boomer.
　先行詞　　　　　　關係子句

（柯林頓，美國總統，是戰後嬰兒潮出生的。）

由 who 引導的關係子句以名詞片語 President of the U.S.為補語，減化主詞與 be 動詞後就剩下它。這就是傳統文法所謂的同位格：

Bill Clinton, President of the U.S., is a Baby Boomer.
　先行詞　　　　減化形容詞子句

Test 17

將下列各句中的關係子句（即畫底線部分）改寫爲減化子句：

1. Medieval suits of armor, <u>which were developed for protection during battle</u>, are now placed in castles for decoration.

2. The change of style in these paintings should be obvious to anyone <u>that is familiar with the artist's works</u>.

3. Islands are actually tips of underwater mountain peaks <u>that rise above water</u>.

4. John Milton, <u>who was author of *Paradise Lost*</u>, was a key member of Oliver Cromwell's cabinet.

5. The secretary thought that it might not be the best time <u>that she should ask her boss for a raise</u>.

6. Gold is one of the heaviest metals <u>that are known to man</u>.

7. Here are some books <u>that your brother can use</u>.

8. Sexual harassment, <u>which is a hotly debated issue in the work place</u>, will be the topic of the intercollegiate debate next week.

9. There's nothing left <u>that I can say now</u>.

10. People <u>that live along the waterfront</u> must be evacuated before the storm hits.

練習二

請選出最適當的答案填入空格內，以使句子完整。

1. ___ often found in fruit and vegetables.
   (A) Vitamin C, a trace element that is
   (B) For vitamin C, a trace element to be
   (C) Vitamin C, a trace element, is
   (D) Vitamin C, is that trace element

2. The most important fossil ___ in East Africa was that of an ancient female, dubbed Lucy.
   (A) excavated
   (B) was excavated
   (C) to excavate
   (D) excavating

3. Steve Jobs' vision of the personal computer greatly expanded the number of people ___ the computer for business and for pleasure.
   (A) actively used
   (B) were using actively
   (C) actively using
   (D) who actively using

4. The Amazon rain forests, ___ the earth's lungs, convert carbon dioxide in the atmosphere back into oxygen.
   (A) functioning as
   (B) which functioning as
   (C) functions as
   (D) functioned as

5. Through a process ___ coalescence, water droplets in clouds grow to a size large enough to fall to earth.
   (A) calls
   (B) to be called
   (C) calling
   (D) called

6. If you are looking for investment advice, I know just the place ___.
   (A) going
   (B) to go
   (C) you to go
   (D) for you going

7. Penicillin, ___ in the early 20th century, brought in the golden age of chemotherapy.
(A) to be discovered
(B) discovering
(C) discovery was
(D) discovered

8. Those are not words ___.
(A) to be taken seriously
(B) to take them seriously
(C) taking seriously
(D) are taken seriously

9. The mouse, like the keyboard, is a control device ___ to a computer.
(A) connected
(B) to connect it
(C) and connect
(D) that connect

10. An amendment to the Constitution ___ in Harry Truman's tenure limits the US presidency to two terms.
(A) passing
(B) to pass
(C) passed
(D) was passed

Answer Key 17

練習一

1. Medieval suits of armor, <u>developed for protection during battle</u>, are now placed in castles for decoration.
2. The change of style in these paintings should be obvious to anyone <u>familiar with the artist's works</u>.
3. Islands are actually tips of underwater mountain peaks <u>rising above water</u>.
4. John Milton, <u>author of *Paradise Lost*</u>, was a key member of Oliver Cromwell's cabinet.
5. The secretary thought that it might not be the best time <u>to ask her boss for a raise</u>.
6. Gold is one of the heaviest metals <u>known to man</u>.
7. Here are some books <u>for your brother to use</u>.
8. Sexual harassment, <u>a hotly debated issue in the work place</u>, will be the topic of the intercollegiate debate next week.
9. There's nothing left <u>(for me) to say now</u>.
10. People <u>living along the waterfront</u> must be evacuated before the storm hits.

練習二

1. (C)

   答案 C 的句型是 Vitamin C is often found in fruit and vegetables.，中間再加上同位格 a trace element（微量元素），也就是關係子句 which is a trace element 的減化。

2. (A)

   空格以下原為關係子句 that was excavated in East Africa，減化後即得 A。

3. (C)

   空格以下原為關係子句 who were actively using the computer...，減化成為 C。

4. (A)

   空格以下原為關係子句 which functions as the earth's lungs，減化為 A。

5. (D)

   空格以下原為關係子句 that is called coalescence，減化為 D。

6. (B)

   空格以下原為關係子句 where you can go，減化為 B。

7. (D)

   空格以下原為關係子句 which was discovered in the early 20th century，減化為 D。

8. (A)

空格以下原為關係子句 that should be taken seriously，減化為 A。

9. (A)

空格以下原為關係子句 that is connected to a computer，減化為 A。

10. (C)

空格以下原為關係子句 that was passed in Harry Truman's tenure，減化為 C。

第十八章

名詞子句減化

　　名詞子句的減化與其他詞類的從屬子句相同，都是省略主詞與 be 動詞，只留下補語。因為主詞與主要子句中的元素重複，或主詞原本就沒有明確的內容（像 someone, people 等），所以將主詞省略。而省略 be 動詞是因為它只是連綴動詞，本身沒有意義。由於省略主詞與動詞之後，已經不再需要連接詞，所以名詞子句的連接詞 that 也一併省略。如果名詞子句是由疑問句演變而來的，以疑問詞（who, what, where... 等）充當連接詞，那麼疑問詞就要保留，因為它和 that 不同，是有意義的字眼。

　　名詞子句減化之後，剩下來的補語有兩種常見的型態：Ving 與 to V（分別稱為動名詞與不定詞）。這兩種型態都可以當名詞使用，所以可以取代原先的名詞子句，不會有詞類上的衝突。至於第三種常見的補語 Ven（過去分詞），因為是形容詞，不能取代名詞類的子句，所以不能使用。因此名詞子句中如果是被動態 (be+Ven)，減化時不能只是省略 be 留下 Ven，而要在詞類上進一

步改造，這部分詳見後述。現在分別就 Ving 與 to V 這兩種補語型態來探討名詞子句的減化。

減化後剩下的補語是 Ving 型態時

和形容詞子句減化的作法相同，如果名詞子句中沒有 be 動詞，也沒有助動詞，一律把動詞加上 -ing。以下就名詞子句常出現的位置分別舉例說明。

一、主詞位置

<u>That I drink good wine with friends</u> <u>is</u> **my greatest** <u>enjoyment</u>.
        S(名詞子句)   V   C

（和好友一起喝美酒是我最大的享受。）

典型的名詞子句是由一個直述句（如 I drink good wine with friends.）外加連接詞 that 而構成，表示「那件事」。上例中這個名詞子句置於主要子句的主詞位置當主詞使用。減化的作法是省去裡面的主詞 I（因為主要子句中有 "my" greatest enjoyment 可表示是誰在喝酒）。但因為這個名詞子句沒有 be 動詞，也沒有助動詞，所以得先把它改成進行式的型態：

That I am drinking good wine with friends is my greatest enjoyment.

然後就可省略主詞 I 與 be 動詞，以及已經沒有作用的連接詞 that，成為較緊湊的句子：

<u>Drinking good wine with friends</u> is my greatest enjoyment.
減化名詞子句

二、受詞位置

1. 動詞的受詞

<u>Many husbands</u> <u>enjoy</u> <u>that they do the cooking</u>.
　　　　S　　　　　V　　　　　O（名詞子句）

（許多丈夫喜歡下廚做菜。）

　　名詞子句的主詞 they 與主要子句主詞 husbands 相同，所以可省略。動詞是 do，沒有 be 動詞或助動詞，所以要加上 -ing 再省略連接詞，成爲：

Many husbands enjoy <u>doing the cooking</u>.
　　　　　　　　　　　　　減化名詞子句

2. 介系詞的受詞

1. <u>He</u> <u>got</u> <u>used</u> <u>to</u>　<u>something</u>.
　 S　V　 C　 介系詞　　 O

2. He worked late into the night.

　　整個例 2 就是例 1 中 something 的內容。要把例 2 放入 something 的位置，還不能直接用名詞子句 that he worked late into the night 的形式，因前面是介系詞 to，不能直接放名詞子句作受詞，所以例 2 一定要先行減化。作法還是將相同的主詞省略，動詞加上 -ing，成爲：

He got used to <u>working late into the night</u>.
減化名詞子句

（他習慣了一直工作到深夜。）

三、補語位置

<u>His favorite pastime</u> <u>is</u> <u>that he goes fishing on weekends</u>.
　　　　S　　　　　　V　　　　C（名詞子句）

（他最喜歡的消遣就是週末去釣魚。）

省略名詞子句的 he，動詞加 -ing 而成為：

His favorite pastime is <u>going fishing on weekends</u>.
減化名詞子句

四、主詞不能省略時

　　有時省略名詞子句的主詞會造成句意的改變，這時要設法用其他方式來處理。以下幾種方式較為常見：

1. 改成 S+V+O+C 的句型

　　但要如此修改，名詞子句必須是處於受詞位置，而且主要子句的動詞適用於 S+V+O+C 的句型。例如：

<u>I</u> <u>imagined</u> <u>that a beautiful girl was singing to me</u>.
S　　V　　　　　　　　O（名詞子句）

（我想像有個美女在對我唱歌。）

　　以上的名詞子句中，主詞是 a beautiful girl，和主要子句的主

詞 I 不同。如果逕行減化，省略主詞與 be 動詞，會變成：

I imagined singing to myself.（我想像在對自己唱歌。）

　　這個句子的意思就完全不一樣了。所以，要完整保留原意，名詞子句的主詞 a beautiful girl 不能省略，只能把 be 動詞省略。在上例中恰好可以這樣處理：

I imagined a beautiful girl singing to me.
S　　V　　　O　　　　　C

　　主詞 a beautiful girl 放到受詞位置，原來的主詞補語 singing to me 放在受詞補語的位置，就可順利解決問題。原來的複句也減化爲 S+V+O+C 的句型。

2. 用所有格來處理

That he calls my girlfriend every day is too much for me.
　　　S（名詞子句）　　　　　　　　V　　　C

（他每天打電話給我女朋友眞讓我受不了。）

若逕行減化名詞子句的主詞 he，會成爲：

Calling my girlfriend every day is too much for me.
　　　　S　　　　　　　　　V　　　C

（每天打電話給我女朋友眞讓我受不了。）

　　這句的意思變成是自己不愛打電話。所以，要保留原意，名

詞子句的主詞 he 不能省略。但 calling my girlfriend every day 取代了名詞子句成爲主要子句的主詞，已經沒有位置可安插原來的主詞 he 。這時可把原主詞 he 改成所有格，就能放在 calling... 之前，成爲：

His calling my girlfriend every day is too much for me.
　　　S（減化名詞子句）　　　　　　　　V　　　　C

名詞子句減化爲 Ving 的型態，而主詞不能省略時，大多可用所有格來處理主詞的部分。

3. 加介系詞來處理

這只適合一種特殊的句型。例如：

I am worried that my son lies all the time.
S　V　　C　　　　名詞子句

（我很擔心我兒子一直說謊。）

在減化前，首先要了解這個名詞子句扮演的角色。在 S+V+C 的句型後面，本來並沒有名詞存在的空間，所以上述的句型要這樣詮釋：

I am worried about the fact that my son lies all the time.
S　V　　C　　　　　　　　同位格（名詞子句）

這句的名詞子句 that my son lies all the time 是 the fact 的同位格（即形容詞子句 which is that... 的補語，其中 which is 經減化而

省略）。這個名詞子句減化後即可置入與它重複的 the fact 的位置。因主詞 my son 與主要子句主詞 I 不同，故可用所有格來處理，成為：

1. I am worried about my son's lying all the time.
   S V C   介系詞   O（減化名詞子句）

也可以將主詞 my son 置於 about 後面的受詞位置，lying all the time 作受詞補語：

2. I am worried about my son lying all the time.
   S V C   介系詞 O   C

句 1 和句 2 這兩種處理方式在文法上都正確。在意思上又以句 1 更接近原意。因為在原句中，說話的人所擔心的是一件事情 (that my son lies all the time)，減化為 my son's lying all the time 仍是一件事情，比較接近。但改成句 2 時，擔心的對象變成了人(my son)，事情(lying all the time)則降格成了修飾語，所以意思和原句稍有出入。

五、如何處理被動態

被動態中若省略主詞和 be 動詞，剩下的補語 Ven 是形容詞類，無法取代原來的名詞子句，所以必須進一步修改。例如：

That anyone is called a liar is the greatest insult.
S（名詞子句）　　　V　　　　　　C

（任何人被叫作騙子，這都是最大的侮辱。）

這個名詞子句的主詞 anyone 沒有特定的對象，是空泛的字眼，可省略。再省略 be 動詞和連接詞 that，本來算是完成了減化，可是：

Called a liar is the greatest insult.（誤）
S　　　　V　　　　　　C

剩下的補語 called a liar 是形容詞類，不能取代原來的名詞子句作主詞。如果將 called 改成 calling，雖然變成了名詞類，但是被動的意味消失了：calling a liar 是「打電話給一個騙子」。所以，為了維持被動態，called a liar 不能更動，只能借用前面的 be 動詞來作詞類變化，成為 being called a liar。be 動詞本身沒有意義，把它加上 -ing 純粹只有詞類變化的功能，並不改變句意，因而成為：

Being called a liar is the greatest insult.
S（減化名詞子句）　　V　　　　　C

再看一個例子：

1. I am looking forward to something.

2. I am invited to the party.

例 2 就是例 1 中 something 的內容，可以減化後放入 something 的位置。但是例 2 是被動態，如果直接省略主詞與 be 動詞，會成為：

I am looking forward to <u>invited</u> to the party.（誤）
形容詞

過去分詞補語 invited... 是形容詞，不能直接放在介系詞 to 的後面。若直接將 invited 的詞類改變，就這個例子而言意思也維持不變：

I am looking forward to the <u>invitation</u> to the party.
名詞

（我盼望著受邀去參加舞會。）

如果按照前面的作法，加上 being 來改變 invited 的詞類當然也可以：

I am looking forward to <u>being invited to the party</u>.
減化名詞子句

名詞子句減化成 Ving 的形式，如果是被動態時，以 being Ven 的形式就可以表示，並仍以名詞的形式保留下來。

六、動詞是單純的 be 動詞時

若名詞子句中是 be 動詞，後面接一般的名詞或形容詞作補語，則須加上 -ing 成為 being：

<u>That one is a teacher</u> <u>requires</u> a lot of <u>patience</u>.
　　S（名詞子句）　　　V　　　　　　O

（做老師的人就得很有耐心。）

名詞子句中是單純的 be 動詞，後面接 a teacher 作補語。減化時改成 being... 才能保持「做」老師的味道：

<u>Being a teacher</u> requires a lot of patience.
　減化名詞子句

若省略 be 動詞，成為：

A teacher requires a lot of patience.

意思會稍有不同。又如：

<u>That he was busy</u> <u>is</u> no <u>excuse</u> for the negligence.
　　S（名詞子句）　　V　　　　C

（「他很忙」並不能構成疏忽的藉口。）

這個名詞子句是單純的 be 動詞後接形容詞 busy 作補語。減化時也不能逕行省略 be 動詞，否則會剩下形容詞 busy，無法充當主詞。正確的作法仍是改成 -ing：

<u>Being busy</u> is no excuse for the negligence.
　減化名詞子句

減化後剩下的補語是 to V 型態時

名詞子句減化，若其中有語氣助動詞，含有不確定語氣，就會成為不定詞(to V)。如：

The children expect that they can get presents for Christmas.
    S   V   O（名詞子句）

（孩子們期望耶誕節能拿到禮物。）

這個名詞子句中有助動詞，表示不確定語氣（還不一定拿得到）。減化時可以先把助動詞改寫為 be+to（所有的語氣助動詞都可如此改寫以便減化），成為：

The children expect that they are to get presents for Christmas.
                                名詞子句

如此一來，名詞子句中有了 be 動詞，就可以把 that they are 這三個沒有內容的部分減化，成為不定詞的型態：

The children expect to get presents for Christmas.
                      O（減化名詞子句）

不定詞即「不一定是什麼詞類」，可當名詞、形容詞、副詞，所以不必顧慮詞類是否符合的問題。唯一要注意的是，不定詞不適合放在介系詞後面，這時要改為 Ving 的形式。再看一個例子：

I think it strange that man should fear ghosts.
S think it strange   名詞子句
S V O C

（我覺得人竟然怕鬼，是很奇怪的事。）

減
化

上面的名詞子句是當做 think 的受詞使用。不過這個受詞子句後面還有受詞補語 strange，照寫的話會產生斷句的困難，所以用 it 這個虛字(expletive)暫代一下受詞位置，而把真正的受詞子句移到補語後面。

這個名詞子句的主詞是 man，可以指任何人，所以是空泛的字眼，可以省略。助動詞 should 就可減化為不定詞，成為：

I think it strange <u>to fear ghosts</u>.
　　　　　　　　減化名詞子句

一、主詞不適合省略時

名詞子句的主詞如果和主要子句不重複，又不是空泛的字眼，省略時往往會改變句意。這時就要想辦法改變這個主詞，將它保留。在有些句型中可以把主詞放入受詞位置，變成 S+V+O+C 的句型，例如：

I <u>want</u> <u>that you should go</u>.
S　V　　　O（名詞子句）

（我希望你去。）

名詞子句的主詞是 you，有特定的對象，又和主要子句不重複，因而不適合省略。此時先將 should 改寫為 be + to，成為：

I <u>want</u> <u>that you are to go</u>.
S　V　　　O

然後省去 be 動詞，主詞的 you 放入受詞位置，主詞補語 to go

就成了受詞補語，成為：

I want you to go.
S　V　O　C

在大部分的句型中，不定詞原來的主詞可放在介系詞後的受詞位置以保留下來，例如：

That the Clippers should beat the Lakers was quite
　　　　S（名詞子句）　　　　　　　　　　　　　V

a marvelous feat.
　　　　　　C

（快艇隊竟然擊敗湖人隊，是相當了不起的成就。）

名詞子句的主詞 the Clippers 不能省，又沒有別處可安插，就可加介系詞 for，減化為：

For the Clippers to beat the Lakers was quite a marvelous feat.
　　　　減化名詞子句

二、代表疑問句的名詞子句減化

名詞子句有兩種。一種是由直述句外加連接詞 that 而形成成。這種名詞子句減化時，無意義的 that 要省略。另一種是由疑問句改造，通常以疑問詞來充當連接詞。例如：

1. What should I do?

2. I don't know the question.
　　S　　V　　　O

例 1 就是例 2 中 the question 的內容，可直接用疑問詞 what 當連接詞來取代，成為：

I <u>don't know</u> <u>what I should do</u>. （我不知如何是好。）
S　　V　　　O（名詞子句）

這個名詞子句省去主詞 I，助動詞改為不定詞，成為：

I <u>don't know</u> <u>what to do</u>.
S　　V　　　O（減化名詞子句）

唯一不同之處在於：疑問句 what 是有意義的字，應該保留。文法書說 where to V, how to V, when to V... 等是名詞片語，其實這些都是由疑問詞引導的名詞子句減化而成。

如果是 Yes/No question，沒有疑問詞，要製造名詞子句時就得添加 whether，例如：

1. Should I vote for the KMT?
2. I can't decide the question.

例 1 就是例 2 中的 the question。不過例 1 是疑問句，又沒有疑問詞，要置入例 2 中，先要加上 whether，成為：

I <u>can't decide</u> <u>whether I should vote for the KMT (or not)</u>.
S　　V　　　　O（名詞子句）
（我無法決定要不要投票給國民黨。）

whether 是由連接詞 either...or 變造而成。在這個名詞子句

中，主詞 I 與主要子句主詞相同，可以省略。助動詞改寫成不定詞 to V 之後，即減化成：

I can't decide whether to vote for the KMT.
　　　　　　　　　減化名詞子句

to V 與 Ving 的比較

不定詞與動名詞都可以當成名詞類使用，兩者之間有時不易區分。可是從減化子句的角度來看，就很容易區分清楚。請看以下的例子：

He forgot that he should see his dentist that day.
　S　V　　　　　O（名詞子句）

（他忘了他那天應該去看牙醫的。）

這個名詞子句中的動詞 should see 是「應該看」，屬於不確定語氣，表示「該去但還沒去」。這種語氣和不定詞完全相同，而且助動詞減化就成為不定詞，所以可寫成：

He forgot to see his dentist that day.
　　　　　　減化名詞子句

相反的，如果原本的句子是這樣：

He forgot that he saw the man before.
　S　V　　　　　O（名詞子句）

（他忘了以前見過這個人。）

這是真的有見過，是確定的語氣，所以沒有助動詞，只是單純的動詞 saw。這個名詞子句減化時，因為沒有助動詞，也沒有 be 動詞，就只能加 -ing，成為：

He forgot seeing the man before.
　　　　　減化名詞子句

另外再看看下面的例子：

I love driving on the freeway.
S　V　　O（減化名詞子句）
（我喜愛在高速公路上開車。）

這句並沒有「想去」開或「將去」開的意思，只是把「在高速公路上開車」當做一件事，故沒有不確定語氣。名詞子句可還原為 that I drive on the freeway 或 that I am driving on the freeway，都可減化成 driving on the freeway。下面這個例句則又不同：

1. I would love to drive to work in my own car.
　S　　V　　　　O（減化名詞子句）
　（我很想能夠開自己的車去上班。）

這個句子有強烈的「希望能夠」的暗示，但目前還不行。這就有不確定語氣，牽涉到助動詞 can。名詞子句可還原成下句中的形狀：

2. I would love that I can drive to work in my own car.
  S   V   O（名詞子句）

　　如果判斷出名詞子句中有不確定語氣，或者能看出原來應有助動詞，那麼就會減化爲不定詞的形狀（如例 1）。請看以下這個例子：

I avoid being late to any appointment.
S   V   O（減化名詞子句）

（任何約會我都避免遲到。）

　　說這句話的人只是把遲到當成一件事來談，並沒有「將要遲到」或「能夠遲到」等語氣，所以沒有助動詞。將名詞子句還原即成：

I avoid that I am late to any appointment.
S   V   O（名詞子句）

　　這個名詞子句減化時自然不會有不定詞。下面的例子又不同：

I hope to get to the concert on time.
S   V   O（減化名詞子句）

（我希望能趕上這場音樂會。）

　　趕不趕得上並不確定，但是有濃厚的「希望能夠」的語氣，就會牽涉到助動詞 can 了：

I hope that I can get to the concert on time.
S   V   O（名詞子句）

　　若名詞子句中有助動詞，自然會減化爲不定詞。文法書論及
to V 和 Ving 出現於動詞後面的受詞位置的選擇時，會列出幾份動
詞表，要求讀者背哪些動詞後面該用哪一個，以及意思是否相
同。這種死背方式不值得推薦。了解減化子句之後，讀者便可發
現這個區分是順理成章，不必死背。

結語

　　本章到目前爲止已討論過形容詞子句與名詞子句的減化，下
一章將探討副詞子句的減化，就可將所有「從屬子句減化」介紹
完畢。若讀者能透徹了解這幾章的內容，對讀、寫都會有極大的
幫助，TIME 的複雜句型也不再會難倒你了。

Test 18

練習一

將下列各句中的名詞子句（即畫底線部分）改寫為減化子句：

1. <u>That he sends flowers to his girlfriend every day</u> is the only way he can think of to gain her favor.

2. <u>That the legislator was involved in the fraud</u> is rather obvious.

3. The student denied <u>that he had cheated in the exam</u>.

4. The researcher is certain <u>that he has found a solution</u>.

5. The residents were not aware <u>that they were being exposed to radiation</u>.

6. I consider <u>that this is a most unfortunate incident</u>.

7. <u>That John comes to school late every day</u> cannot go on much longer.

8. <u>That he was named the new CEO</u> came as a surprise to everybody.

9. I would like <u>that you can look after the kids for me this evening</u>.

10. It is a privilege <u>that one can live in these monumental times</u>.

練習二

請選出最適當的答案填入空格內，以使句子完整。

1. Don't worry; I'll show you ___.
   (A) that you should do
   (B) what to do
   (C) what to do it
   (D) that to do

2. Ministers are used to ___ with respect.
   (A) treated
   (B) treating
   (C) being treated
   (D) treat

3. ___ is one thing I cannot stand.
   (A) Being lied
   (B) Being lied to
   (C) To being lied
   (D) To be lied

4. The boy is worried ___.
   (A) that will fail in the exam
   (B) about failing in the exam
   (C) failing in the exam
   (D) about being failed in the exam

5. You mustn't forget ___ before you leave for Tokyo.
   (A) to give me a call
   (B) giving me a call
   (C) give me a call
   (D) given me a call

6. They intend ___ this coming Christmas.
   (A) to get married
   (B) getting married
   (C) get married
   (D) got married

7. To say you don't remember is ___ you didn't pay any attention at the time.
   (A) saying
   (B) to say
   (C) say
   (D) said

8. The decision to emigrate does not necessarily mean ___ in the country.
   (A) cutting off all ties
   (B) that cuts off all ties
   (C) that ties cut off
   (D) cut off all ties

9. You can count on ____ the election even before all the results are in.
   (A) winning
   (B) to win
   (C) won
   (D) that you will win

10. I never expected ____ in this mess.
    (A) involving
    (B) involved
    (C) to be involved
    (D) involve

Answer Key 18

練習一

1. <u>Sending flowers to his girlfriend every day</u> is the only way he can think of to gain her favor.

2. <u>The legislator's being involved in the fraud</u> is rather obvious.
   或 <u>The legislator's involvement in the fraud</u> is rather obvious.

3. The student denied <u>having cheated in the exam</u>.

4. The researcher is certain <u>about having found a solution</u>.

5. The residents were not aware <u>of being exposed to radiation</u>.
   或 The residents were not aware <u>of their exposure to radiation</u>.

6. I consider <u>this a most unfortunate incident</u>.

7. <u>John's coming to school late every day</u> cannot go on much longer.

8. <u>His being named the new CEO</u> came as a surprise to everybody.

9. I would like <u>you to look after the kids for me this evening</u>.

10. It is a privilege <u>to live in these monumental times</u>.

練習二

1. (B)

   原為名詞子句 what you should do ，減化為 B 。

2. (C)

   原為 They are treated with respect.，減化為 C 以維持被動態，並以動名詞形狀置於介系詞 to 之後。

3. (B)

   lie（說謊）是不及物動詞。「別人對我說謊」要這樣表示：
   People lie to me.
   改成被動態是：
   I am lied to (by people).
   這個句子再減化為動名詞就是 being lied to 。

4. (B)

   原為 about the possibility that he will fail in the exam ，減化為 B 。

5. (A)

   原為名詞子句 that you must give me a call ，減化為 A 。

6. (A)

   原為名詞子句 that they will get married ，減化為 A 。

7. (B)

   選擇不定詞 to say 以求和前面的 to say 對稱。兩個 to say 都可視為名詞子句 that you should say 的減化。

8. (A)

原為名詞子句 that one cuts off all ties...，減化為 A。

9. (A)

原來是像 D 中的句子，可是子句不能放在介系詞 on 的後面，所以減化成 A。因為在介系詞後面，不能用不定詞，所以助動詞 will 可以忽略掉。

10. (C)

原為名詞子句 that I would be involved...，減化為 C。

第十九章

副詞子句減化之一

　　繼前兩章探討形容詞子句減化、名詞子句減化之後，本章探討的是比較複雜的副詞子句減化。在此重複一下重要的觀念：所有從屬子句減化的原則都一樣，即為求精簡，把從屬子句的主詞與 be 動詞省略，只留下補語。省略主詞是為了避免重複，但如果省略會造成句意模糊，主詞就得另行處理；省略 be 動詞是因為它本身沒有任何意義。

　　傳統文法將副詞子句的減化稱為分詞構句、獨立片語等。這種標示方式不但不夠周延，也不夠深入，造成許多學習者的困擾。若運用減化子句的觀念就不會有這些問題。從減化子句的角度來看，副詞子句的減化可分成幾種情況，本章先研究減化為 Ving 補語的情形。

減化為 Ving 補語

　　若副詞子句是一般文法書所謂的進行式(be+Ving)，那麼省略

主詞和 be 動詞後就只剩 Ving 補語。反之，若沒有 be 動詞可省略，也沒有語氣助動詞可供改寫，就得先改成進行式，再省略 be 動詞，仍然可得到 Ving 的結果。例如：

While he was lying on the couch, the boy fell asleep.
　　　副詞子句　　　　　　　　　 S　　V　　C

（小男孩在沙發上躺著，就睡著了。）

上例中副詞子句的主詞 he 就是主要子句的主詞 the boy，這個重複就有可以省略的空間。同時副詞子句中有現成的 be 動詞，是 Linking Verb（連綴動詞），本身沒有意義，因此，省去主詞與 be 動詞，不會改變原句的意思：

1. While lying on the couch, the boy fell asleep.
　　 減化副詞子句

一、連接詞是否保留

副詞子句因為已經減化，不再有主詞、動詞，所以上例中它的連接詞 while 也沒有存在的必要。不過，副詞子句的連接詞除了文法功能之外，還有字義的功能：while 和 before 不同，也和 if, although...等不一樣，雖然減化了，副詞子句的連接詞有時還是要保留，至於保留與否則完全取決於修辭上是否清楚。減化是為了讓句子更簡潔，可是絕不可傷害清楚性。在句子夠清楚的前提下，副詞子句的連接詞可以一併省去，上例即成為：

2. Lying on the couch, the boy fell asleep.
　　 減化副詞子句

一般來說，while（包括 when 等）是表示「當…之時」的連接詞，because（包括 as, since 等）是「因為」的連接詞，省略後通常不妨礙句子的清楚性。但還是要一個一個句子去判斷，看看省略之後讀者是否可能會錯意。

二、所謂「分詞構句」

　　以例 2 而言，省去 while 之後，句子仍然清楚，不過傳統文法學家解釋起來就大費周章。他們只看到 lying on the couch 是現在分詞片語，屬於形容詞類，但顯然不是用來修飾名詞類的 the boy（它不是用來特別指出哪一個男孩），而是修飾動詞類的 fell（用來說明是何時、在何種狀態下睡著）。以形容詞修飾動詞，這不是犯了詞類錯誤嗎？面對這個矛盾，文法學家於是創造了一個名稱：分詞構句──lying on the couch 這個分詞片語本身就構成一個子句，一個修飾動詞 fell 的副詞子句。

　　了解減化子句的來龍去脈後，就會了解「分詞構句」一詞實在是多此一舉。lying on the couch 本來就是副詞子句 while he was lying on the couch 的減化，無需用任何特別名稱來表示。當然，若把連接詞 while 保留（如例 1），可以更明確表示這是副詞子句。在這個例子中，是否要保留 while 屬於個人的選擇：若比較注重句子的清楚性就保留它，若比較注重簡潔性就省略它。不論有無 while，都不影響一個事實：lying on the couch 是減化的副詞子句。

三、沒有 be 動詞與助動詞時

　　如果原來的副詞子句沒有 be 動詞，也沒有語氣助動詞(can,

減化

must, may...)，只有普通動詞，那麼就會成為 Ving 的形式，例如：

<u>Because we have nothing to do here</u>, <u>we</u> <u>might as well go</u> home.
　　　　副詞子句　　　　　　　　　　　　S　　　V

（在這兒也沒事做，我們還不如回家算了。）

　　首先請觀察副詞子句中的 to do here，其實這是減化的形容詞子句（形容詞子句的減化已經在前面章節介紹過），原來是 that we can do here，修飾先行詞 nothing。然後再看看副詞子句的動詞 have，這是普通動詞，沒有 be 動詞可省略，也沒有語氣助動詞可供改寫。這個動詞若不處理掉，句子將無法減化。 所以必須加上 be 動詞，原來的動詞 have 就得變成 having: Because we are having nothing to do here , we might as well go home.。請注意：這種修改不是為了要改成進行式（這個句子並不適合採進行式），而是為了做詞類變化：把 having nothing to do here 移入補語部分， we are 便得以省略，成為：

<u>Having nothing to do here</u>, we might as well go home.
　　減化副詞子句

四、應該省略的連接詞

　　在做這種減化動作時，表示原因的連接詞 because, since... 等等通常要省略，若保留下來會顯得相當刺眼。因為這種句型本身就強烈暗示因果關係，再加上 because 會十分累贅。

五、應該保留的連接詞

反之，如果連接詞省略會造成句意不清，就得保留，例如：

Although we have nothing to do here, we can't leave early.
　　　副詞子句　　　　　　　　　S　　V

（雖然這兒沒事，我們仍不能提早離開。）

副詞子句的主詞 we 與主要子句的主詞相同，可以省略。動詞 have 是普通動詞，可以改成 having 保留下來，成為：

Although having nothing to do here, we can't leave early.
　　　減化副詞子句

本來沒事應該可以離開，但是卻相反。這種「相反」的邏輯關係要靠連接詞 although 來表示，所以 although 不宜省略，不然會讓讀者搞不清楚：是因為沒事才不能早走嗎？

文法上 although 這個連接詞已無必要，只是為了表達邏輯關係而保留。如果省略它，用別的方式來表示邏輯關係也未嘗不可，例如：

Having nothing to do here, we still can't leave early.

在主要子句中加個副詞 still 就可取代 although 來表達「相反」的邏輯，although 省略也不會造成語意不清。再看下例：

He raised his hand, as if he was trying to hit her.
　　S　　　V　　　O　　　　　　副詞子句

（他舉起手來，好像要打她的樣子。）

副詞子句的 he was 省略之後，就減化為：

1. He raised his hand, as if trying to hit her.
　　　　　　　　　　　　　　減化副詞子句

例 1 的連接詞 as if 不宜省略，不然會產生誤解：

2. He raised his hand, trying to hit her.
　　　　　　　　　　　　減化副詞子句

　　例 2 中省略連接詞 as if，意思就成為：他舉起手來，「因為」要打她。讀者看不到連接詞，往往會聯想最常見的 because，因而就產生誤解。這時就不應省略連接詞。

六、being 的運用

　　副詞子句的 be 動詞一般在減化時要省略，但有些狀況下要以 being 的方式留下來，以下舉幾個例子說明：

As I am a student, I can't afford to get married.
　副詞子句　　　　S　　V　　　　　O

（因為我還是學生，所以現在結不起婚。）

　　這個句子有幾種減化方式。如果把副詞子句中的 I am 省略，

剩下的補語是名詞類的 a student。假如連接詞 as 再省略，只剩下 a student 就省略得太過頭了，讀者無從判斷這是個減化的副詞子句（因形狀差太多），反而可能誤會 a student 是主詞，或者是同位格。為了避免誤會，一個辦法是保留連接詞：

<u>As a student</u>, I can't afford to get married.
　減化副詞子句

只要有連接詞，讀者可以清楚看出是減化子句，a student 是省略 I am 以後留下的補語，整個句意就很清楚。另一個辦法是省略連接詞 as，借用無意義的 be 動詞改成 being：

<u>Being a student</u>, I can't afford to get married.
　減化副詞子句

being a student 因為有 being，所以 a student 很明顯是補語，意思是「身為學生」或「是學生」。誰是？主詞當然是和主要子句的主詞 I 相同：我是。這樣句意也就清楚了。

七、兼作介系詞的連接詞：before, after, since

還有一種狀況需要使用 being，情形稍微複雜一些，請看下面的例子：

<u>Before he was in school</u>, <u>he</u> <u>used to be</u> <u>a naughty child</u>.
　　副詞子句　　　　　　　　　 S　　 V　　　　 C

（上學讀書以前，他原本是個小頑童。）

副詞子句中有現成的 he was 可省略。如果省略，連接詞 before 也一併拿掉，就成為：

In school, he used to be a naughty child.

這個句子本身沒錯，只不過和原句意思不同，成為：他從前在學校裡很調皮。會產生句意的出入，主要是因為表示時間關係的連接詞 before 被省略了。若把 before 保留呢？

Before in school, he used to be a naughty child.（誤）

保留 before 問題就更大了。因為 before 這個字除了當連接詞以外，也可以當介系詞（例如 before 1977, before the war 等等）。減化子句中如果留下 before，因為已經省去主詞、動詞，讀者會判斷這個 before 是介系詞，不是連接詞。那麼 before 後面就只能接名詞類的東西。before in school 這個組合因而成為一項文法錯誤。這是詞類的錯誤，修改方法是進行詞類變化。若把 in school 改成名詞類，例如去掉 in，就可以放在 before 之後，成為 before school。如此一來，文法問題是解決了，但是意思稍嫌不清楚。因為 before school 看起來不像「開始上學讀書以前」，反而像「早上開始上課前」。另一個改法就是借用無字面意義的 be 動詞來作詞類變化：

Before being in school, he used to be a naughty child.
減化副詞子句

一旦有 be 動詞存在，後面就可以接補語 in school 。而 be 動詞本身採 being（動名詞）的形狀，放在介系詞 before 的後面也符合詞類的要求，這樣才算解決了問題。

副詞子句的連接詞中， before, after, since 是身兼連接詞與介系詞的雙重詞類。減化時要注意：它會被視為介系詞，故後面只能接名詞類，必要時得加上 being 來作詞類變化。

八、時態的問題

減化副詞子句還得注意時態問題，例如：

<u>After he wrote the letter</u>, he put it to mail.
　　　副詞子句

（他寫好了信，就拿去投郵。）

這兩個子句中的動詞 wrote 與 put 都是過去簡單式，兩者的先後順序是靠連接詞 after 來區分。在副詞子句減化時，有以下兩個選擇：

1. <u>After writing the letter</u>, he put it to mail.
　　減化副詞子句

減化的步驟仍是省去相同的主詞 he，把普通動詞改為 Ving。如果像例 1 選擇把連接詞 after 留下來，就可以清楚分出先後順序，是正確的減化子句。附帶一提的是， after 在子句減化後即成為介系詞，後面要接名詞。 writing the letter 是動名詞片語，可以符合詞類要求。然而若把連接詞 after 一併省略就會出現問題：

<u>Writing the letter</u>, he put it to mail.（誤）

因為 after 省略了，讀者看到的印象會是： When he was writing the letter, he put it to mail.（他正在寫信的時候，拿去投郵。）這就不合理了。讀者在看不到連接詞時，會假設時間副詞子句的連接詞是 when。所以如果要省略 after，在時態上要做如下的處理：

2. <u>Having written the letter</u>, he put it to mail.
       減化副詞子句

這是用完成式與簡單式的對比來交代寫信在先，投郵在後。句子還原後就能看得更清楚：

<u>When he had written the letter</u>, he put it to mail.
       副詞子句

若連接詞是不能表達先後功能的 when，就得靠動詞時態來表達。had written（過去完成式）在先，put（過去簡單式）在後。以這句來說，副詞子句的動詞 had written 沒有 be 動詞，也沒有語氣助動詞（had 是時態助動詞），減化方法就只有加 -ing 成為 having written。連接詞 when 屬於可省略之列。例 2 即是減化結果，也是正確的減化子句作法。

九、 Dangling Modifier 的錯誤
    副詞子句的減化有一個相當嚴格的要求：主詞只有在與主要

子句相同時才可省略。如果忽略這一點就逕行省略，會產生文法、修辭的錯誤。這項錯誤一不小心就會發生，修辭學中甚至有一個特別的名稱來稱呼它：Dangling Modifiers（懸蕩修飾語）。請看下例：

When the child was already sleeping soundly in bed, her mother
　　　　　　　　副詞子句　　　　　　　　　　　　　S

came to kiss her goodnight.
 V

（小孩已經在床上睡得很熟了，這時她媽媽來親她一下道晚安。）

副詞子句的主詞是小孩(the child)，主要子句的主詞卻是她媽媽(her mother)。如果忽略這一點而逕行減化，省去主詞與 be 動詞，就會得出這個結果：

Already sleeping soundly in bed, her mother came to kiss her
　　Dangling Modifier

goodnight.（誤）

看到 already sleeping soundly in bed 這個減化子句時，知道有個人在床上熟睡，可是主詞省略了，不知是誰在睡，這時候讀者只能假定就是主要子句的主詞 her mother，這個句子就因而發生了溝通的錯誤。減化副詞子句屬於副詞類，是一個修飾語，可是卻找不到依歸，有如懸蕩在半空中，所以這個錯誤稱爲 Dangling Modifier 的錯誤。碰到這種問題，有兩種常用的修改方式，其一是從主要子句下手：改變主要子句的結構，讓它的主詞與副詞子句

減化

的主詞相同。上例可修改如下：

Already sleeping soundly in bed, the child did not know it when
　　　　　減化副詞子句　　　　　　　　　　S　　　　　　V

her mother came to kiss her goodnight.

（小孩在床上熟睡著，並不知道媽媽來親她道晚安。）

主詞相同時，減化副詞子句就可塵埃落定，找到修飾的對
象。另一種改法是從副詞子句下手：保留不同的主詞。

十、所謂「獨立片語」

副詞子句減化時，若主詞與主要子句不同就不能省略。這時
可以選擇保留主詞，只省略 be 動詞和連接詞。在主詞後面保留現
在分詞或過去分詞的補語。上面的例子可以修改如下：

The child already sleeping soundly in bed, her mother came
　　　　　　　　減化副詞子句　　　　　　　　　　　S　　　　　V

to kiss her goodnight.

傳統文法稱這種保留主詞的減化副詞子句為「獨立片語」。那
是把 already sleeping soundly in bed 視為形容詞片語看待，修飾前
面的名詞 the child。可是名詞 the child 就無法成功納入主要子句
來詮釋。傳統文法分析不夠深入，因此碰到困難就取個名稱來搪
塞，「獨立片語」的名稱就是這樣來的——無法納入主要子句
中，就叫它「獨立」好了！

從減化子句的角度來看就能完整地了解。減化時以不妨礙清

楚性為原則。一般的副詞子句要省去主詞，是因為和主要子句主詞重複，省略不會影響語意。可是主詞不同時，一旦省略就會造成語意不清。這時的選擇就是不省略，把主詞保留下來，如此而已。

十一、保留主詞時的注意事項

減化副詞子句時，如果主詞不同而需保留，有兩點必須注意：第一，連接詞要省略。減化子句一般是省略主詞、be 動詞與連接詞（視情形決定是否省略）。如果主詞要保留，連接詞又留下，就只是省掉一個 be 動詞，那麼並沒有達到減化的效果。

<u>When the child already sleeping soundly in bed,</u> her mother came to kiss her goodnight.（誤）

這個句子看起來不像減化子句，反而像寫錯了，漏掉一個 be 動詞。

減化副詞子句若保留主詞，第二件注意事項是：後面必須配合分詞補語（現在分詞或過去分詞）。因為只有如此，才可明顯看出這是省略 be 動詞的減化子句。The child sleeping soundly... 清楚說明 the child 是主詞，sleeping soundly... 是補語，省略 be 動詞與連接詞，形成減化的副詞子句。傳統文法把「獨立片語」視為「分詞構句」的變化，就是因為保留主詞和使用分詞補語有必然的關聯性。

結語

　　副詞子句的減化有很多變化，大約可以分成五種不同的情況來探討。本章先談了一種情形：Ving 補語。其他情形留待下一章繼續探討。下面附上一篇練習，複習從屬子句的減化。有些題目是複習前兩章關於形容詞子句與名詞子句減化的觀念，有些題目則要等到副詞子句全部講完才能完全清楚。讀者不妨先做做看。遇到不會做的題目先別著急，等到減化子句講完時再來回顧，應該就不會有問題了。

Test 19

練習一

將下列各句中的副詞子句（即畫底線部分）改寫爲減化子句：

1. <u>While he was watching TV</u>, the boy heard a strange noise coming from the kitchen.

2. <u>Because she lives with her parents</u>, the girl can't stay out very late.

3. <u>If you have finished your work</u>, you can help me with mine.

4. <u>As he is a law-enforcement officer</u>, he cannot drink on duty.

5. The actor has been in a state of excitement <u>ever since he was nominated for the Oscar</u>.

6. <u>After he addressed the congregation</u>, the minister left in a hurry.

7. <u>As it was rather warm</u>, we decided to go for a swim.

8. <u>When the students have all left</u>, the teacher started looking over their examination sheets.

9. I know all about corn farming <u>because I grew up in a Southern farm</u>.

10. <u>As the door remained shut</u>, the servant could not hear what was going on inside.

練習二

請選出最適當的答案填入空格內，以使句子完整。

1. ___on the sofa, we began to watch television.
   - (A) Sat
   - (B) Seat
   - (C) Seated
   - (D) Set

2. Returning to the room, ___.
   - (A) the book was lost
   - (B) I found the book missing
   - (C) missing was book
   - (D) the book was missing

3. The average age of the Lishan apples ___ today is about fifty years.
   - (A) grow
   - (B) grown
   - (C) growing
   - (D) to grow

4. Underground money lenders make most of their income from interest ___ on loans.
   - (A) earn
   - (B) earned
   - (C) to earn
   - (D) was earned

5. ___ the driveway, the house appeared to be much smaller than it had seemed to us as children many years ago.
   - (A) Standing in
   - (B) Seen from
   - (C) Crossing
   - (D) Driving down

6. After finishing my degree, ___.
   - (A) my education will be employed by the university
   - (B) employment will be given to me by the university
   - (C) the university will employ me
   - (D) I will be employed by the university

7. The man ___ the paper is my father.
   - (A) reads
   - (B) reading
   - (C) is reading
   - (D) read

8. ___, he washed the cup and put it away.
   (A) Drinking the coffee
   (B) Having drunk the coffee
   (C) Having drank the coffee
   (D) After drank the coffee

9. ___ to the south of China, not far away from the coast of Mainland China, Taiwan has long played an important role in Pacific Rim politics.
   (A) Its location
   (B) Locating
   (C) Is located
   (D) Located

10. John Williams wrote his first novel ___.
    (A) while he worked a porter at a hotel in Paris
    (B) while working as a porter at a hotel in Paris
    (C) while worked as a porter at a hotel in Paris
    (D) while he was worked as a porter a hotel in Paris

Answer Key ⋯⋯⋯ 19

練習一

1. <u>(While) watching TV</u>, the boy heard a strange noise coming from the kitchen.
2. <u>Living with her parents</u>, the girl can't stay out very late.
3. <u>If having finished your work</u>, you can help me with mine.
4. <u>Being a law-enforcement officer</u>, he cannot drink on duty.
5. The actor has been in a state of excitement <u>ever since being nominated for the Oscar</u>.
6. <u>After addressing the congregation</u>, the minister left in a hurry.

   或 <u>Having addressed the congregation</u>, the minister left in a hurry.
7. <u>It being rather warm</u>, we decided to go for a swim.
8. <u>The students having all left</u>, the teacher started looking over their examination sheets.
9. I know all about corn farming, <u>having grown up in a Southern farm</u>.
10. <u>The door remaining shut</u>, the servant could not hear what was going on inside.

練習二

1. (C)

   seat 是及物動詞，本句是 we were seated on the sofa 的減化。

2. (B)

   Returning to the room 是減化子句，必須與主要子句同一主詞。四個答案中只有 B 的主詞是人，符合這個要求。

3. (C)

   空格部分是 that are growing today 的減化，成為 growing today（今天在長的）。若是 B，應為 that are grown today（今天種下去的）這一句的減化，文法也通，但是如果今天才種下去，不可能「平均年齡五十歲」，所以不行。

4. (B)

   這是 that is earned on loans 這個形容詞子句的減化。

5. (B)

   四個答案都是副詞子句減化，條件是要與主要子句同一主詞(the house)，所以只有 A 或 B。 the driveway 是「車道」，房子不能站在它裡面，所以排除掉 A，剩下 B（When it was seen from... 的減化）。

6. (D)

   After finishing my degree 是 After I finish my degree 的減化，所以主要子句只能用 I 作主詞，因而只有 D。

7. (B)

   空格以下是 who is reading the paper 的減化。

8. (B)

A.看起來像是 when he was drinking the coffee 的減化，既然還在喝，不應洗杯子。所以選完成式的 B，表示「喝完之後」。

9. (D)

這是 Taiwan is located to the south... 這一句的減化。

10. (B)

這是 while he was working as a porter... 的減化。A 中 while he worked a porter 當 worked 的受詞使用，是誤把不及物的 work 當作及物動詞使用。

第二十章

副詞子句減化之二

　　減化子句是比較複雜的句型。因為它有精簡、濃縮的特色，也是修辭效果相當好的句型。其中又以副詞子句的減化最為複雜。上一章探討了副詞子句減化為 Ving 形式的變化，本章繼續探討副詞子句減化的其他變化。

減化為 Ven

　　從屬子句減化的共同原則是省略主詞與 be 動詞。副詞子句中如果原本是被動態(be+Ven)，那麼減化之後沒有了 be 動詞，就會成為 Ven 的型態。例如：

<u>After he was shot in the knee</u>, he couldn't fight.
　　　　副詞子句

（膝蓋中槍，他就不能作戰了。）

　　例句中副詞子句的主詞 he 與主要子句的主詞相同，可以減

化。省去主詞與 be 動詞後，不再需要連接詞，成爲：

Shot in the knee, he couldn't fight.
減化副詞子句

一、是否保留連接詞

上例中連接詞 after 可以不留，因爲 shot 是過去分詞，本身就表示「已經中槍」、「中槍之後」，已有完成式的暗示，因而不再需要 after 一字。但下面的例子則不同：

Although he was shot in the knee, he killed three more enemy
副詞子句

soldiers.（雖然膝蓋中槍，他仍多殺了三名敵軍。）

句中連接詞 although 帶有「相反」的暗示，省去後意思會有出入，應該予以保留：

Although shot in the knee, he killed three more enemy soldiers.
減化副詞子句

或者，如果省略 although 的話，也必須用其他方式來表示句中的「相反」暗示，例如：

Shot in the knee, he still killed three more enemy soldiers.

二、三個特殊的連接詞

另外，連接詞如果要留下來，要注意一點： before, after, since

這三個連接詞也可以當介系詞用。如果其中任何一個出現在減化子句中，由於沒有了主詞、動詞，這個連接詞就得當介系詞看待，亦即：後面要接名詞。例如：

<u>Before it was redecorated</u>, the house was in bad shape.
　　　副詞子句

（這棟房子重新裝潢之前，狀況很糟。）

　　副詞子句減化之後，連接詞 before 不能省略，否則意思會不同，成為：

Redecorated, the house was in bad shape.

　　因為過去分詞 redecorated 有完成的暗示，上面這句的意思是「重新裝潢後，這棟房子狀況很糟。」若要維持原意，則連接詞 before 不能省略。但是，before 是可以當介系詞使用的連接詞，留下來又會有問題：

<u>Before redecorated</u>, the house was in bad shape.（誤）

　　上句的錯誤在於 before 此時是介系詞，後面卻只有形容詞類的 redecorated，造成文法錯誤。修改的辦法是改變 redecorated 的詞性。若要保留它的被動態，就不能作字尾的詞類變化，只能在前面加 being 來作詞類變化：

<u>Before being redecorated</u>, the house was in bad shape.
　　　　減化副詞子句

　　be 動詞是沒有內容的字眼。在此加上 being 一字，純粹是因應詞類變化的需求：用動名詞字尾的 -ing 來變成名詞，以符合 before 介系詞的要求。另外，以這個例子而言，忽略 redecorated 的被動態，改成名詞 redecoration，意思仍不失清楚：

<u>Before redecoration</u>, the house was in bad shape.
　　　介系詞片語

　　除了 before 以外，after 和 since 這兩個連接詞如需保留，也都要注意詞類的問題。

三、如何應用 having been

　　許多學習者對 having been 頗覺困擾。在此用一個例子來說明它的用法：

　　1. <u>Because they had been warned</u>, they proceeded carefully.
　　　　　　副詞子句

　　（因為已經得到警告，他們就很小心地進行。）

　　減化這個句子裡的副詞子句時，主詞 they 當然可以先省掉。動詞 had been warned 有兩種處理方式。be 動詞固然沒有內容，可以省略，但是 had been 是 be 動詞的完成式，有「已經…」的意味。如果要保留下來，就得先把 had been 改成分詞類的 having been，成為：

2. <u>Having been warned</u>, they proceeded carefully.
　　減化副詞子句

　　另外，如果忽略例 1 中 had been 的完成式內容，把整個 be 動詞的完成式視同一般的 be 動詞，隨主詞一起省略，就可以把例 1 減化為：

3. <u>Warned</u>, they proceeded carefully.
　　減化副詞子句

　　這個句子中，warned 一字是過去分詞，本身就具有完成的暗示（表示「已經」受到警告），所以把 had been 省略並不影響句意。

　　如果把例 2 和例 3 兩句比較一下，當可發現：having been 後面如果跟的是過去分詞，那麼即使把 having been 省略，在文法上同樣正確（因為例 2 的 having... 和例 3 的 warned 同屬分詞，詞類相同），而且在意思上也相同。因為例 2 的 having been 是表達「已經」的意思，而例 3 裡的 warned 同樣表達了「已經」的意思。所以，having been 後面如果跟的是過去分詞，就可省略，不會有任何影響。

四、主詞不同時

　　副詞子句減化為 Ven，如果主詞和主要子句的主詞不同，就得把主詞留下來，不得省略。例如：

<u>When the coffin had been interred</u>, the minister said a few
副詞子句

comforting words.

（棺材入土後，牧師説了幾句安慰的話。）

副詞子句的主詞是棺材，和主要子句的主詞牧師不同，不能
省略，不然會出現下面的結果：

(Having been) interred, the minister said a few comforting
words.（誤）

這個意思是「入土之後，牧師說了幾句安慰的話。」也就是
牧師入土了，在地下說話！正確的作法是：主詞不同時要把主詞
留下，動詞加以減化，並省去連接詞，成爲：

<u>The coffin (having been) interred</u>, the minister said a few
減化副詞子句

comforting words.

五、減化爲 to V

如果原來的副詞子句中有語氣助動詞（can, should, must 之
類），帶有不確定語氣，減化之後就會成爲不定詞。例如：

He studied hard <u>in order that he could get a scholarship</u>.
副詞子句

（他用功讀書，爲的是要拿獎學金。）

副詞子句的動詞 could get 並不表示拿到了獎學金，只是想要拿，帶有不確定語氣。這時就可減化爲不定詞。從前提過，所有的語氣助動詞都可改寫爲 be+to 的形狀，意思不會有太大的變化。所以助動詞的減化，去除了 be 動詞就剩下 to，成爲不定詞：

He studied hard <u>in order to get a scholarship</u>.
　　　　　　　減化副詞子句

再看一個例子：

I'll only be too glad <u>if I can help</u>.
　　　　　　　　　副詞子句
（如果幫得上忙，我非常樂意。）

副詞子句中的動詞 can help 有助動詞在，仍是不確定語氣：還沒開始幫忙。減化後成爲：

I'll only be too glad <u>to help</u>.
　　　　　　　　減化副詞子句

副詞子句中凡有助動詞存在，減化的結果都是一樣：連接詞省略，主詞如果相同亦省略，助動詞拿掉 be 動詞之後變成 to，所以就剩下 to V 的結果。

單純的 be 動詞時

如果副詞子句的動詞是單純的 be 動詞，後面可能是一般的名詞、形容詞類的補語。要減化時，首先得注意主詞要和主要子句

的主詞相同，然後才可以把連接詞留下來，省去主詞和 be 動詞，留下補語。例如：

一、介系詞片語

When you are under attack, you must take cover immediately.
副詞子句

（受到攻擊時，要立刻尋找掩護。）

這個副詞子句的動詞是 be 動詞，補語是介系詞片語 under attack。減化後成為：

When under attack, you must take cover immediately.
減化副詞子句

二、形容詞

While it is small in size, the company is very competitive.
副詞子句

（這家公司規模雖小，但很有競爭力。）

副詞子句中的補語是形容詞 small，減化方式相同：

While small in size, the company is very competitive.
減化副詞子句

三、名詞

Although he was a doctor by training, Asimov became a writer.
副詞子句

（雖然受的是醫生的訓練，愛西莫夫後來成了作家。）

副詞子句中的補語是名詞 a doctor ，減化後成爲：

Although a doctor by training, Asimov became a writer.
　　減化副詞子句

　　觀察以上三種情形，可以作一歸納：副詞子句的連接詞不同於名詞子句或形容詞子句，是有意義的連接詞，減化時常要留下來。一旦留下連接詞，那麼它是由副詞子句減化而成這一點就十分明顯。所以，拿掉主詞與 be 動詞後，不論什麼詞類的補語——名詞、形容詞、介系詞片語——都可以留下來。不過有兩點需要注意：如果連接詞是 before 與 after 之類，減化後成爲介系詞，後面只能接名詞類。另外，表示原因的連接詞 because 與 since ，減化後通常不能原樣留下來，要改成 because of, as a result of 之類的介系詞。作法請看下面說明。

改爲介系詞片語

　　副詞子句的連接詞有表達某種邏輯關係的意義。減化時有一種特別的作法，就是把連接詞改爲意義近似的介系詞，整個子句減化爲名詞後，作爲介系詞的受詞：

When she arrived at the party, she found all the people gone.
　　副詞子句

（她到達派對場地時，發現人都走光了。）

　　與連接詞 when 近似的介系詞有 on 和 upon 。上面的句子可以改寫爲：

Upon arriving at the party, she found all the people gone.
　　　介系詞片語

　　因為介系詞後面只有一個受詞的空間，所以句型要大幅精簡，所有重複、空洞的字眼都要刪去，有意義的部分則儘量保留下來。通常可以把動詞改成動名詞（加 -ing），如上例的方式處理。不過也可以這樣修改：

Upon her arrival at the party, she found all the people gone.
　　　介系詞片語

　　動詞 arrive 直接改成名詞 arrival，符合詞類要求而意思不變。下面的例子就有些不同：

When she completed the project, she was promoted.
　　　副詞子句
（她完成了這項計畫，就升官了。）

　　同樣的，副詞子句可以改寫為介系詞加動名詞。

Upon completing the project, she was promoted.
　　　介系詞片語

　　可是動詞 complete 如改成名詞 completion，就會有問題：

Upon completion the project, she was promoted.（誤）

錯誤在於 complete 的後面有受詞 the project 。一旦變成名詞的 completion ，原來的受詞就無所依歸，所以要再加介系詞 of 來處理：

Upon completion of the project, she was promoted.
介系詞片語

再看一個例子：

The construction work was delayed because it had been raining.
副詞子句

（因為一直下雨，營建工程落後了。）

上例中副詞子句的連接詞可以改為介系詞 because of ，成為：

The construction work was delayed because of rain.
介系詞片語

副詞子句中的虛主詞 it ，以及動詞 had been 都可以省略，有意義的只有 rain 一字要留下來。 再看這個例子：

Although he opposed it, the plan was carried out.
副詞子句

（雖然他反對，這個計畫還是施行了。）

例句中連接詞 although 和介系詞 despite 或 in spite of 意思接近，可以改為：

減化

<u>Despite his opposition</u>, the plan was carried out.
　　　介系詞片語

　　副詞子句中的受詞 it，其內容與主要子句重複，是多餘的字眼。 Although 改為介系詞 Despite 後，只能接一個受詞，裡面要放下 he opposed 這個部分的概念，於是將詞類變化為 his opposition 。再看下例：

<u>If there should be a fire</u>, the sprinkler will be started.
　　　　副詞子句

（萬一失火，灑水器會開動。）

　　例句中的連接詞 if 和介系詞 in case of 近似。改寫後，副詞子句中的 there should be 這幾個沒有內容的字都要省略，只要把有意義的 fire 一字放進去就好：

<u>In case of a fire</u>, the sprinkler will be started.
　　介系詞片語

　　副詞子句改寫為介系詞片語，是大幅度的減化。許多連接詞都找得到近似的介系詞。然而，改過之後，只剩下一個名詞的空間來裝下整個子句的內容，所以要大量精簡。裝不下時就不要這樣減化，或者另闢蹊徑。例如：

<u>Because</u> <u>the exam</u> is <u>only a week away</u>, I have no time to waste.
（副詞子句）　S　　V　　　C

（因為考試只剩一個禮拜，我不能再浪費時間。）

這個副詞子句的主詞 the exam 和主要子句主詞 I 不同，不易減化，需改成介系詞片語：

With the exam only a week away, I have no time to waste.
介系詞　　　O　　　　　C

連接詞 because 改成介系詞 with。原來的主詞 the exam 作它的受詞。be 動詞省略後，主詞補語 only a week away 就成了受詞補語，完成了減化的工作。

結語

　　減化子句這個較龐大的概念，至此可告一段落。這個非常重要的觀念，對於認識與寫作複雜的句型有極大的幫助。為了消化這個觀念，本書擬在下一章採用 sentence-combining 的方式，與讀者共同將若干個單句組合成複合句，再進一步減化到只剩一個完整的子句。這個動作一方面可以複習文法句型觀念，一方面也是英文寫作的最佳練習。讀者親自練習一下，應當會有更深一層的體驗。

減化

Test 20

練習一

將下列各句中的副詞子句（即畫底線部分）改寫爲減化子句：

1. <u>After he was told to report to his supervisor</u>, the clerk left in a hurry.

2. <u>Although he was ordered to leave</u>, the soldier did not move an inch.

3. The plan must be modified <u>before it is put into effect</u>.

4. <u>Because it had been bombed twice in the previous week</u>, the village was a total wreck.

5. <u>When all things are considered</u>, I cannot truly say that this was an accident.

6. <u>When the job was done</u>, the secretary went home.

7. He took on two extra jobs <u>so that he could feed his family</u>.

8. <u>If you are in doubt</u>, you should look up the word in the dictionary.

9. <u>Because pork is so expensive</u>, I'm buying beef instead.

10. <u>When we consider his handicap</u>, he has done very well indeed.

練習二

請選出最適當的答案填入空格內，以使句子完整。

1. ___ not a big star, the actor played in hundreds of films.
   (A) Although
   (B) He was
   (C) Because
   (D) Despite

2. Eisenhauer was president of Columbia University ___ President of the USA.
   (A) before he becomes
   (B) before becoming
   (C) before
   (D) before became

3. Gold remains stable even ___ to extremely high temperatures.
   (A) when is heated
   (B) it is heated
   (C) when to heat
   (D) when heated

4. ___, the stock market crashed.
   (A) With investor confidence gone
   (B) When investor confidence gone
   (C) When investors lose confidence
   (D) With investors lost confidence

5. A monkey's brain is small ___ with the human brain.
   (A) when they are compared
   (B) when compare
   (C) compared
   (D) to compare them

6. Picasso did many of his abstract paintings ___ living in Paris.
   (A) that he was
   (B) during
   (C) while
   (D) and

7. ____ at correct angles,
diamonds reflect light
brilliantly.
(A) When carved
(B) If it is carved
(C) Carving
(D) If carving

8. ____, the children gradually
learned to be independent.
(A) Because their father gone
(B) Their father was gone
(C) Due to their father was
gone
(D) With their father gone

9. She broke into tears ____ the
news.
(A) upon hearing
(B) because hearing
(C) when heard
(D) when she hears

10.____ the truth, I know nothing
about it.
(A) To tell you
(B) Telling you
(C) I tell you
(D) I told you

Answer Key 20

練習一

1. (Having been) told to report to his supervisor, the clerk left in a hurry.
2. Although ordered to leave, the soldier did not move an inch.
3. The plan must be modified before being put into effect.
4. (Having been) bombed twice in the previous week, the village was a total wreck.
5. All things considered, I cannot truly say that this was an accident.
6. The job done, the secretary went home.
7. He took on two extra jobs (so as) to feed his family.
8. If in doubt, you should look up the word in the dictionary.
9. With pork so expensive, I'm buying beef instead.
   或 Pork being so expensive, I'm buying beef instead.
10. Considering his handicap, he has done very well indeed.

練習二

1. (A)

   副詞子句 Although he was not a big star 的減化。

2. (B)

   副詞子句 before he became President of the USA 的減化。

3. (D)

   副詞子句 even when it is heated... 的減化。

4. (A)

   副詞子句 Because investor confidence was gone 減化成介系詞片語。

5. (C)

   副詞子句 when it is compared... 的減化。

6. (C)

   副詞子句 while he was living... 的減化。

7. (A)

   副詞子句 When they are carved... 的減化。

8. (D)

   副詞子句 Because their father was gone 減化為介系詞片語。

9. (A)

   副詞子句 as soon as she heard the news 減化為介系詞片語。

10. (A)

   副詞子句 If I can tell you the truth 的減化。

第二十一章
減化子句練習

　　減化子句,亦即一般文法書所謂的非限定子句(Non-finite Clauses),是高度精簡的句型,也是較具挑戰性的句型,在 TIME 中俯拾皆是。本書一連幾章介紹這個比較龐大的概念,現在已到了驗收的時候。這一章就用 sentence combining 的型態來練習如何精簡複雜的句子。

　　首先回顧一下減化子句的兩大原則:

一、 對等子句中,相對應位置(主詞與主詞,動詞與動詞等)如果重複,擇一彈性省略。

二、 從屬子句(名詞子句、形容詞子句與副詞子句)中,省略主詞與 be 動詞兩部分,留下補語。不過主詞若非重複或空洞的元素,就應設法保留,以免句意改變。

　　這兩項原則的共同目的都是為了增強句子的精簡性:盡量刪除兩個子句間重複或空洞的元素,但以不傷害清楚性為前提。現

在就藉一些例句的組合來練習如何寫作高難度的句型。

例一

> 1. The patient had not responded to the standard treatment.
> （病人對標準療法沒有反應。）
> 2. This fact greatly puzzled the medical team.
> （醫療小組對此深感不解。）

這兩個單句中，句 2 的主詞 this fact 指的就是整個句 1 敘述的那件事。兩句經由這個交集建立了關係，可以考慮用關係子句（即形容詞子句）連結起來。亦即把句 2 的交集點 this fact 改寫為關係詞，附於句 1 上作關係子句，成為：

The patient had not responded to the standard treatment, <u>which</u> greatly puzzled the medical team. （不夠清楚）

如此組合這兩句話，文法上看來可以，但修辭上有嚴重的缺點：關係詞 which 固然可以代表逗點前的整句話（表示病人缺乏反應這一點令人困惑），但是它也可以代表逗點前面的名詞 the standard treatment（表示標準治療方式本身令人困惑）。如此一來，一個句子有兩種可能的解釋，犯了模稜兩可(ambiguous)的毛病，也就是沒有把意義表達清楚，不如嘗試另一種組合方式。

既然整個句 1 是句 2 主詞 this fact 的內容，不妨把它改成名詞子句（前面加上連接詞 that 即可），然後直接置於句 2 中 this fact 的位置當主詞使用，成為複句：

<u>That the patient had not responded to the standard treatment</u>
greatly puzzled the medical team.

　　這個句子中的名詞子句（that 引導的子句）可再進一步減化，一般作法是刪除主詞與 be 動詞。但這個子句中主詞是 the patient，在主要子句中並無重複，無法省略。動詞 had not responded，其中也沒有 be 動詞可以省略，那麼該怎麼做？首先，動詞減化的共通原則是：

一、有 be 動詞即省略 be 動詞；
二、有語氣助動詞（can, must, should... 等）則改為不定詞 (to V)；
三、除此之外的動詞一律加上 -ing 保留下來。

　　以 had not responded 這個動詞片語而言，符合第三種情形，所以改寫為 not having responded，以取代原先的名詞子句。原來的主詞 the patient 改為所有格(the patient's)置於前面，再刪除無意義的連接詞 that 即完成了減化的動作，成為：

The patient's not having responded to the standard treatment
greatly puzzled the medical team.

　　另外，也可以直接進行詞類變化，把動詞改寫為名詞後，成為：

The patient's failure to respond to the standard treatment greatly puzzled the medical team.

這種講法讀起來會比上一種講法更自然一點。

例二

> 1. The summer tourists are all gone.
> （夏季的觀光客都走光了。）
> 2. The resort town has resumed its air of tranquillity.
> （這個度假小鎮又回復了平靜。）

這兩句話之間沒有重複的元素，但有邏輯關係存在：在觀光客走了之後，或是因為觀光客都走了，小鎮才得以恢復寧靜。這時可以用副詞子句的方式，選擇恰當的連接詞（after, because, now that... 等）附在句 1 前面，再把句 1 與句 2 並列即可：

Now that the summer tourists are all gone, the resort town has resumed its air of tranquillity.

Now that 引導的副詞子句若要進一步減化，關鍵在主詞、動詞兩個部分。主詞 the summer tourists 與主要子句並無重複，必須保留下來以免傷害句意。動詞部分有 be 動詞(are)，後面還有補語(gone)。這時若去掉 be 動詞，留下主詞與補語，就破壞了這個副詞子句的結構，可以省略連接詞 now that，成為：

(With) the summer tourists all gone, the resort town has resumed its air of tranquillity.

　　如果最前面沒有加上 with，而是以 the summer tourists all gone 直接代表一個減化的副詞子句，這種講法比較文謅謅，不夠口語化。

　　較口語化的作法是，用介系詞 with 來取代連接詞 now that 的意義，而把 the tourists 放在 with 後面作它的受詞，all gone 仍然作補語，即成為上句中多一個 with 在前面的句型。

例三

1. Confucius must have written on pieces of bamboo.
   （孔子當年一定是在竹簡上寫字。）
2. Confucius lived in the Eastern Zhou Dynasty.
   （孔子是東周時代的人。）
3. Paper was not available until the Eastern Han Dynasty.
   （紙到東漢時期才有。）

　　這三句話中，句 1 和句 2 有一個交集：Confucius。經由這個交集點建立關係，可用關係子句的方式連結，將句 2 的 Confucius 改寫為關係詞 who，成為：

(1+2) Confucius, who lived in the Eastern Zhou Dynasty, must have written on pieces of bamboo.

減化練習

這個關係子句(who lived in the Eastern Zhou Dynasty)可以進行減化，省略重複的主詞 who，再把普通動詞 lived 改寫為 living，即成為減化形容詞子句：

Confucius, living in the Eastern Zhou Dynasty, must have written on pieces of bamboo.

東周時代的孔子為什麼要用竹簡寫字？是因為句 3 ：紙到東漢時期才有。句 3 的內容表示原因，所以用副詞子句的方式──外加連接詞 because 成為副詞子句，與主要子句並列，即得到：

(+3) Confucius, living in the Eastern Zhou Dynasty, must have written on pieces of bamboo, because paper was not available until the Eastern Han Dynasty.

句中的副詞子句（because 之後的部分）如要進一步減化，又要觀察主詞與動詞部分。主詞 paper 沒有重複，必須留下來。動詞雖然是 be 動詞，可是副詞子句的減化中，一旦留下主詞，就得有個分詞配合（傳統文法稱為分詞構句），所以使用 be 動詞來製造分詞 being，並省略連接詞 because，即成為減化的副詞子句：

Confucius, living in the Eastern Zhou Dynasty, must have written on pieces of bamboo, paper not being available until the Eastern Han Dynasty.

例四

1. The movable-type press was invented by Gutenberg.
   （古騰堡發明活版印刷。）
2. The movable-type press was introduced to England in 1485.
   （活版印刷在一四八五年引進英國。）
3. This event marked the end of the Dark Ages there.
   （這件事標示英國黑暗時期的結束。）

這個例子中的句 1 和句 2 也有一個交集： the movable-type press，可以將它改寫為關係詞 which，以關係子句方式連接：

(1+2)　The movable-type press, <u>which was</u> invented by
　　　　Gutenberg, was introduced to England in 1485.

這個關係子句（which 引導的部分）可以直接減化，省略主詞 which 和 be 動詞 was，只保留補語 invented 這個部分，即成為減化的形容詞子句：

The movable-type press, <u>invented</u> by Gutenberg, was introduced to England in 1485.

句 3 中的主詞 this event（這個事件）指的就是上面整句話的那個事件。這時候因為上面的句子比較長，可以先加個同位格 an event，再用它和句 3 主詞 the event 的交集構成關係子句，成為：

(+3) The movable-type press, invented by Gutenberg, was introduced to England in 1485, <u>an event which marked</u> the end of the Dark Ages there.

　　要進一步減化這個句子，可以把重複部分 an event 刪除，再省略關係子句的主詞 which，把動詞 marked 改成分詞 marking：

The movable-type press, invented by Gutenberg, was introduced to England in 1485, <u>marking</u> the end of the Dark Ages there.

例五

1. Lee Tenghui was educated in the U.S.
   （李登輝曾赴美念書。）
2. Lee Tenghui shows a global view at times.
   （李登輝有時表現出有世界觀。）
3. Lee Tenghui deals with economic matters at these times.
   （這時李登輝是處理經濟事務。）

　　句 1 和句 2 之間有因果關係：因爲在美國讀過書，所以才培養出世界觀。那麼就在句 1 前面加上連接詞 because 成爲副詞子句，與句 2 的主要子句並列，成爲：

(1+2) <u>Because he was educated</u> in the U.S., Lee Tenghui shows a global view at times.

這個句子中，減化 because 引導的副詞子句，可以直接省略 he was，再把連接詞 because 刪去，只保留補語 educated 部分，成為：

Educated in the U.S., Lee Tenghui shows a global view at times.

這個句子要與句 3 連結，可以觀察到句尾的 at times 就是句 3 結尾部分的 at these times。以這個交集改寫為關係詞 when，構成關係子句的型態：

(+3) Educated in the U.S., Lee Tenghui shows a global view (at times) when he deals with economic matters.

句中括弧部分的 at times 是副詞類，屬於次要元素，又與後面的 when 重複，可以先行省略。進一步的減化作法仍是一樣：把主詞 he 省略，動詞 deals 改成 dealing。不過，由於原先的 at times 已經省略，所以與它重複的 when 不宜省略。把 when 留下來，即成為：

Educated in the U.S., Lee Tenghui shows a global view when dealing with economic matters.

例六

1. I'd like something.
   （我希望一件事。）
2. You will meet some people.
   （你去見見一些人。）
3. Then you can leave.
   （然後你就可以走了。）

句 1 中的受詞 something 就是整個句 2 敘述的那件事，所以在句 2 前面加上一個連接詞 that，成為名詞子句，然後放入句 1 中 something 的位置作為 like 的受詞：

(1+2) I'd like that you (will) meet some people.

附帶提一下，1+2 合併時，that 子句的語氣成為祈使句的語氣，所以助動詞 will 應省略成原形動詞，但減化時仍變成不定詞。以下的例子若看到助動詞上加個括弧都是同樣的原因。這裡的名詞子句要減化時，因主詞 you 與主要子句並無重複，所以要留下來，把它放在 like 後面的受詞位置。減化子句的作法是把助動詞減化為不定詞 to V，因為語氣助動詞 must, should, will(would), can(could), may(might) 等都可以改寫成 be+to 的形式。省略 be 動詞後就剩下 to，所以上面這個子句中的 will meet 就改成 to meet 當補語用，成為：

I'd like you to meet some people.

再把句 3 加上去。句 3 是表示時間,可以用連接詞 before 把它改成副詞子句:

(+3) I'd like you to meet some people <u>before you (can) leave</u>.

這個副詞子句若進一步減化,得把 before 留下才能表達「在…之前」的意思。但 before 這個連接詞也可當介系詞用,一旦後面的子句減化了,它就成為介系詞,只能接名詞型態。因此把重複的主詞 you 省略後,原來的動詞 leave 要改成動名詞 leaving 的型態,成為:

I'd like you to meet some people <u>before leaving</u>.

例七

1. I have not practiced very much.
   （我練習不多。）
2. I should have practiced very much.
   （我應該多練習。）
3. I am worried about something.
   （我擔心一件事。）
4. I might forget something.
   （我可能忘記東西。）
5. What should I say during the speech contest?
   （演講比賽中該說些什麼?）

句 1 和句 2 可以用比較級 as...as 的連接詞合成複句：

(1+2) I have not practiced <u>as much as I should</u> (have practiced).

因為「練習不夠」，才會造成句 3「我很擔心」的結果。表示這種因果關係，可以使用 because 的副詞子句來連接：

(+3) <u>Because I have not practiced</u> as much as I should, I am worried about something.

Because 引導的副詞子句，減化時可把重複的主詞 I 省略。動詞部分 have not practiced 因為沒有 be 動詞，也沒有語氣助動詞，就只能加上 -ing，成為 not having practiced，再把連接詞 Because 刪去，成為：

<u>Not having practiced</u> as much as I should, I am worried about something.

這個句子中，「擔心的事情」something，就是句 4 的內容「我可能會忘記東西」。因為 something 是放在介系詞 about 的後面，要連成複句的話可以先改成 about the possibility，再把句 4 加上連接詞 that，形成名詞子句，作為 possibility 的同位格，成為：

(+4) Not having practiced as much as I should, I am worried
(about the possibility) that I might forget something.

這個句子中的介系詞片語 about the possibility 意思和下文的
that 子句重複，可以省略。但是如果要減化其後的 that 子句，就得
把介系詞 about 留下來，減化的結果才有地方安置。 that 子句的減
化，省去重複的主詞 I 之後，動詞 might forget 的減化一般是改成
不定詞 to forget。可是現在要放在介系詞 about 後面，不能用不定
詞的型態，只能改成 forgetting：

Not having practiced as much as I should, I am worried about
forgetting something.

現在，這個句子中「擔心會忘記的」那件 something，就是句
5 的問題：「演講比賽該說什麼？」只要將這個疑問句改成非疑問
句，就是一個名詞子句，可直接取代上句中的 something，作為
forget 的受詞：

(+5) Not having practiced as much as I should, I am worried
about forgetting what I should say during the speech
contest.

最後一步是減化 what 引導的名詞子句。做法一樣：省略主詞
I，動詞 should say 改為不定詞 to say：

Not having practiced as much as I should, I am worried about forgetting <u>what to say</u> during the speech contest.

例八

> 1. James Sung was Secretary General of the KMT then.
>   （宋楚瑜當時是國民黨祕書長。）
> 2. James Sung is Governor of Taiwan Province now.
>   （宋楚瑜現在是台灣省長。）
> 3. James Sung saw something.
>   （宋楚瑜當時見到一件事。）
> 4. The KMT failed in the important Legislative Yuan election.
>   （國民黨在重要的立委選舉中失利。）
> 5. James Sung offered something.
>   （宋楚瑜提議做一件事。）
> 6. He would assume responsibility.
>   （宋楚瑜願意負責。）
> 7. He would tender his resignation.
>   （宋楚瑜將提出辭呈。）

這裡一共有七個句子，要合併在一起，而且其中六個都得減化，只許留下一個完整的子句。這可能是個不小的挑戰，請讀者仔細觀察如何逐步完成整個動作。

首先，句1和句2分別敘述宋楚瑜當時與現在的職位。這兩句在內容與句型上對仗工整，適合以對等子句方式表現，故加上對等連接詞 and 來連接：

(1+2) James Sung was Secretary General of the KMT then <u>and he is Governor</u> of Taiwan Province now.

　對等子句的減化方法是：兩子句間相對應位置如有重複，則省略一個。因此把 and 右邊那個子句重複的 he is 去掉，成為：

(A) James Sung was Secretary General of the KMT then <u>and Governor</u> of Taiwan Province now.

　這個描述宋楚瑜職位的句子，我們稱作句 A，先放著備用。
　下一步來組合 3 和 4 兩句。句 3 中「宋楚瑜見到」的 something 就是整個句 4 的內容：「國民黨選舉失利」。所以把句 4 冠上連接詞 that 成為名詞子句，置於句 3 中取代 something ，做為 saw 的受詞：

(3+4) James Sung saw <u>that the KMT failed</u> in the important Legislative Yuan election.

　that 引導的這個名詞子句可以如此減化：主詞 KMT 改為所有格留下，動詞 failed 直接改為名詞的 failure ，成為：

(B) James Sung saw <u>the KMT's failure</u> in the important Legislative Yuan election.

「宋楚瑜眼見國民黨失利。」這句話我們稱作句 B，也先放著暫時不用。

接下來組合 5 和 6 兩句。句 5「宋楚瑜提出」的 something，就是句 6 的「他要負起責任」。所以如法炮製把句 6 改成名詞子句置入句 5 來取代 something，成為：

(5+6) James Sung offered <u>that he (would) assume</u> responsibility.

這個句子可再將助動詞減化為不定詞 to V 的減化子句 he be to assume，而 be 動詞可再省略成為：

James Sung offered <u>to assume</u> responsibility.

現在就用這個句子來把前面整理的結果堆砌上去。先把句 A 拿出來。(句 A 內容是描述宋楚瑜的職位，有補充形容宋楚瑜身分的功能，所以拿它來做關係子句，將 James Sung 改為關係詞 who，附於上句的主詞 James Sung 之後，成為：

(+A) James Sung, <u>who was Secretary General of the KMT then and Governor of Taiwan Province now</u>, offered to assume responsibility.

句中這個 who 引導的關係子句可以減化，省略主詞 who 和 be 動詞 was，留下名詞類補語（一般所謂的同位格），成為：

James Sung, <u>Secretary General of the KMT then and Governor of Taiwan Province now</u>, offered to assume responsibility.

「當時的祕書長，現今的省長宋楚瑜，表示要負責。」為什麼？因為句 B：「他目睹國民黨選舉失利。」現在把句 B 拿出來用，它和上句的關係是因果關係，所以加上連接詞 because，做成副詞子句與上句並列：

(+B) <u>Because he saw</u> the KMT's failure in the important Legislative Yuan election, James Sung, Secretary General of the KMT then and Governor of Taiwan Province now, offered to assume responsibility.

句子愈來愈長了，現在來減化一下。上句中 because 引導的副詞子句，主詞 he 和主要子句的 James Sung 重複，可以省略。動詞 saw 因無 be 動詞與助動詞，可直接改成 seeing，再把多餘的 because 去掉，成為：

<u>Seeing</u> the KMT's failure in the important Legislative Yuan election, James Sung, Secretary General of the KMT then and Governor of Taiwan Province now, offered to assume responsibility.

別忘了，一直未動用到句 7：「宋楚瑜打算提出辭呈。」從內容來看，它是說明上句中「負責」(assume responsibility)的方

式。也就是句 7 應拿來修飾上句中的原形動詞 assume 一字。「以
…方式」的最佳表達是用 by 的介系詞片語，所以把句 7 (He would
tender his resignation.) 直接放入 by 的後面，不過，by 是介系詞，
後面只能接受名詞片語，所以要將句 7 減化爲名詞片語的型態。
省略主詞 he，動詞 would tender 因爲要放在介系詞後面，只能改
成動名詞 tendering，成爲：

(+7) Seeing the KMT's failure in the important Legislative Yuan
election, James Sung, Secretary General of the KMT then
and Governor of Taiwan Province now, offered to assume
responsibility by tendering his resignation.
（眼見國民黨在重大的立委選舉中失利，當時的國民黨
祕書長，也就是現在的台灣省長宋楚瑜，表示要提出辭
呈以示負責。）

　　終於大功告成。讀者經過這一番演練，當可了解上面這個句
子實際上隱含多達七句話。然而經過減化的過程，刪掉了一切多
餘的元素，最後的結果並不顯得太長或太複雜，這就是減化子句
的功效。
　　如開場白中所述，減化子句是高難度句型，頗富挑戰性。讀
者若看到這裡都能大致了解，那麼句型觀念可說已相當完整，欠
缺的只是大量的閱讀功夫，那要靠日積月累的培養。有清晰的句
型觀念，再加上大量的閱讀，日後自然能寫出一手好文章。
　　下面再附上一篇練習，請讀者先自行嘗試組合、減化其中的
句子，再比對附在後面的參考——只是參考，因爲減化子句沒有

一定的做法，也沒有標準答案。在告別句型之前，還有一個問題要處理：倒裝句。下一章我們就來研究這個也很重要的問題。

Test 21

將下列各題中的句子寫在一起成為複句或合句，然後再減化到最精簡的地步：

1. Lee Tenghui was educated in the US. (because)
   Lee Tenghui has a worldview.
   Lee Tenghui deals with economic matters. (while)

2. I'd like something.
   You will meet some people. (that)

3. I'm not sure.
   What should I do?

4. He worked late into the night.
   He was trying to finish the report. (because)

5. The soldier was wounded in the war. (after)
   He was sent home.

6. He used to smoke a lot.
   He got married. (before)

7. I am afraid.
   The DPP might win a majority. (that)

8. I have nothing better to do. (when)
   I enjoy something.
   I play poker. (that)

9. Mike won the contest. (when)
   Mike was awarded ten thousand dollars.

10. The motorcyclist was pulled over by the police car.
    The motorcyclist did not wear a safety helmet. (who)

11. The mayor declined.
    The mayor was a very busy person. (who)
    The mayor was asked to give a speech at the opening ceremony.
    (when)

12. Tax rates are already very high. (although)
    Tax rates might be raised further to rein in inflation.

13. The resort town is crowded.
    There has been an influx of tourists for the holiday season.
    (because)

14. The student had failed in two tests. (though)
    The student was able to pass the course.

15. The president avoided the issue. (that)
    This was obvious to the audience.

16. Anyone could tell he was upset.
    He had the look on his face. (because)

17. Michael Crichton is in town.

    He is author of *Jurassic Park*. (who)

    He could promote his new novel. (so that)

18. I am a conservative. (although)

    I'd like to see something.

    The conservative party is chastised in the next election. (that)

19. The man found a fly in his soup. (when)

    The man called to the waiter.

20. It is a warm day. (because)

    We will go to the beach.

Answer Key......21

（參考答案）

1. Because he was educated in the US, Lee Tenghui has a world view while he deals with economic matters.

   減化為

   Educated in the US, Lee Tenghui has a world view while dealing with economic matters.

2. I'd like that you will meet some people.

   減化為

   I'd like you to meet some people.

3. I'm not sure what I should do.

   減化為

   I'm not sure what to do.

4. He worked late into the night because he was trying to finish the report.

   減化為

   He worked late into the night trying to finish the report.

5. After the soldier was wounded in the war, he was sent home.

   減化為

   (After being) wounded in the war, the soldier was sent home.

6. He used to smoke a lot before he got married.

減化為

He used to smoke a lot before getting married.

7. I am afraid that the DPP might win a majority.

減化為

I am afraid of the DPP's winning a majority.

8. When I have nothing better to do, I enjoy that I play poker.

減化為

When I have nothing better to do, I enjoy playing poker.

9. When Mike won the contest, he was awarded ten thousand dollars.

減化為

(Upon) winning the contest, Mike was awarded ten thousand dollars.

10. The motorcyclist who did not wear a safety helmet was pulled over by the police car.

減化為

The motorcyclist not wearing a safety helmet was pulled over by the police car.

11. The mayor, who was a very busy person, declined when he was asked to give a speech at the opening ceremony.

減化為

The mayor, a very busy person, declined when asked to give a speech at the opening ceremony.

12. Although tax rates are already very high, they might be raised further to rein in inflation.

減化為

Although already very high, tax rates might be raised further to rein in inflation.

13. The resort town is crowded because there has been an influx of tourists for the holiday season.

減化為

The resort town is crowded with an influx of tourists for the holiday season.

14. Though the student had failed in two tests, he was able to pass the course.

減化為

Though having failed in two tests, the student was able to pass the course.

15. That the president avoided the issue was obvious to the audience.

或 It was obvious to the audience that the president avoided the issue.

減化為

The president's avoiding the issue was obvious to the audience.

或 The president's avoidance of the issue was obvious to the audience.

16. Anyone could tell he was upset because he had the look on his face.

    減化為

    Anyone could tell he was upset, with the look on his face.

17. Michael Crichton, who is author of *Jurassic Park*, is in town so that he could promote his new novel.

    減化為

    Michael Crichton, author of *Jurassic Park*, is in town to promote his new novel.

18. Although I am a conservative, I'd like to see that the conservative party is chastised in the next election.

    減化為

    Although (being) a conservative, I'd like to see the conservative party chastised in the next election.

19. When the man found a fly in his soup, he called to the waiter.

    減化為

    Finding a fly in his soup, the man called to the waiter.

20. Because it is a warm day, we will go to the beach.

    減化為

    It being a warm day, we will go to the beach.

第二十一章

倒裝句

倒裝句是一種把動詞（或助動詞）移到主詞前面的句型。以這個定義來看，一般的疑問句都可以算是倒裝句。

撇開疑問句這種只具有文法功能的倒裝句不談，比較值得研究的是具有修辭功能的倒裝句。恰當地運用倒裝句，可以強調語氣、增強清楚性與簡潔性，以及更流暢地銜接前後的句子。以下分別就幾種重要的倒裝句來看看它倒裝的條件，以及可達到的修辭效果。

比較級的倒裝

在開始談比較級的倒裝前，有一些關於比較級的修辭問題應先弄清楚，請看這個例子：

1. Girls like cats more than boys. （不清楚）

這個句子可能有兩種意思：

2. Girls like cats more than boys do.
   （女孩比男孩更喜歡貓。）
3. Girls like cats more than they like boys.
   （女孩比較喜歡貓，比較不喜歡男孩。）

比較級的句型通常會牽涉到兩個子句互相比較。這兩個子句間應有重複的部分才能比較。一旦有重複，就有省略的空間。但是如果省略不當，就會傷害句子的清楚性。就像上面的例 1，可以作例 2 和例 3 兩種不同的解釋。修辭學上稱這種句子為 ambiguous（模稜兩可）。如果要表達例 2 的意思，那麼句尾的 do 就不能省略，否則讀者有可能把它當作例 3 來理解。

如果把例 2 修改一下，成為：

Girls like cats more than boys, who as a rule are a
cruel lot, <u>do</u>.（不佳）

這個句子在 boys 後面加上一個修飾它的關係子句。從剛才的分析中可了解到，句尾的 do 不能省略，否則讀者無從判斷 boys 是主詞還是受詞——是喜歡貓的人，還是被喜歡的對象。

do 這個字既不能省略，把它留在句尾卻又有修辭上的毛病。首先，do 這個助動詞和它的主詞 boys 之間，因為關係子句的阻隔，距離太遠，會傷害句子的清楚性。另外，助動詞 do 所代表的是前面子句中的 like cats，但同樣也因為距離太遠而不夠清楚。

要解決這個修辭上的問題，有個方法 ── 倒裝句。將 do 挪到主詞 boys 前面，成為：

Girls like cats more than <u>do boys</u>, who as a rule are a cruel lot.
　　　　　　　　　　　　　倒裝句

（女孩比男孩更喜歡貓 ── 男孩通常都很殘酷。）

如此一來，助動詞 do 和主詞 boys 放在一起了，而且 do 和它所代表的 like cats 的距離也減到最小，解決了所有的修辭問題。比較級需要用到倒裝句的情形大抵都是這樣：
一、從屬子句中的助動詞或 be 動詞不宜省略。
二、主詞後面有比較長的修飾語。

關係子句的倒裝

關係子句中的關係詞，如果不是原來就在句首位置，就要向前移到句首讓它發揮連接詞的功能，例如：

1. The President is <u>a man</u>.
　（總統是一個人。）
2. A heavy responsibility, whether he likes it or not, falls on <u>him</u>.
　（不論他喜不喜歡，他負有極重大的責任。）

例 2 中的 him 就是例 1 的 a man，由這個交集建立起關係，可以製造一個關係子句：

The President is a man on <u>whom</u> <u>a heavy responsibility</u>, whether
　　　　　　　　　　　　　關係詞　　　　關係子句主詞

he likes it or not,　<u>falls</u>.　　（不佳）
　　　　　　　　　　關係子句動詞

　　介系詞片語 on whom 因為內含關係詞，要移到句首的位置。
然而一經移動，就產生了修辭上的問題。
　　首先，on whom 這個介系詞片語是當做副詞使用，修飾動詞
falls。但是移到句首之後，它與修飾的對象 falls 之間隔了頗長的
距離，這就會傷害修辭的清楚性。另外，關係子句主詞 a heavy
responsibility 與它的動詞 falls 之間也隔了一個插入的副詞子句
whether...，主詞動詞間的距離過長又是一個不清楚性的來源。要
解決這兩個問題還是得靠倒裝句，把動詞移到主詞前面：

The President is a man <u>on whom falls a heavy responsibility</u>,
　　　　　　　　　　　　　　　　倒裝句

whether he likes it or not.
（總統負有重大責任，不論他喜不喜歡。）

　　如此一來，關係詞 whom 與先行詞 a man 在一起，介系詞 on
whom 與它修飾的對象 falls 在一起，而且動詞 falls 又與它的主詞
a heavy responsibility 在一起，一舉解決了所有問題。這就是倒裝
句的妙用。
　　要注意的是，關係詞必須先向句首移動，造成順序的反常，
才有倒裝的可能。如果關係詞沒有移動就不能倒裝。例如：

The President is a man who bears a lot of responsibility.
關係子句

　　這句話的意思和原來的句子差不多，不過它無法倒裝。因為裡面的關係子句原來是 He bears a lot of responsibility.，主詞 he 改成關係詞 who，由於原本就在句首，沒有移動位置，所以也就不能倒裝。

假設語氣的倒裝

　　這種倒裝比較單純。在假設語氣的副詞子句中（往往是由 if 引導的），如果有 be 動詞或助動詞，就可以考慮倒裝。做法是把連接詞（例如 if）省略掉，把 be 動詞或助動詞移到主詞前面來取代連接詞的功能。例如：

If I had been there, I could have done something to help.
副詞子句

（如果當時我在場，就可以幫得上忙。）

　　為了加強簡潔性，可以把連接詞 if 省略掉，用倒裝句來取代，成為：

Had I been there, I could have done something to help.
倒裝句

　　但副詞子句中若沒有 be 動詞或助動詞，就缺乏可倒裝的工具，因而不能使用倒裝。

倒裝句

引用句的倒裝

在直接引句（用到雙引號者）與間接引句（沒有用雙引號者）中，都可以選擇使用倒裝句來凸顯出句中的重點。例如：

The police said, "None was killed in the accident."
　S　　 V　　　　　　　O（直接引句）

（警方表示：「這樁車禍無人死亡。」）

引用句往往出現在受詞位置，上面這個例子就是如此。不過，引用句的內文才是讀者急於知道的事情，至於是「誰說的」倒不那麼關心。然而引用句的構造偏偏是「誰說的」作為主詞、動詞，出現在前面，受詞子句拖在後面。選擇倒裝句就可以解決這個問題：

"None was killed in the accident," said the police.
　　　　　　　O　　　　　　　　　 V　　 S

把讀者最關心的引用句內文移到句首，可以達到強調語氣的效果。因為受詞子句挪到句首，與它關係密切的動詞 said 也可以移到主詞前面，成為倒裝句。不過在直接引句的情況下，主詞、動詞也可以選擇不必倒裝，像上面這個例子，句尾部分可以維持 the police said (S+V)的順序不必倒過來。接下來看間接引句：

The WHO warns that cholera is coming back.
　S　　 V　　　　　O（間接引句）

（世界衛生組織警告：霍亂死灰復燃。）

這句話有一個間接引句，除了選擇把整個受詞子句移到句首之外，也可以選擇只把引用句的主詞移到句首來加強語氣，主要子句倒裝，成為：

Cholera, <u>warns</u> <u>the WHO</u>, is coming back.
            V   S

不論直接引句還是間接引句，選擇倒裝的修辭原因都是為了凸顯引用句的內容，把它擺在句首最顯著的地位。

類似 there is/are 的倒裝

這種倒裝句是把地方副詞挪到句首，句型和 there is/are 的句型很接近，修辭功能在於強調語氣，以及銜接上下文。例如：

<u>There</u>   <u>goes</u> <u>the train</u>.
地方副詞   V   S

（你看，火車開走了！）

這個句子以倒裝句處理，可以強調動詞 goes，表示「正在開走」。再如：

<u>Here</u> <u>is</u> <u>your ticket</u> for the opera.
地方副詞 V   S

（你的歌劇門票，拿去吧！）

除了 here, there 之外，其他的地方副詞也可以倒裝，例如：

In Loch Ness dwells a mysterious monster.
　　地方副詞　　　V　　　S

（尼斯湖裡住著一頭神祕的水怪。）

這個倒裝句可以同時加強句首地方副詞與句尾主詞兩個部分的語氣。

有時候可以使用這種倒裝句來加強上下文的銜接。例如：

To the west of Taiwan lies Southern China.

To the east spreads the expanse of the Pacific.

（台灣西方是華南，東方是浩瀚的太平洋。）

爲了以空間順序(spatial order)來組織上下文，這兩個句子都用地方副詞(To the west..., To the east...) 開頭，也都動用到倒裝句來達到這個目的。

否定副詞開頭的倒裝

如果把表示否定意味的副詞(not, never, hardly...)挪到句首來強調語氣，就得使用倒裝句。例如：

We don't have such luck every day.

（我們不是每天都能有這種運氣。）

如果爲了強調「不是每天」，而把 not every day 挪到句首，就要用倒裝句。因爲 not 和 every day 都是修飾動詞的，而且 not 是用來做否定句的副詞，和助動詞 do 不能分開。一旦移到句首，助

動詞 do 也要往前移來配合否定句的需要，就成為倒裝句：

Not every day do we have such luck.

再看一個例子：

I will <u>not</u> stop waiting for you <u>until you are married</u>.
（除非你結婚，否則我會一直等你。）

同樣的，如果把 not until you are married 移到句首來強調語氣，就得把助動詞 will 倒裝到主詞前面來配合否定句的要求：

Not until you are married will I stop waiting for you.

另外有一些副詞，像是 hardly, barely 等等，雖然不是一般否定句用的 not，不過功能與用法都類似，移到句首時也要倒裝。例如：

I had <u>hardly</u> sat down to work when the phone rang.
（我剛坐下來要做事，電話就響了。）

把 hardly 移到句首也是為了加強語氣，這時就要倒裝：

倒裝句

Hardly had I sat down to work when the phone rang.

不過，下面這個句子就不要倒裝：

Hardly anyone knew him.
（幾乎沒有人認識他。）

這是因為 hardly 雖然在句首，不過它是用來修飾主詞 anyone，句首是它正常的位置，沒有經過調動，因而也不需要倒裝。

同樣的情形也見於 only 一字的變化。請看這個例子：

Only I saw him yesterday.
（昨天只有我見到他。）

Only 原本就是修飾主詞 I，放在它前面是正常位置，不需倒裝。下面這個句子則不同：

I saw him only yesterday.
（我見到他，不過是昨天的事。）

如果把 only yesterday 調到句首來強調「才不過昨天而已」，意思是「不是更早以前的事」，也有否定的意味，所以可以視同表示否定的副詞移到句首的變化，需要倒裝：

Only yesterday did I see him.

再比較一下這兩個句子：

1. Gradually they became close friends.
2. Only gradually did they become close friends.

例 1 中的副詞 gradually 放在句首，是文法上許可的位置，而且沒有否定意味，不必倒裝。可是例 2 中的 only gradually 就帶有強烈的否定意味，表示 not at once 或是 not very fast，這時就得動用倒裝句型了。

not only 和 but also 配合時，如果選擇倒裝，變化比較複雜。請看這個例子：

He not only passed the exam but also scored at the top.
（他不但及格了，還考第一。）

句中的 but 是對等連接詞。形成 not only...but also 的相關字組 (correlative)時，嚴格要求連接的對稱。上例中的 passed the exam 和 scored at the top 都是動詞片語，符合對稱的要求。

如果要把 not only 移到句首來強調語氣，因為 not only 是有否定功能的副詞，所以要用倒裝句型。先直接倒裝成為：

Not only did he pass the exam but also scored at the top.（誤）

前半句用倒裝句是對的，錯在對等連接詞 but 的左右不對等。左邊 he passed the exam 是子句，而右邊的 scored at the top 卻是動詞片語。

修正的方法是把右邊的動詞片語也改成能對稱的子句：

Not only did he pass the exam but also he scored at the top.（不佳）

這樣改過來，but 的左右都是子句，滿足了文法的要求，不過還是有缺憾。因為 also 和 only 一樣都是屬於 focusing adverbs，是一種有強調功能的副詞。許多學習者把 but also 連在一起來背，不知它有時也該拆開。在 but 右邊的 also 不應用來強調 he，而應用來強調 scored at the top（而且還考第一），這樣才能呼應左邊 not only did he pass...（不僅考及格）的語氣。所以最佳的作法是把 also 移到 scored 的前面：

Not only did he pass the exam but he also scored at the top.

這樣才算滿足了一切的文法修辭要求。

結語

以上的整理涵蓋了英文中重要的倒裝句型。另有一些簡單的倒裝句，像是：

Mary is pretty. So is her sister.
                  V   S

（瑪麗長得很美，她妹妹也很美。）

以及不常用的倒裝句，像是某些祈使句的句型：

Long live the King!（國王萬歲！）
      V   S

這些也是倒裝句，可是不需要深入探討。
　　看完了倒裝句，整個英文句型問題至此總算塵埃落定。恭禧本書讀者，你們已經建立了相當完整的句型觀念，對英文句型有了深入的理解。

Test 22

請選出最適當的答案填入空格內，以使句子完整。

1. The students were warned that on no account ___ to cheat.
   (A) they were
   (B) were they
   (C) they should
   (D) they can

2. ___ make up for lost time.
   (A) Only by working hard we can
   (B) By only working hard we can
   (C) Only by working hard can we
   (D) By only working hard can we

3. Rarely ___ such nonsense.
   (A) I have heard
   (B) have I heard
   (C) I do hear
   (D) don't I hear

4. ___ perched a large black bird.
   (A) Often
   (B) Suddenly
   (C) On the wire
   (D) It

5. Only just now ___ to him about the things to heed while riding a motorcycle.
   (A) I talked
   (B) was I talking
   (C) talked I
   (D) I was talked

6. John was as confused about the rules ___.
   (A) as were the other contestants
   (B) as the other contestants had
   (C) than were the other contestants
   (D) than the other contestants had

7. An IBM PC 286 is as powerful ___ on NASA's Voyager II.
   (A) than the mainframe computer is
   (B) than is the mainframe computer
   (C) as the mainframe computer is powerful
   (D) as is the mainframe computer

8. The New Testament is a book ___ the life and teachings of Jesus.
   (A) which can be found
   (B) in which can be found
   (C) which can find
   (D) in which can find

9. Not until the doctor was sure everything was all right ___ the emergency room.
   (A) he left
   (B) left he
   (C) did he leave
   (D) he did leave

10. ___, man could die out.
    (A) World War III should ever break out
    (B) If should World War III ever break out
    (C) If World War III should have broken out
    (D) Should World War III ever break out

11. The results, ___, the leading journal of science, indicate that the experimental procedure is flawed.
    (A) says *Nature*
    (B) *Nature* says
    (C) which says *Nature*
    (D) which *Nature* says

12. Across the street from the station ___.
    (A) stood an old drugstore
    (B) it stood an old drugstore
    (C) where an old drugstore stood
    (D) which stood an old drugstore

13. I tried to call some friends but ___.
    (A) none could I reach
    (B) could I reach none
    (C) I could none reach
    (D) I none could reach

14. ___ trouble you again.
    (A) Never will I
    (B) Not I will ever
    (C) Will not ever I
    (D) Never I will

15. Not until you paint your first oil color ___ the difference between theory and practice.
    (A) you find out
    (B) and find out
    (C) finding out
    (D) do you find out

16. ___ a baby deer is born, it struggles to stand on its own feet.
    (A) No sooner
    (B) As soon as
    (C) So soon as
    (D) Not sooner that

17. ___ the invention of the movable print, books were mostly copied by hand and cost far more than ordinary people could afford.
    (A) After
    (B) Until
    (C) Not until
    (D) Because of

18. ___ did I find out that he was dead.
    (A) A moment ago
    (B) Only a moment ago
    (C) An only moment ago
    (D) For a moment

19. Henry James is ___ is his philosopher brother William.
    (A) famous and also
    (B) as famous as
    (C) famous so
    (D) equally famous

20. ___ does the recluse venture out of his hermitage.
    (A) Seldom
    (B) Often
    (C) Occasionally
    (D) Sometimes

Answer Key.......22

1. (B)

   on no account 是否定副詞片語，移至 that 子句句首即需倒裝。

2. (C)

   only by working hard 因有 only 修飾，在句首要倒裝。

3. (B)

   rarely 有否定功能，置於句首要倒裝。

4. (C)

   地方副詞置於句首，類似 there is/are 的句型，方可倒裝，故選 C。

5. (B)

   因有 only just now 在句首，要倒裝。

6. (A)

   前有 as confused，後面要有 as（A 或 B）。因為前面是 John was confused，有 be 動詞，後面不能用 had 來代表，應用 be 動詞，故選 A，這是比較級的倒裝。

7. (D)

   上文 as 要求用 as 作連接，C 錯在 powerful 不應重複。

8. (B)

   原句是 The life and teachings of Jesus can be found in the book.，改成關係子句再倒裝，即是 B。

9. (C)

   not until 移到句首要用倒裝句型。

10. (D)

原句是 If World War III should ever break out...，省略 If 後倒裝即是 D。

11. (A)

原句是間接引句，*Nature* says the results...改成倒裝句成為 A 會比不倒裝的 B 好，因為空格後的 the leading journal of science 是 *Nature* 的同位格，兩者應該在一起。

12. (A)

地方副詞 across the street from the station 移到句首而成倒裝句，類似 there is/are 的句型。

13. (A)

是 I could reach none 的倒裝。

14. (A)

是 I will never trouble you again.的倒裝句。

15. (D)

not until 移到句首要倒裝。

16. (B)

答案 A 要用倒裝句，C 和 D 都不是正確的連接詞，只有 B 能引導後面那個沒有倒裝的子句。

17. (B)

「直到活版印刷發明，書原來都是用手抄，一般人根本買不起。」從句意來看，只有 until 符合。

18. (B)

下文是倒裝句，所以選擇要求倒裝的 only。

19. (B)

比較級後面倒裝了。

20. (A)

下文是倒裝句，所以選擇要求倒裝的 seldom。

慘哉我也？・英文文法輕鬆學

莎翁也犯錯？！
輕鬆掌握英文文法
讓你的英文人生不再黑白

　　《慘哉我也？─英文文法輕鬆學》的原文書名 "Woe Is I."，典故出自莎士比亞名劇《哈姆雷特》第三幕第一景，奧菲莉亞悲歎道："O woe is me."（啊，我好福薄）！後世的莎劇專家批評此話文法有誤，正確說法應為 "Woe is I." 或 "Woe is unto me."。本書作者派翠西亞・歐康諾女士以此為引子，提出振奮人心的真理：世上似乎沒有人可以寫出不被質疑的代名詞，即使是大文豪也不例外。既然如此，文法又有何可懼？

　　派翠西亞・歐康諾女士是美國*Times Magazine*特聘的文法顧問，她鑑於一般人捨本逐末、好高驚遠的學習態度，特地撰寫這本文法的「大易輸入版」，全書筆觸輕鬆幽默，例句爆笑有趣，內容則包括字形相似卻字義迥異的字詞、讓人混淆的時態、縮寫、單複數、標點符號，以及過時的文法等。別小看這些基本、簡單又重要的規則，許多智商一八〇、才高八斗的人也常屢錯不爽、窘態頻生。不論英語的學齡長短，《慘哉我也？─英文文法輕鬆學》絕對是本文法致勝祕笈。

■ 作者／派翠西亞・歐康諾
■ 購書代碼 LE-007／定價 **280**元

看漫畫提高EQ
（English Quotient)
輕鬆學好美語

◎**時事漫畫**
以輕鬆詼諧、一針見血的諷刺手法，描繪台灣現況。

◎**看圖來電說故事**
針對漫畫內容提出精闢見解。

◎**常用生活例句**
從「漫畫」與「看圖來電說故事」中選出常用字，每個
常用字皆附實用生活例句及中譯。

◎**測驗你的美語智商**
以最輕鬆的方法，測試學習成果，並提供詳細解說。

◎**Review**
利用填字遊戲與配對遊戲，讓你在遊戲中輕易掌握重要
單字。

★中、英文雙語CD，特聘著名廣播節目主持人丹萱、Fred
錄製。
■ 作者／Frances Ku
■ 購書代碼 LE-001 ／單書定價 **180**元
購書代碼 LE-001B ／1書+2CD定價 **299**元

時 代 雜 誌 正 式 授 權 · 學 習 新 聞 英 語 必 備

經典用字系列

時代經典用字

時代經典用字**政治篇**

◎政黨政治、國際政治、經濟政策等TIME經典用字

■作者：旋民佑 ■310頁 購書代碼 CW-001 /1書+4CD購書代碼 CW-001C

chauvinism / ˈʃovɪˌnɪzm/ (n.)**沙文主義**

極端的、盲目的大國家主義，或者大男人主義。來自於人名Nicolas Chauvin，他是盲目崇拜拿破崙的一名法國軍人。拿破崙曾受歐洲知識份子矚目，認為是法國共和國的象徵、民主的鬥士。可是拿破崙稱帝之舉，再加上戰敗被囚禁，使他終於失去民心。然而Chauvin一本初衷，支持拿破崙到底。他的名字也逐漸成為「盲目的大國家主義」的代表…
…

──摘自第六章一般政治p. 196

時代經典用字**商業篇**

◎總體經濟、金融投資、證券、貿易等TIME經典用字

■作者：梁民康 ■312頁 購書代碼 CW-002 /1書+4CD購書代碼 CW-002C

IPR 智慧財產權

IPR是intellectual property rights的簡稱，財產權通常分兩類：工業財產權(industrial property)與著作權(copyright)。工業財產權又分專利權(patent)、「實用」新型權(utility model)、新式樣權(new design)與商標權(trademark)四項。著作權則主要指文學、音樂、藝術、攝影、電影、電腦程式等權利……

──摘自第七章商業p. 190

時代經典用字**科技篇**

◎電腦、環境、電機、生物、醫學等TIME經典用字

■作者：謝中天、顏世紅 ■296頁 購書代碼 CW-003 /1書+4CD購書代碼 CW-003C

anorexia nervosa & bulimia

/ˌænəˈrɛksɪə nɜˈvosə bjuˈlɪmɪə/ **神經性厭食及貪食症**

anorexia是「厭食症」，加上nervosa則指由於精神方面的因素所引起的厭食症。相反症狀的病症就是貪食症了。anorexia這個字源自於希臘字首an-（表示without）加上orexia（appetite，食慾）；而bulimia源自於希臘文的boulimia (great hunger)……

──摘自第六章醫學p. 210

時代經典用字**人文篇**

◎影劇、文學、媒體、音樂／藝術等TIME經典用字

■作者：旋元佑 ■288頁 購書代碼 CW-004 /1書+4CD購書代碼 CW-004C

slogan / ˈslogən/ (n.)**口號，標語**

從前蘇格蘭高原一帶及愛爾蘭的住民，在戰場上發動衝鋒時，為激勵士氣而呼喊的口號(battle cry)稱為slogan。同時，這些地方的人民在召集人群集合時的呼喊(rallying cry)也是slogan。引申的意思可以解釋為政黨或其他團體的代表性口號或標語……

──摘自第三章媒體p. 90

■單本定價300元，單本加4CD特價599元，4書16CD特價2,396元

國家圖書館預行編目

英文魔法師之文法俱樂部 / 旋元佑作 . -- 初版 .
　-- 臺北市：經典傳訊文化，1998 民 87
　面；　公分 . -- (英語學習系列；2)
　ISBN 957-8302-00-2(平裝)

1. 英國語言 – 文法

805.16　　　　　　　　　　　　　　　　87003435

英語學習系列 02

英文魔法師之文法俱樂部

Printed in Taiwan

作　　　　　者	／	旋元佑
責 任 編 輯	／	呂　捷

名 譽 發 行 人	／	成露茜
發　行　人	／	黃智成
總　主　筆	／	旋元佑
主　　　筆	／	梁民康
叢 書 主 任	／	陳瑠琍
執 編 主 任	／	胡惠君
文 字 編 輯	／	陳芝鳳
執 行 編 輯	／	周健嬅
企　　　畫	／	陳　瑛
製 程 管 理	／	張慧齡・李祖平
行　　　銷	／	陳錦女・張淑賢・王吟蘭・周心怡

發　行　所	／	經典傳訊文化股份有限公司
地　　　址	／	台北市 106 敦化南路 2 段 76 號（潤泰金融大樓）7 樓之 2
電　　　話	／	(886-2)2708-4410
傳　　　真	／	(886-2)2708-4420
E-mail	／	service@ccw.com.tw
製 作 中 心	／	台北市 116 文山區試院路（世新大學）傳播大廈
郵 政 劃 撥	／	18734890・經典傳訊文化股份有限公司
登　記　證	／	局版北市業字第 183 號

法 律 顧 問	／	國際通商法律事務所(Baker & McKenzie)
		陳玲玉律師・潘昭仙律師
製　　　版	／	大象彩色印刷製版股份有限公司
印　　　刷	／	科樂印刷事業股份有限公司
裝　　　訂	／	臺興印刷裝訂股份有限公司
總　經　銷	／	時代雜誌中文解讀版
服 務 電 話	／	(886-2)2754-0088
服 務 傳 真	／	(886-2)2754-0099
零 售 經 銷	／	農學社　電話／(886-2)2917-8022　傳真／(886-2)2915-7212

定　　　價	／	360 元
海 外 售 價	／	亞洲、大洋洲　　US$ 17
		歐美非　　　　　US$ 23
ISBN		957-8302-00-2
出 版 日 期	／	1998 年 5 月 1 日初版
		2000 年 12 月 25 日初版廿六刷